—————— 阅读之前 没有真相

午夜文库

动物城2333

王小和 禾午 著

新星出版社 NEW STAR PRESS

导　读

怪异君

二〇一九年我去上海出差，王小和邀请我前往他刚选好址的剧本杀店去坐坐。

那时的剧本杀还没有现在这么多花样，我对这个新兴行业的认知还停留在廉价的服装、没有任何设计感的房间和粗糙的剧本层面，所以抱着给朋友撑场的心态，答应去店里看看。

这是一栋商住两用楼，王小和与禾午的剧本杀店就是一间民用住宅改的，空间不大，分了上下两层，能够提供给客人游玩的房间并不多。他们说目前只有两个主题可玩，可以实景搜证，故事都是他们自己原创的。

在他们的推荐下，我玩了第一个主题。

我被惊艳到了。

实景搜证和逻辑推理的结合，不能说完美，但却是我当时体验感最好的一次剧本杀。其中一段"逻辑流"推理，成了我后来极力安利身边的朋友去玩的主要原因之一。那时我迫不及待地想玩第二个主题，希望他们能继续给我惊喜。

他们做到了。

这两个主题分别叫《阿卡姆之血色婚礼》与《动物城之末日危机》。

后来我导演、监制一个剧本杀节目，选题会上我首推了这两个剧本，并将他们制作成了《血色婚礼》与《动物之城》。

　　在《动物之城》录制时，禾午告诉我，她和王小和正把这个剧本杀改成小说。

　　也就是你现在正在阅读的这本书。

　　巧的是，当我正打出下面的文字时，我和你一样，我也没看过这本书。

　　所以接下来你将看到一个剧本杀玩家和《推理信条》制作人为你写的导读。

　　一切以实物为准。

　　故事的背景是一个架空的世界，动物已经进化成了能用核武器与人类抗衡的群体。动物与人类的战争连年不断，双方的百姓都饱受摧残。终于，等到两个国家只需要用一个核弹按钮就能解决争端的时候，人类与动物决定坐下来好好谈谈，人类派遣了一位使者远渡重洋来到动物王国进行和平谈判，这是一件好事，但并不是所有的动物都希望谈判能够成功。一场爆炸之后，人类大使死了，犀牛、大象、斑马、麋鹿、棕熊还有狼……诸多动物角色悉数登场，而凶手就在他们中间。

　　人类大使被杀，动物王国陷入危机。但隐藏在动物城中的危机，可不止死了一个大使这么简单……

　　提到动物主题的故事，我们大都会将其与童话进行关联，但在王小和与禾午的笔下，这里的动物与我们人类无异，它们也有贪念和欲望，不同的是，它们比我们多了一种原始的兽性。两位作者不是单纯地将人类思想套在动物身上，而是结合这些动物的相关特性来进行角色塑造，很多时候它们的行动不是基于思考，而是出于本能。当这样的群体中发生了谋杀案，推理案情真相就会别有一番趣味。

本书偏重古典推理，既有死状怪异的尸体，又不止一个嫌疑对象有犯罪动机，大家背后都有不可告人的秘密。当然，这可能是和它本身就是剧本杀游戏有关。但正因如此，两位作者在创作时考虑得更加宏观，也更注意细节的打磨，从而编织出一条完整的证据链。这正是一个优秀的"逻辑流"推理作品所需要具备的基础要求。而更重要的，就是动机。

犯罪动机是不少推理小说创作者、读者容易忽略的一个元素，但它往往又决定了一本推理小说的成败。人做出每个行为，背后都有各种各样的动机，动机驱动着人物的走向，也推动着故事的发展。好的动机可以引起读者共鸣，读者有了同理心，便更容易理解故事中人物的行为逻辑。更不要说推理小说中凶手的作案动机了，一个愚蠢的动机足以毁掉作者精心设计的诡计。而在本书的动机设定方面，两位作者主要依托于故事的核心背景——战争。

当初在改编剧本杀节目的时候，我将当期的核心主题确定为反战。战争背景的故事总会为我们带来思考和反思，人类之间的战争如此，不同物种之间的战争就更会放大各种问题。人类与动物本身就存在着天然的矛盾，当这种矛盾被具像化，张力就自然产生了。我们以人类视角进入动物的世界，可能会发现，它们对战争的态度可能要比我们纠结百倍。本书登场的每一个动物角色都是战争的受害者，它们都渴望和平，但这个和平出现得太晚了。

剧本杀的结尾，两位作者用了一种特别细思恐极的方式来收尾；在节目中，我用一通电话结束了故事。这本小说又会和原来的剧本杀故事有什么不同?会填补多少曾在游戏中缺失的细节?结尾又会是什么样子?

  我很期待。

  祝君狩猎愉快。

0

2333 年 10 月 12 日，7∶30am

没有谁能拒绝糖葫芦吧？

各色的水果，草莓、葡萄、香蕉，加上必不可少的山楂，浇上甜蜜蜜的糖浆，有些再辅以坚果碎或者芝麻。一口咬下去，酸甜可口，顿时食欲大开。

在田鼠老田眼里，糖葫芦是世界上第一等的美味。

今天是老田难得进城的日子。他常年住在乡下，作为一只田鼠，他的年纪已经很大了，这一次就是带着自己儿子的孙子小小田来城里赶集，让他见见世面，顺便售卖自己特制的糖葫芦。

"待会儿进城了要跟紧我，动物城里什么动物都有，小心走丢被拐走！"老田吩咐小小田道。

小小田似懂非懂地点了点头，随后又开始啃起了自己的小手手。

啃着啃着小小田突然想到了什么，问老田："太爷爷，动物城里有冰激凌吗？"

"有，你乖乖的我就买给你吃。"老田笑眯眯地说，"我跟你说的规矩都记清楚了吗?"

"记清楚了。"小小田赶紧点了点头,"不和陌生动物说话,不吃陌生动物递的东西,还有,嗯……"

"还有刚才说的,不要离开我的视线。"老田又叮嘱了一番。

小小田想到了自己的冰激凌,立马配合地说:"我保证听话!"

老田这才放下心来。

他们乘坐的是一辆马车,拉车的阿拉伯马是一对夫妻——巴塞木夫妇,他们和老田是邻居。这一次也是因为巴塞木夫妇要送货到城里,所以让老田和小小田搭了顺风车。为了报答他们,老田送了他们五串冰糖葫芦。

在进城的路上,小小田指着立在田野间的巨大广告牌,结结巴巴地念着:"动物……城,欢迎……人。"

"是欢迎你。"老田解释道,随后没好气地说,"动物城才不欢迎人呢!这里是动物的城市,人类是不会来这里的。"

"那我们可以去人类的城市吗?"小小田天真地看着老田。

"当然不可以。"老田瞪圆了眼睛,"人类最讨厌田鼠了!他们会把你抓走吃掉的!"老田一边说,一边张大爪子做出龇牙咧嘴的模样,吓得小小田缩成一团。

"好了,老田,别吓唬孩子,人类可不吃田鼠。"巴塞木先生笑道。

"但他们确实讨厌田鼠。"巴塞木太太说。

聊着聊着,他们一行已经到了集市。

下了车以后,小小田的眼睛立马亮了起来。这个集市实在太棒了!

有表演杂技的、顶着球上蹿下跳的海豹,有卖五颜六色气球的考拉，有面前的毛绒玩具堆积得像小山一样高的羊驼，还有卖各种动物模样糖人的刺猬……

老田找好了一块地方，支起了卖糖葫芦的小摊子，不一会儿摊位前就聚满了小动物。

"妈妈，我要吃糖葫芦。"

老田听到这句话，脸上的褶子笑得更深了。他熟练地把糖葫芦裹上糖纸，再递给来购买的小动物们。

"不来梅，你看，糖葫芦！"还没等老田反应过来，一大一小两个身影已经横在了他的面前。

"老板，要两串糖葫芦，一串山楂夹草莓的，一串纯山楂的。"

老田看清了来者，原来是一只青蛙和一只驴，但他们似乎都不是小孩子。

"不来梅，糖葫芦就要吃原汁原味的，你真是没有品位。"青蛙对着叫不来梅的驴翻了个白眼，拿过了老田递来的纯山楂的糖葫芦。

"不，阿呱，你早该觉悟了，改良版的糖葫芦才能体现糖葫芦的精髓，既有草莓的多汁，又有山楂的酸甜。"不来梅接过了草莓糖葫芦，继续和他身边的青蛙阿呱讨论糖葫芦存在的意义。

"啊！！"

一声尖叫冲破云霄，把大家吓了一跳。集市里的动物们循声望去，发现这叫声来自一只狗。

这只狗一手揪住一只小动物脖子后面的那团肉，大叫着："偷东西啦！"

老田眯着眼睛仔细一看，才发现被狗拎着的动物竟然是小小田。他赶忙走上前去，一口咬住狗的手，狗一惊，赶紧松了手。小小田一屁股摔在地上,整只鼠都呆掉了。

老田气呼呼地说:"你这只狗,怎么欺负小孩子?"

围观的动物越来越多了,狗显得十分生气:"我不是狗!我是藏狐!我叫阵雨!而且,谁欺负孩子了,他偷我东西!"

"胡说八道,他就是个小孩子,怎么会偷你东西,还有,你这是什么眼神?"老田义愤填膺地说。

阵雨眯着眼睛一脸鄙视地看着老田。

"我就长这个样子!"阵雨听到老田说他的长相更生气了,因为自己的眼睛小,从小到大没少被嘲笑,同学笑话他是"一个嫩牛五方,开了两条缝",他甚至因为看别人像是在鄙视对方而遭到暴打。

"你和他是同伙吧!甭管他是不是小孩子,从刚才就直勾勾地盯着我的车子,我才转个身,回来钱袋子里的钱就全没啦!我告诉你,找不到钱你们都别想走!"阵雨气急败坏地嘶吼道。

"呸!难怪你这么坏,原来是只狐狸!"老田也生气了。

"狐狸怎么了?狐狸也比你老鼠强!你们老鼠天生就是偷油的。"

"你这是歧视!"

双方争执不下,火药味越来越浓,周围看热闹的也开始七嘴八舌地数落起老田和小小田来。

"看起来就不像是好动物。"

"这个打扮是乡下来的吧?"

"难怪了,乡下来的动物素质低……"

老田急得焦头烂额,小小田"哇"的一声哭了起来:"我没有偷东西,我就是想吃冰激凌。"

"你看吧,这都承认了。"阵雨得意地说道。

他一边说一边将老田和小小田一手一个按住，往集市的治安管理中心带。

"等一下。"一个声音从冰激凌车旁边传来。

"为什么要等一下？"阵雨看向冰激凌车，拿着冰糖葫芦的不来梅正仔细端详着冰激凌车。

"因为没有确凿的证据证明是他。"不来梅说。

"那也没有证据说明不是他呀！你也是他们的同伙吗？"阵雨不服气地看着不来梅，"那你也跟我一块儿去治安管理中心吧！"

"我叫不来梅，是一名侦探。"不来梅友好地看向阵雨。

"什么侦探，没听说过。我只听说过名侦探波奇，你是从哪里冒出来的！"阵雨翻了个白眼，他翻白眼和不翻白眼没什么区别。

"不来梅是一名侦探，货真价实，我是他的助手阿呱！"阿呱蹦了出来。

不来梅对老田说："我们会还小小田一个清白的。"

孤立无援的老田顿时像抓到了救命稻草，他充满感激地看向阿呱和不来梅。"小小田真的不会偷东西的，你们相信我。另外，"他补充道，"小小田不是我的孙子，是我儿子的孙子……"

"我相信你。"不来梅对老田点了点头，随后看向阵雨问道："你丢了什么东西？"

"钱！很多钱！今天是集市的第三天，前两天赚的钱，我都装在抽屉的袋子里。"

阵雨哭丧着脸，他不知道回去怎么和老婆交代，那个女人肯定要揪住他的耳朵大骂一顿。

不来梅谨慎地戴上了手套，仔细查看冰激凌车。

冰激凌车是绿色的，下面有两个大轮子和一个小轮子，顶上罩着塑料雨棚。车身的外侧是玻璃罩子，里面放着六个盛着冰激凌的金属桶，另一侧是阵雨平时站的地方。

"你把钱放在哪里？是不是冰激凌车里侧的抽屉里？"不来梅问。

"没错，我一般站在冰激凌车里面，客人都是在车外侧买东西，钱放在里面方便也安全。"阵雨说。

"这冰激凌车很干净啊。"

"是的，我每天都会洗这辆车。"

"除了你之外，还有其他动物用过这辆车吗？"

"没有，我甚至都不让别的动物到里侧来。"

"那就对了。你们看，这就是证明小小田不是小偷的证据。"在不来梅的示意下，阵雨走近冰激凌车，看向里侧的不锈钢抽屉。

"什么东西？"阵雨什么也没看见，迷糊地问道。

"是指纹，你仔细看！"阿呱指着抽屉对阵雨解释道。

阵雨睁大了眼睛，这一下终于看清楚了，不锈钢抽屉上确实有几个奇怪的印记。这些印记是梨子形状的，上面隐约有淡淡的线，确实是指纹无疑。

"平时都是你站在抽屉这一侧的吧？你是不可能在抽屉上留下指纹的，因为你没有指纹，而留下这个指纹的，一定是打开抽屉的动物，除了你之外还有别的动物打开抽屉了，是小小田吗？当然不是，因为小小田也没有指纹。"

"那是怎么回事呢？动物是没有指纹的，难道是人类？"

"灵长类动物也有指纹。"不来梅提醒了一句。

阵雨陷入沉思。

"可是我不记得今天有灵长类动物靠近过这儿啊，猴子、猩猩什么的都没看到。"阵雨狐疑地说，"加上那只小老鼠，一共也就四个动物，三个买了冰激凌，分别是长颈鹿、山羊和鸭子。"

"今天连卖毛衣的猴子老何都没来。"看热闹的羊驼也凑上前来，"不知道是不是我的错觉，感觉最近猴子越来越少了。"

不来梅环顾周围，大部分市集上的动物都在这里围观。

确实没有灵长类动物，但不来梅突然看到一个身影。

"我知道是谁偷了你的钱了。"他笑着说。

"是谁？"老田和阵雨异口同声道。

"在动物王国里，除了灵长类和人类的指纹相似，还有一种动物，也是有指纹的。"不来梅上前两步，拦住了正要收摊离开的考拉。

"我说得对吗，考拉先生？"

"我不知道你在说什么。"卖气球的考拉一脸紧张地抓着自己的气球。

"我能看看你的手吗？"不来梅问。

"为，为什么？不行，我不喜欢给别人看我的手，你干吗要看我的手？你好变态啊！"

就在这个时候，老田突然冲上前去，一把抓住了考拉的手。

他们摊开考拉的手一看，果然手指头上清晰可见有和人类相似的指纹。

除了灵长类动物之外，喜欢爬树的考拉也有指纹。

"竟然是你！"阵雨愤愤不平地说，"我说你今天老往我这儿凑，原来惦记着偷东西！"

案子顺利解决了。

阵雨带着考拉去了治安管理中心，为了赔偿小小田，阵雨还送给他一个巨大的冰激凌，上面有七种颜色，据说是七种口味。小小田可高兴了，给这个冰激凌起名叫彩虹冰激凌。

　　不来梅和阿呱正准备离开，突然听到身后有声音在喊自己。

　　"侦探先生！请等一等！"

　　他们回头一看，原来是老田。

　　老田气喘吁吁地跑了上来，手里捧着几串糖葫芦递给阿呱和不来梅，感激地说道："谢谢你们，如果没有你们在，我今天不知道要怎么办。"

　　阿呱收下了糖葫芦，朝小小田调皮地眨了眨眼睛。不来梅谢过老田，朝小小田摆了摆手。

　　集市结束后，老田祖孙俩离开动物城。

　　太阳已经不见踪影，暮色下，小小田对老田说道："我长大了以后要来城里生活。"

　　"因为冰激凌吗？"老田问。

　　"不是，因为我也想当一名侦探。"小小田的眼睛里熠熠生辉，像是有星星钻了进去。

1

2333年10月15日，9:00pm

这是个温暖湿润的夜晚，一轮圆月升上动物城的天空。

随着太阳下山，白天的喧嚣都被黑暗吞没。那些喜欢避开日间猛烈阳光、选择夜晚出门的市民渐渐活跃起来。

因为他们的活跃，这座城市无论日夜都能保持活力。除了钢筋混凝土的巨大建筑物之外，优雅复古的、用砖石和木头盖成的独栋小房子也是这个城市的重要组成部分。尤其是在铃铛区，每一栋这样的小楼都有一个独立的小院子包围，铃铛区的住户都是一些白天活力充沛、夜晚安坐于室的好市民。

一个巨大的墨绿色身影站在铃铛区一栋二层小楼的大门前。

这是一栋有些年头的房子，红色的大门，黄白相间的墙壁，有梧桐树的枝叶从院子里探出头来。进入房子会发现这个院子大部分地方都被这棵霸道的梧桐占据，它肆意地生长着，似乎从来没有被修剪过，就这样竟也有一种奇妙的美感。

院子的角落里斜放着一辆自行车，看它锈迹斑斑的模样也能知道很久没有使用过了。

自行车是自由牌的。自由牌是这个国度正式独立后创立的品牌，当时大受欢迎，男女老幼都以有一辆这牌子的车为荣。而现在这辆自由牌自行车已上了年纪，就像这座房子一样，在现在的孩子中早已不流行。现在的孩子都骑太阳能电动车了。

  这栋房子的大门前是五级楼梯，楼梯不宽，但扶手上雕刻着精致的花纹。这段楼梯顶端是一扇坚固的铁门，铁门外面镶嵌着一块铜牌，已经锈迹斑斑，上面刻着"不来梅侦探事务所"几个字。铜牌下面是一个白色的按钮，通着电，按下便可以唤醒铁门后面的世界。

  铁门后面是狭长的过道，堆着大量的私人收藏。绕过这些碟片、唱片、玩具，就会来到一个也并不算宽敞的客厅里。客厅就像个小型图书馆，只不过书的摆放杂乱无章，像一群北美野牛刚从这儿迁徙而过一样。

  仔细看，这些书大多是推理小说，各种国度、派系，从黄金时代到新本格，从经典的小说到最新的畅销书。

  阅读推理小说是人类放松娱乐的方式之一。

  客厅里，一份报纸盖在深黑色的办公椅上，正一页页翻动着。房间里没有风，自行翻动的报纸远看像在闹鬼一样。报纸上面用超大的黑体加粗写着：人类大使到访，和谈是否能成功？！仅标题就占据了这张报纸的大半。

  报纸还在翻动着，突然一个游戏机从角落的沙发上飞了出来。而报纸后面则以迅雷不及掩耳的速度飞出一个东西拽住了游戏机，将它拉到了椅子上。

  "不来梅，说你多少遍了，不要动不动就扔游戏机！"报纸被放了下来，一只绿油油的青蛙出现在椅子上，巨大的双眼瞪着沙发上乱扔垃圾的可恶家伙。

  一只戴着眼镜的驴从沙发上直起了腰。

这只驴一脸不服气地道："不怪我，这一关实在太麻烦了，要是你也会烦躁的。"

青蛙叹了口气，灵活的手指开始在游戏机上飞舞，那只叫不来梅的驴则挪了过来，一副计谋得逞的表情在旁边看得起劲。

没过一会儿，青蛙两手一推，把游戏机还给了不来梅："喏，过关了。"

"阿呱，你可真是只厉害的游戏呱！"不来梅拿着游戏机快乐地又坐回了角落的沙发里，"没办法啊，谁让我的手原来是蹄子，没有你进化得灵活呢。"

"你就知道天天玩游戏机，我们都多久没有生意啦！自从上次帮隔壁猫老王判断究竟孩子是不是他亲生的，到现在差不多都一个月没活儿了！再这样下去，我可要辞职了！"阿呱发出了辞职威胁，"我不是你雇来陪你打游戏的！"

但不来梅看起来对这样的威胁毫不在意，他跷着二郎腿，继续打着游戏："前两天我们不是还帮老田和小小田洗脱冤屈了吗？"

"但那没有报酬啊！"

"怎么没有？你不是还吃了三串糖葫芦吗？不要老是怨声载道，命运总是会眷顾有准备的人。"

"又是这一句，你能不能换一句台词？"阿呱翻了个大大的白眼，"我并没有看出你在做什么准备。就算……"

正在阿呱准备发表长篇大论的时候，门铃响了起来。

"你开！"

"为什么？你去开。"

"肯定是你的快递。"

不来梅和阿呱你一句我一句地推诿着，门铃声响了好久。

"服了你了,真不知道我和你谁是这里的老板!"终于,阿呱第一个受不了了。他跳下椅子,一蹦一跳地去了门口。

不来梅则继续舒服地躺在沙发上,为自己赢下的"不下楼战役"而得意着。

咚!咚!咚!

阿呱下楼没多久,一阵沉重的脚步声就传了过来。

"不、不来梅,那个,那个,有客人来了。"不来梅抬头看了一眼阿呱,只见他面无蛙色,瑟瑟发抖,整只蛙都缩成了一团,仿佛是一坨中国人清明时节最爱吃的青团。

"这么大惊小怪干什么?难道来了什么……"

不来梅还没说完,"咣"的一声,一块生了锈的铜牌掉落在他面前。

是门口那块"不来梅侦探事务所"的牌子。

"你就是不来梅?"来者问道。他声音十分洪亮,整栋屋子似乎都颤抖了一下,墙角原本摇摇欲坠的书塔顿时倒塌了,埃勒里·奎因、厄尔·斯坦利·加德纳和岛田庄司散了一地。

这下阿呱抖得更厉害了。

阿呱的背后站着一个威武雄壮的家伙,他戴着帽子,低着头,穿着一件墨绿色的风衣,戴着厚厚的皮手套。

不来梅觉得自己气势不能输,也站了起来说道:"对,我就是不来梅,阁下是?"

"那我来对了地方。"来人拿下了帽子,抬起了头,一张绿色的长脸上两只黄褐色的眼睛盯着不来梅,眼睛虽然小却充满了威严。眼睛下面是长长的嘴,两排密密麻麻的尖锐牙齿说明他是个狠角色。

"你是鳄鱼将军尼罗?!"阿呱失声叫道。

"对,是我。"尼罗将身上的风衣脱了下来,露出健壮的身躯。他四下打量了一下,将风衣放在了阿呱的椅子上。"衣服我挂在这儿可以吗,小青蛙?"

"当、当然可以!天哪!真的是你!我在做梦吧,我是你的粉丝!棉花糖之战你赢了数量三倍的敌人!还有那场战役,叫什么来着……对了,饭团之战!你直捣黄龙,活捉了敌方的首领!你、你、你太厉害了,将军大人你是我的偶像!大人你给我签个名吧。"阿呱一秒改变了状态,变得语无伦次起来,兴奋得四处找可以让尼罗签名的地方。

"小青蛙,签名的事情一会儿再说吧,"尼罗上下打量不来梅,"我听他们说,你是城里最厉害的侦探,但看起来完全不像啊!你看上去还很年轻。"

不来梅确实很年轻,几个月前才刚过完十八岁生日。这本来是该读大学的年纪,但不来梅却任性地做起了侦探,也许是他读了太多的推理小说烧坏了脑袋。

幸好不来梅的家里人都不是倔驴脾气,他们对不来梅只有一个要求——成为最优秀的侦探,别给不来梅的祖先丢脸,虽然不来梅的祖先并非侦探。动物城里每一只公鸡都知道,不来梅的祖先是最最有名的音乐家。

"尼罗将军……"不来梅站起身来,"我猜,向您推荐我的是挠挠警长吧?"挠挠警长是一只山猫,和不来梅有过一面之缘。尽管只是一面之缘,挠挠警长却非常推崇不来梅,很希望能够招募他成为一名探员。但不来梅闲云野鹤惯了,并没有接受挠挠警长的招安。

"不错,你怎么会知道?"

"因为我并没有和政府打过交道,唯一能挂上钩的就是帮挠挠警长破获了一起绑架案,被绑的是外交部一位官员的儿子。"

"嗯,"尼罗将军点点头,"确实是挠挠警长向我推荐的你。实际上我就是因为他跟我说了那个案子才来的。挠挠警长说,那个案子正是因为有你,才顺利地将贤治的儿子解救回来。挠挠警长还特别向我强调,你是个嘴非常紧的动物,绝对不会到处乱传话……"

"谢谢夸奖。"不来梅的脸有点红了。

"但是,我今天来找你的案子,肯定比你以前接触过的那些案件加起来都要棘手,我们要求你绝对保密,切不可跟任何动物、任何媒体说这件事情。"

不来梅走到了尼罗将军身边,他个子不矮,但比起尼罗将军庞大的身躯来,显得像个玩具手办。

"您放心吧,我和我的搭档绝对不会对外说这件事。"

"好的,你的搭档在哪儿?让他赶紧过来吧。"

"我的搭档就在这儿呀!"不来梅说道。

"在这儿?"尼罗将军一脸疑惑,"你是说那只青蛙?他只是一只青蛙,我还以为他是你的……"

"您以为他是我的仆人?"不来梅摇摇头,"不,不,并不是。阿呱是我最好的朋友,也是我的好搭档,您不应该因为他是一只青蛙,就以为他是……我可能要冒犯您了,您也不是哺乳动物呀!"

"但我是鳄鱼!"

这个世界原本也是由人类统治的,但某一天,动物突然进化了,就像电影《人猿星球》中演的那样。先是实验室里的猫、狗和兔子获得了智慧,随后其他哺乳动物也获得了智慧,接着是鸟类、爬行动物和两栖类。

他们进化出了能够直立行走、使用工具的四肢，进化出了发声器官，有了语言，更有了自我意识，世界的新局面就此打开。

一开始，动物们承担起了那些基础的工作——生产、运输、清洁、护卫，他们的存在和机器无异，甚至比机器性价比更高。但不久他们就像那些千百年来被压迫的人一样，努力摆脱奴役和束缚。他们甚至开始学习知识、发展科技、创建文明，最终建立了自己的国家。

动物城就是动物王国的首都。

一开始人类也没有把动物王国当回事儿，对于他们来说动物王国不过是一座大型动物园罢了。

但在绝大多数动物心中，人类是一种自私而又残酷的生物，为了一己私欲就能破坏环境、残杀动物，只是想要一条漂亮的围脖就可以活剥一只可爱狐狸的皮毛，想尝个新鲜就可以将一只穿山甲放上餐桌大卸八块。

所以动物们团结一致，展现出无与伦比的凝聚力。不论是食肉动物还是食草动物，哺乳动物还是爬行动物，都拧成一股绳，全力发展、弯道超车，经过几十年的奋斗，在科技、军事等方面都达到了可以与人类匹敌的水平。

人类自然不能接受动物与自己分享这个世界。

理所当然，战争爆发了。

动物的力量、速度都胜过人类，人类则有更加丰富的战争经验，谁都无法轻易压制对方。

旷日持久的战争持续了一百二十年。

目前双方都按兵不动，处在一个冷战的局面。

正如阿呱所言，尼罗将军是在二十年前的棉花糖之战——

这是动物们的叫法——中崭露头角的优秀军事家，后来凭借切糕之战、饭团之战和午餐肉之战等代表作，奠定了自己在国内的威望，在军队中的地位不亚于猛虎将军王老铁。

尼罗将军是只鳄鱼，他能拥有媲美哺乳动物的地位，真的是一件很了不起的事情。

特别是那些爬行动物、两栖动物，都视尼罗将军为超级偶像。

这时，阿呱蹦蹦跳跳地跑上前，手里捧着一张"大叫乐队"的专辑。

"尼罗将军，我找不到签名板了，能不能请您在我最喜欢的唱片上面签名呢？"阿呱将唱片高举过头，递到尼罗将军眼前。

尼罗将军并不是影视明星，突然面对狂热粉丝显得有些不自在，别扭地在唱片上签上了自己的名字。平时在那些重要文件上签字的时候他可没这么生疏。

拿到了偶像签名的阿呱兴奋地一蹦一跳走开了。

尼罗将军擦了擦眼睛里流出的汗，随后把头转向不来梅："现在，我们可以开始说正事了吧。"

不来梅点了点头，做了一个"请"的姿势。

"我还是站着吧。"尼罗将军看看阿呱平时坐的椅子，自己的大屁股应该是塞不进去的。

不来梅友好地将自己的座位让给尼罗将军。

尼罗将军坐下后掏出一把跳跳糖，扔进嘴里。跳跳糖的刺激让他的大脑感到充满活力。

"人类大使来访的事情，相信你们也有所耳闻吧？"尼罗将军的面色变得严肃起来。

"这是动物城最大的新闻啦，最近想不知道都不行。"不来梅拿起阿呱刚才在看的报纸，"头版头条，说的就是这件事情。"

跳跳糖都溶化了，尼罗将军舒服地吧唧吧唧嘴，开口说："人类和动物的战争已经持续了好多年，自从我们进化出了高等智慧，战火就没有停止。这些可恶的人类，就是因为看不惯曾经给他们当牛做马的动物能像他们一样建设高楼大厦、组建城邦国家，就要消灭我们。好在我们团结一致，科技又飞速发展，才能和他们抗衡。现在双方都有了先进的武器，一个不小心就能毁灭世界，所以才能维持冷战这些年间的微妙的和平。"

"尼罗将军，我很年轻，但这些在学校里的历史课本上都学过。"不来梅说。

"好吧，大概是我上了年纪比较唠叨吧。"尼罗将军摸了摸牙齿，"就在不久前，人类提出要派遣大使前来，说是要来和谈，这可是前所未有的大事情啊！你想想，我们都打了那么多年仗了，怎么说和谈就和谈了呢？有动物说这是阴谋，毕竟人类阴险狡诈；也有动物说是人类想通了，愿意承认动物的地位。"

不来梅脸上露出笑容："尼罗将军，和谈可是好事情啊，据我所知，您一直是主张和平的，认为动物和人类是能够和平相处的。"

"也没那么简单。"尼罗将军叹了口气，"主战派和主和派历来水火不相容，这下子更闹得不可开交。特别是主战派，我们主和派一向比较温和、比较弱势，但现在人类想要和谈，明显局势对于我们主和派更有利，主战派那帮家伙就坐不住了。说出来不怕丢人，争吵的时候王老铁的胡子都快扎到我脸上了，我当时差点儿一口咬下去，还好没咬，不然报纸的头条就不是大使来访的照片，而是我嘴里叼着王老铁脑袋的照片了。"

不来梅想到尼罗将军大战王老铁将军，还真有可能是一场不知鹿死谁手的恶战呢。

"人类派来的大使两天前到了,是一位女性,名叫爱丽丝。她给我的感觉有些高傲不好相处。我们安排她入住了最高级的酒店——芝华士大酒店,会谈也放在那里,所以谈判的大臣们也都入住了那家酒店。其实同大使本人的谈判还没有我们主战派和主和派内部的谈判来得激烈。主战派之所以咬紧不放,主要是因为这次大使带来的和约里有一项条款,是要人类和动物共同销毁双方的超级武器。"

"如果我们销毁了武器,而人类那边没有如约销毁,那就麻烦了。"不来梅说道。

"主战派也是这个理由,"尼罗将军悻悻地说,"看来你是主战派啊!"

"我没有特别的政治倾向,我只是在梳理主战派的思路。"不来梅回答道。

"嗯,确实我们国家的大部分动物也会支持主战派的思路。但我想,无论我们怎么吵,毕竟还是内部矛盾,结果无非就是签和不签嘛!"

"尼罗将军,签不签和约,应该不是您来找我的理由吧?"不来梅摸了摸驴唇说道,"我何德何能,能够在这个问题上给您答案呢?"

"唉……是啊,"尼罗将军叹了口气,眉头紧锁,样子十分焦虑,"我万万没有想到的是,事情会发展成现在这个样子。"

尼罗将军表情严肃,不怒自威,不来梅也不好追问。

这时候阿呱一蹦一跳地跑来,手里捧着一本书。

"尼罗将军,抱歉又要打扰您了,"阿呱将手里的书举过头,"能麻烦您在这本书上签名吗?这是我女朋友最喜欢的书!"

看到欢快的小青蛙，尼罗将军凝结的愁眉展开了，屋子内肃杀的气氛缓和了一些。

"是签在封面上吗？"尼罗将军接过书问道。

这是一本约翰·迪克森·卡尔的《**爬虫类馆杀人事件**》。

"不，请签在扉页上，麻烦您写'致我最可爱的金美，我永远爱你'！"阿呱拍着手说道。

尼罗将军很快签完了名，比之前要熟练很多，相信以后再有粉丝找他签名就不会那么生涩了吧。

小青蛙又蹦跳着离开了，尼罗将军继续对不来梅说："作为侦探，一定有所谓职业道德吧？你能够再向我承诺一次，遵守诺言、绝对保密吗？"

"我会保守秘密的。"不来梅回以一个坚定的眼神。

"好，我相信挠挠警长，当然也相信你。"尼罗将军深吸一口气，缓缓地说出了四个字，"大使死了。"

"什么？！"还没有走远的阿呱将刚刚如获至宝的签名本掉在了地上。

不来梅的脸色也严肃了起来："是意外……还是？"

"表面上是意外，但如果是意外，我也不必来这里了。这个案子非常古怪，而且大使的情况也很……可以用惨烈来形容，具体你们去了现场就知道了。"尼罗将军叹了口气，"可以确定的是，这绝对不是什么简单的案子，我有很强烈的预感，这很可能是一起谋杀案！整件事现在属于绝对的国家机密，因为不能让更多人知道，所以我们军方直接接手了。但是，行军打仗什么的我没问题，调查案件就是个门外汉了。我和挠挠警长是挚友，他向我推荐了你。情况大致就是这样。"

的确，两军开战尚且不斩来使，人类的大使如果是为了和平来到动物王国，却遭到了谋杀，这对两国的和平没有一丝好处。哪怕是某位仇恨人类的极端分子个人的行为，在这种情况下也很难解释清楚。难道说杀死大使的是一名临时工？这个事情如果被人类知道了，简直就相当于向他们宣战了。

十年前的饭团之战是人类和动物最近一次面对面的直接热战，那次双方都损失惨重，无数的生命在战场上死去。经过长期的消耗，双方都选择暂时停火，休战期如期而至。

但双方其实都没有闲着。这些年来人类和动物都致力于研发能够一锤定音的超级武器，而且这超级武器的威力足以毁灭整个世界。

"所以，我觉得还是应该把事情弄个清楚，哪怕给人类一个明确的交代，也好过直接告诉他们大使死了。"尼罗将军说道。

"大使是什么时候死的？"沉思了半晌，不来梅问。

"两个小时前，也就是晚上七点，酒店发生了一场火灾，大使的房间失火了，尸体就是在那个时候被发现的。具体的死亡时间我们还要等法医的报告。"尼罗将军回答。

"这才过去两个小时，您就来找我们啦？"阿呱惊讶得张大了嘴巴。

"十万火急的事情，死的是人类的大使，涉及的人员还都是政要，容不得一点差错。我和挠挠警长商量再三，才决定来找你。希望你不要让我失望。"尼罗将军无奈地摊了摊手，"其实冒着这么大的风险找你，还有一个原因。"

"什么？"不来梅问道。

"主战派那边没有和我们商量就找了一个侦探，王老铁那家伙不知道在打什么算盘。我和挠挠不想被他们牵制，所以决定来找你。"尼罗补充道。

"你们是不是担心，万一凶手是主战派的人，王老铁将军会包庇他？"不来梅问。

"这也确实是我们担心的问题之一，那家伙确实是会做这种事情的人，他觉得死一个人没什么了不起的。如果不是我和其他动物拦着，他恨不得当场就发邮件给人类，告诉他们大使死了，快点决一死战吧！"

不来梅和阿呱面面相觑。

"对了，您刚才说发生了火灾？"不来梅突然又把话题转了回来，感兴趣地眯起了眼睛，"大使的尸体还在酒店里吗？"

"准确地说，不完全在。"尼罗将军的回答极其不同寻常。

2

2333年10月15日，9：20pm

哪怕不来梅当时还没能理解尼罗将军的意思，但很快，他将会明白将军表情古怪的原因了。

尼罗将军的司机是一只叫杨里德的短吻鳄，他的个头比尼罗将军小很多，但一张绿茄子脸比尼罗将军还凶狠。阿呱看到他的时候下意识地捂住了自己的眼睛。

杨里德开车载着一行人往酒店的方向驶去。

汽车穿过铃铛区。

铃铛区的主要居民是食草动物，奇蹄目和偶蹄目动物占到八成以上。这里的居民们都习惯日落而息日出而作，入夜之后街上尤其静谧。

安静的环境是会传染的。车上的尼罗将军一言不发，不来梅和阿呱也很识相地没有说话，杨里德则一门心思只管开车。

铃铛区的西面是泰坦区。泰坦区和铃铛区的交界处有一座巨大的驼鹿形象的建筑物，像城门一样将两个区分隔开来。这座驼鹿城门是为了纪念八十年前一位在战场上营救了七十五位战士的医疗兵而兴建的。

连接两个区的主干道从驼鹿的四只脚下穿过。汽车从驼鹿的肚子下疾驶而过，来到了泰坦区。

泰坦区是那些身材夸张的大型动物的居住地，因此楼宇比其他地区更高更大，街道的宽度也是铃铛区的两倍。

泰坦歌剧院是动物城里最雄伟的建筑物。歌剧院门前的喷水池是居民们休憩玩耍的地方，平日的这个时候总是人满为患，无论什么种类、大小的动物都喜欢聚到这儿来。

但今天不知为何，剧院前人迹寥寥，往日的欢歌笑语消失得无影无踪，连风雨无阻、一直喜欢在太阳下山之后上这儿来练嗓子的鼓鼓合唱团都没有发出声音。

看来，这注定是个不寻常的夜晚。

驶过泰坦区就来到了官员和富人居住的河床区。

河床区的中心部位是利维坦山。沿着利维坦山的山路蜿蜒而上，从车窗望出去是一栋栋精心建造、风格迥异的豪华别墅。

许多叱咤风云的政治家、光彩夺目的明星、腰缠万贯的商贾就住在其中，鳄鱼将军自己的官邸也在山脚下。

山顶坐落着不来梅他们此行的目的地——芝华士大酒店。

芝华士大酒店虽然是一家规格极高的酒店，却不像梅林大酒店和王致和大酒店那样仅从外表就能看得出来。

梅林大酒店的外观仿造英国的白金汉宫，王致和大酒店的外观仿造中国的避暑山庄，都是从内到外雕梁画栋、金碧辉煌的博物馆级的豪华酒店。

芝华士大酒店更像隐居于山林的修士，外表并不张扬，却承担着更加重要的责任——政府方面的会晤活动。

像梅林大酒店这样的豪华酒店，客人只要花上足够的钱，就能享受其无微不至的高端服务。芝华士大酒店则不一样,哪怕砸下重金,没有相关人员的允许也是进不去的。

汽车缓缓停在酒店的大门外,杨里德下车替尼罗将军和不来梅打开车门。

不来梅和阿呱从前只是在电视和报纸上见过芝华士大酒店,对于他们来说,这儿就像那些传说中的秘境一样有吸引力。

一想到自己要进去,阿呱的绿脸又兴奋得变红了。

"早知道我应该穿那件西装,就是我配波点小领结的那件,金美说我穿那个最帅气了。"阿呱小声地对不来梅说道,"真想和酒店拍一张合照呀,我的朋友们都会羡慕我的。"

"我们可不是来玩的,小青蛙。"尽管阿呱的声音很轻,但尼罗将军还是听到了阿呱的声音,严厉地说道。

阿呱惭愧地点点头。面对自己的偶像尼罗将军,他无时无刻不想表现得更好。

酒店门口已经被一群穿着军装的豪猪围了起来,个个神情戒备地看着周围,背后的硬刺仿佛随时准备发射。

"他们是特别行动队的吗?"阿呱悄声问不来梅。

"是的。我也是第一次看到特别行动队,我想他们是大使死后才来的吧。"不来梅猜测道。

"大使来访不用出动特别行动队吗?"阿呱不解地问。

"特别行动队只有在发生特别严重的案件时才会出动,正常的外交活动是不必出动的。不过我想军方现在应该有点后悔了,如果一开始的防范规格足够高的话,大使可能就不会死了。"不来梅丝毫不顾及身边的尼罗将军的感受,大放厥词。

"能不能给我点面子?"尼罗将军没好气地说。

不来梅显然感受到了尼罗将军的怨气,也许尼罗将军一开始曾经提议加强防备,被其他同事当成了小题大做。

他们经过豪猪特别行动队后,穿过酒店的中央花坛,向着主楼走去。

"我早就说过了,最近时局并不稳定,主战派、激进分子、疯子政客越来越多,但没人听进去。"尼罗将军抱怨道,"就像以前的玫瑰党、神龙教、羽毛神社那些,都是大麻烦,最近你们有没有听说过一个叫作奥利奥党的组织?"

"我听说过。"阿呱抢答道,"金美有个朋友据说就加入了。"

"这个奥利奥党很奇怪,既不热衷于在议会获取席位,也不在政见上攻击其他政党,更不和其他组织结盟。根本不知道他们的目的是什么。"尼罗将军说。

"那这个奥利奥党有什么危害?听上去就是一个松散的、目的不明确的组织。"不来梅说。

"对,听上去完全无害。但就是因为什么都不知道,连他们的首领是谁都很神秘,才觉得可疑……除了这些个时不时冒出来的古怪组织,我们也要提防其他极端分子破坏会议,但没想到,还是出事了。"尼罗的脸色又严肃起来,"走,我们一起进去吧。"

芝华士大酒店的内部看上去平平无奇,装潢方式非常简洁,和那些大堂里处处摆放着装饰品、走廊里处处悬挂着艺术品的超豪华酒店不同。能看得出,在这种简洁背后,是政府给予建造酒店预算的不足。

不来梅他们跨进酒店大堂,一个熟悉的身影出现了。

"挠挠警长,好久不见。"不来梅上前向一只穿着警服的山猫打了招呼。

挠挠警长是动物城警察局总局局长。

动物城的十二个行政区一共有四十六所警察局。挠挠警长一开始是十九分局的一名普通警员，因为在抓捕抢劫银行的浣熊一族时负伤奋战，将六只发狂的小浣熊尽数缉拿归案，升职为副局长。后来又带领一帮得力警员破获了反政府组织羽毛神社密谋叛乱的重大案件，被国会褒奖后荣升为总局局长。

尽管挠挠警长战功赫赫、战绩彪炳，貌似可靠，但其实是一个容易迷失方向、容易病急乱投医的人。着急的时候，挠挠警长就会用爪子挠身边最近的动物或事物，所以他的贴身助理换了一个又一个。现任助理是身上有坚硬鳞片、不怕挠挠神功的犰狳阿坚。

"不来梅，你终于来了。我很高兴老朋友尼罗将军选择了相信我。"挠挠警长向不来梅伸出了手。

不来梅和挠挠警长像久别重逢的战友一样，使劲地握了握手。

"希望你是对的。"尼罗将军说。

"那就要看这位年轻人的表现了，怎么样，你不会让我失望吧。"挠挠警长充满期待地看向不来梅。

"放心吧，只要是不来梅，无论什么案件都一定能解决的！"阿呱边跳边大声叫道。

"阿呱，好久不见！你看上去气色不错啊，脸比上次见到的时候更绿了！"挠挠警长礼貌地说道。

这时，他们碰巧碰上了一群动物大摇大摆地下楼，一只老虎正在和一只浣熊交头接耳。浣熊穿着正装，扎着领带，头发梳得一丝不苟，看起来精神很不错，正是闻名动物城的名侦探波奇。

"哟，这不是尼罗嘛。"一只威风凛凛的老虎站在了不来梅他们面前,他看起来有些上了年纪,但不怒自威的压迫感犹在。

尼罗将军略一点头,有些不爽的样子。

"这就是你找来的侦探,一头毛驴?"王老铁上下打探了一下不来梅,"你们费这功夫干吗呢,这个国家最好的侦探已经被我请来了,你们等着听结果不就行了。"

"不来梅是我的案件顾问,之前帮助我破获过好几桩案件。"挠挠不服气地挺直了胸膛。

"那也就是瞎猫碰上死耗子了。"王老铁说道,"哎呀,不好意思,我忘记你就是一只猫了。"

挠挠警长气得胡须都飞了起来。

此时,波奇向不来梅打了招呼:"又见面了,不来梅。"

不来梅也向波奇点头问好:"你好,波奇。"

"你还是一如既往地不修边幅。"波奇一脸嘲笑地看着不来梅。

来到这样的场所,参与这么重要的案件,不来梅那家伙竟然穿着运动服就来了,真是不讲究。波奇对不来梅的模样很嫌弃,不来梅一向对自己的穿衣没什么要求。

"你也依旧是讲究得过分啊。"波奇穿着做工考究的西装,还系了阿呱梦寐以求的波点领结,不知道的还以为他也是来这里参加和谈的大臣呢。

不来梅转过头来对挠挠警长说:"警长,客套话留着回头再说,还是先让我了解一下案情吧。"

"好,我们一起去现场吧。"挠挠警长巴不得快点离开王老铁。

走了没多远,他们背后传来了王老铁的嘲笑:"尼罗真是上了年纪了,看来以前厉害是因为年轻,现在年纪大了不但胆子小了，还爱做无用功啊。"

但自始至终，尼罗将军都未发一言。

芝华士大酒店的一楼是大堂和餐厅。

眼下因为案情的关系，大堂里被拉上了警戒线。除了挠挠警长之外，还有他手下的几名得力助手将这个酒店暂时控制住了。

不来梅等一行人路过餐厅，可以看见侍者们正在清理桌面。桌上犹能见到剩下的菜品。

"我记得尼罗将军说最早发现尸体是因为火灾警报，可这里看起来没有一点火灾的样子。"不来梅问道。

的确，餐厅看起来依旧井然有序。

"酒店确实发生了火灾，但实际上火灾波及的区域只有三楼，准确地说只有大使的房间。虽然邻近的房间也受到了波及，但很快就被立即赶来的工作人员扑灭了。"挠挠警长回答道。

"没错，"尼罗将军点了点头，"在这儿的其他官员并没有受到什么影响，只是吓出了一身冷汗。因为都是政要，现在虽然被扣留在酒店里了，但该提供的服务还是会提供。晚餐之类的都照旧，餐厅和厨房还在工作。"

"你们俩吃过晚饭了吗？"挠挠警长问。

"已经吃过了呢，尼罗将军来之前，我替不来梅准备了一道美味的干草、玉米、葡萄籽拌成的豪华色拉……"阿呱说道。

"阿呱，你少说两句……"不来梅觉得在这种场合之下，阿呱不能像在家里一样唠唠叨叨。

"既然你们已经吃过了，那现在应该肚子不饿，可以直接去现场调查了。晚一些时候，我们可以让厨房准备夜宵给各位。"挠挠警长说道，"我们刚才已经加过餐了。"

挠挠警长一边说着，一边用爪子剔去牙缝里卡着的鱼肉。

"夜宵的事一会儿再说吧。"不来梅想到在这栋建筑物的某处，还有一具非同寻常的尸体在等着他，就迫不及待想要与它相见了。

一行人进入电梯，挠挠警长按下了三楼的按钮。

"酒店的一楼是大堂、餐厅和会议厅，二楼是小会议室，我们和人类大使的会谈就在二楼举办。三楼到五楼都是客房，这次大使来访事关重大，所以只有参加会议的政要才能住在这里。"挠挠警长介绍道。

"其实就算是平时，芝华士大酒店也不是能随便入住的。"尼罗将军说道。

"叮"的一声，电梯到了三楼。

电梯的门还没有打开，大家就能感觉到外面弥漫的烧焦味道从电梯门缝里丝丝灌入。

阿呱被呛得"呱！呱！"地连着打了好几个喷嚏。

电梯门打开了，酒店走廊一片漆黑。

在不来梅踏出电梯，蹄子落到走廊地面上的时候，走廊里一下子就亮了起来。

"这是重力感应的廊灯。"挠挠警长说道，"没有动物踩上去的时候，走廊里的灯就不会亮，一旦感受到动物在上面行走的重量，就会亮灯。"

别看芝华士大酒店的外观其貌不扬，内饰平平无奇，在一些看不到的硬件方面，还是很有科技含量的。

因为各种动物习性不同，有的喜欢黑夜，有的喜欢日光，有的需要恒温，有的害怕潮湿，所以芝华士大酒店的每一间客房都有不一样的硬件设施。

大家跟随着挠挠警长一路往大使的房间走去。

"这层楼除了大使,还有其他住客吗?"不来梅问道。

"有,外交大臣塞拉囧还有他的妻子纯子,以及防卫大臣铁头。噢,还有大使的保镖吉伯,他也住在这一层。"挠挠警长回答道。

"和大使会谈的只有外交大臣和防卫大臣吗?"不来梅问道。

"不是,还有很多其他官员。财政大臣斑斑、安全大臣比尔等其他参加会议的人都住在四楼。我们把像王老铁那样比较激进的主战派都安排在了五楼。"尼罗回答道。

几个人一边说一边穿过酒店的走廊,最后停在一扇深褐色的合金房门前。

"到了,我们进去吧,你们小心,千万不要破坏现场的东西。"挠挠警官说道,"尤其是你,小青蛙,我记得上次的案件,你就差点把房间里的昆虫标本给吃了!"

"您还记得那件事儿啊……"阿呱不好意思地低下了头。

大使的房间被烧得面目全非,但依旧能从现场残存的布置和格局看出这曾是一套精致、豪华、具有设计感的现代套房。

不来梅踮着蹄子,小心翼翼地在里面转了一圈。

整个套房由一间会客室、一间卧室、两个厕所、一个衣帽间和一个观景阳台组成。

会客室大概有三十平方米,地上湿漉漉的,焦黑中混杂着泡沫,这个烂摊子应该是之前扑灭火灾时形成的。

客厅的墙纸已经被熏黑,靠近地面的地方被烧得卷了起来,从一些未被烧到的角落来看是颇具现代感的黑白竖条纹的设计。在没被烧毁前,墙纸应该与客厅中的组合沙发相得益彰。

客厅的组合沙发已经半边焦掉了,剩下的半边也变成了深褐色，但能看出线条和色彩都是颇为高冷的极简风格。

离沙发不远处，几乎无处落脚的地上用粉笔勉强圈出了一个人形的模样。在电视剧里，这就是命案现场常见的死者所在的位置。

很奇怪的是，这个标志并不全，粉笔圈出的地方在某处被截断了。

"难道……"不来梅看着人形标志沉思道，"这就是尼罗将军所说的尸体不完全在这里的缘故？"

"你说得没错，"尼罗将军神情复杂地说道，"大使的尸体只剩上半身了！"

"这是什么仇什么恨啊！"听闻此惨状，阿呱发出了一声惊呼。

"不光这样呢！大使的肚子被切开，五脏六腑也被捣乱，再加上被一把火烧过，简直就是人间惨剧……"挠挠警长生怕阿呱受到的惊吓还不够，更加着重地介绍了一下大使的死状。

"要说动机的话，这栋楼里应该不少人有吧？"不来梅陷入了沉思。

的确，有动机杀死大使的，在动物王国里何止千万，就连不来梅本人，对人类也怀有一种复杂的感情。

一方面，他非常欣赏和喜爱人类创造的文化与艺术；另一方面，人类也曾为他带来无法磨灭的伤害。

眼下，虽然人类派来的所谓大使美其名曰为了和谈，但谁知道他们葫芦里卖的是什么药呢。涉及全世界未来的和谈、一场突如其来的火灾、只有半个身体的人类大使，这个案件确实古怪，而且让人隐约觉得背后有故事。

不来梅感到肩膀上的担子有些重。这案子不像自己以前遇到过的那种寻常的凶杀、绑架、偷盗案。

大使的房间仿佛随时会开门的地狱,如果这件事情没有处理好,恶魔一定会从地狱中呼啸而出,短暂的平静被打破,整个世界将陷入无休无止的战乱。

哪怕不来梅对人类再抱有敌意,也不希望眼下的和平年代荡然无存。

看到不来梅发起了呆,挠挠警长将爪子在他眼前挥舞,试图唤醒不来梅。

不来梅回过神来,冲挠挠警长点点头。

"出了这种事情真是急死我了,就连阿坚都快被我挠红了。那就拜托你了,我和尼罗将军现在可被盯紧了,每隔六个小时就要去向上面汇报一次,所以这里就全权托付给你们了!"挠挠警长说道,"王老铁那帮家伙也不知道在搞什么花样,好好查案倒也罢了,就怕他们捣乱。"

"您和尼罗将军就放心吧,我们一定全力侦破案件!"不来梅向两位保证,"至于波奇,我认为他至少还有一个侦探的操守。"

"什么操守?"

"探究真相。"不来梅说道。

"希望这个对你们能有帮助。"尼罗边说边从风衣内侧的口袋里掏出一枚制作精良的徽章,伸手递给了不来梅。

这枚徽章呈深灰色,看起来沉甸甸的,不知道是什么金属制成。八角形的徽章边框雕刻着精致的花纹,徽章中心有一整条鳄鱼形状的凸刻。

"哇!这个难道是传说中的绝世珍宝尼罗之印?"阿呱见到徽章,仿佛看到了稀世珍宝一样兴奋异常。

"呃,小青蛙,这并非什么绝世珍宝……就是我的通行证。在动物城里,不管你们想去哪里、遇到了什么麻烦,都可以出示它,不会有人敢为难你们的!"尼罗将军殷切地看着不来梅和阿呱。

在整个动物城,几乎没有人不认识将军尼罗的徽章,这是国会为了奖励尼罗的赫赫战功特地颁给他的。

别看这只是个做工精致的小小的牌子,却能在任何地方都得到特权。当然,尼罗将军并不会随便滥用这块徽章来行使特权,这也是他在动物城内有如此高威望的原因。

尼罗将军从来没有将这枚徽章给过其他人,眼下因为大使的案子十万火急,他才将如此重要的东西给了不来梅这么一个平民私家侦探。

不来梅接过徽章,脸上的神情有些凝重,他明白这枚徽章代表的重大意义,尼罗一定是怕他们破案遇到阻碍,毕竟现在王老铁也在厉兵秣马,谁知道他会不会给不来梅下绊子。

"嘿,我的老伙计,你竟然舍得把徽章给他们。之前让你给我摸摸都不肯。"挠挠警长羡慕地看着不来梅,"我又不会给你挠坏了。"

"好了好了,等破案了让你挠个够!"尼罗将军拍拍挠挠警长的肩膀,"我们快走,这里就交给不来梅他们吧。"

挠挠警长再次与不来梅和阿呱握了握手。

握完手后,挠挠警长给身边的犰狳阿坚使了个眼色,然后对不来梅说:"如果有任何想调查的人和想去的地方随时都可以去,阿坚就负责留下来协助你们。"

阿坚双腿并拢,右手举在眉旁,朝着挠挠警长肃穆地敬了个礼。

尼罗将军和挠挠警长刚离开，阿呱就试图去拿那枚徽章。

但徽章实在是有些重，阿呱铆足了全身的力气也没有办法把它举起来。

"不愧是尼罗将军啊。"阿呱赞许地说道，"真乃天神下凡力大无穷啊！"

"阿呱，你不要把徽章弄坏了！"不来梅轻松地拿起徽章，塞进上衣口袋。

不来梅不像阿呱那样崇拜尼罗将军。虽然此前也听闻尼罗将军不少战功——绝大多数都是从阿呱的嘴里说出来的——但他一直觉得尼罗将军不过尔尔。

而现在他近距离地和尼罗将军接触后，深深感到尼罗之所以能有今天的成就，并不是凭借着溜须拍马和走狗屎运，是有货真价实的强硬手腕和极其强大的个人魅力。

这个壮硕的鳄鱼甚至和一些传说中的侦探：福尔狐狸摩斯、布朗土拨鼠神父、御手洗梅花鹿洁一样，对他的心灵造成了巨大的震撼。

哪怕只是为了尼罗将军的信任，不来梅也打算要全力以赴去工作了。

"阿呱。"不来梅突然转身看着阿呱，"我以自己的耳朵发誓，一定要破了这个案子！"

阿呱被不来梅突如其来的军令状吓到了，蒙了几秒之后点了点头。

"好了，打起精神，我们要开始调查了！"不来梅抬起双手，将拳头举过头顶，为自己打气。

阿呱在一旁伴以蛙鸣。

"阿坚，大使长得什么样子，有照片吗？"一番宣誓后，不来梅扭过头问助手阿坚。

"报告！我这儿有大使的照片。"阿坚从腋下夹着的公文包里搜索出一张照片，递到不来梅手中。

照片上大使和一些动物站成一排，在芝华士大酒店门口。

这是大使来访的第一天，全体参加和谈的官员与大使的合影。

大使站在队列的最中间，能看出，她的个头相比身边那几只健壮的动物要矮上一些。

大使的容貌作为人类来说应该算相当美貌的。

一双深蓝色的眼睛冷若冰霜，气质和她脖子上戴着的珍珠项链一样高贵。

大使穿着宽大的连衣裙，裙摆一直垂到地上。如果不是这么正式的场合，应该不会有人乐意穿这种衣服吧，特别不好走路，不来梅想。

"大使是不是叫爱丽丝？"不来梅前面听尼罗将军提到过。

"报告！是的。"

不来梅将照片收进大衣内侧的口袋，在接下来巡查现场之前，走到了阳台上透透气。

阳台的视野非常好，可以俯视半个山坡的风景。往旁边看去，所有的房间都有这么一个阳台，隔壁房间的阳台离不来梅站着的阳台距离不远。

"一般来说，为了安全问题，给重要人物安排房间不是要避讳有阳台吗？"不来梅问阿坚。

阿坚挠了挠自己坚硬的脑袋："报告！规定确实是这样的。但大使说她很喜欢阳台的设计，想在这里看看这座城市的风光，然后指定了这间客房，所以就安排在了这里。其他与会的官员大部分都住在四楼或者五楼，那里是没有阳台的。"

"那四楼和五楼的房间也都像这里这么大吗？"阿呱问道。

"报告！房间都是差不多大的，不过三楼最大的特色是房间更加舒适，硬件设备上比较好。比如有成套的按摩系统，房间内有按摩椅，还有非常大的按摩浴缸。"阿坚回答道。

不来梅考虑到在他来之前，挠挠警长应该已经进行过一轮搜查了，因此最有效率的办案方式就是先问一下有什么进展。

"你们在现场找到什么关键证据了吗，比如说凶器？"不来梅问。

"报告！凶器我们还没有找到，但比较重要的线索有两条。第一是浴缸那里用鲁米诺试剂检测到了大量血液，法医正在判断是不是大使的血迹。第二是火灾的原因，我们通过燃烧的痕迹判断，爆炸的源头是微波炉。"阿坚说。

"微波炉？"不来梅沉思道。

"报告，是微波炉，这件事情请您务必保密，我们还没有对外公布起火的原因。"阿坚说。

"火灾有没有可能是意外呢？"阿呱说，"不来梅，你还记不记得，上次你把铁锅放进微波炉里，结果爆炸了？"

"那不是我放的！是你放的！你想用铁锅炖西红柿！"阿呱这个坏家伙，哪壶不开提哪壶，不来梅想道。

"呱，如果是微波炉的话，那说不定是大使在热什么东西的时候爆炸的！她的下半身被炸飞了！"阿呱推理道。

"微波炉爆炸不可能把尸体炸飞的！如果发生那种程度的爆炸，这个房间的家具早就变成碎片了！"不来梅翻了个白眼，"火灾不可能是大使自己造成的，是有人杀了她之后制造的。话说回来，爱丽丝的尸体上哪儿去了？"

"报告！尸体已经送去做尸检了，详细的情况明天才会知道。不过都烧成那个样子了，恐怕很多原本有用的线索都会被破坏吧！如果你们想找指纹，应该已经不存在啦！"

"指纹？这里除了大使还有谁会有指纹？我们都是动物，哪里有什么指纹啊？还有阿坚，你为什么总是要说报告！"阿呱问。

"报告！我指的是蹄印、爪痕或者毛发，我喜欢看人类的推理剧，经常模仿他们的台词，渐渐养成了习惯。对不起，嘿嘿。"阿坚有些不好意思。

这时阿坚的手机响了起来，他一边说着"报告！不好意思"，一边团成一团滚着就出门接电话去了。

阿坚离开之后，不来梅去浴室里仔细查看了一番。浴室可能因为有门和防潮的墙壁隔着，并没有被火灾波及，还是基本保持原样。

浴缸里几乎看不到血迹，大概血迹都被水冲走了吧。

如果浴缸里曾经有大量血迹，说不定大使就是死在浴缸里的，但这还需要确认浴缸里的血迹是不是大使的。

"阿呱，你有什么发现没有？"不来梅问道。

"呱，浴室的门密封性非常好，关上的话里面和外面就基本被隔绝了，也许这就是火没有烧到浴室的原因吧！"

不来梅点了点头。

不来梅走出浴室，查看了微波炉。微波炉确实损毁得很厉害，不过可以看出，它和大多数微波炉没有什么区别，能够加热、杀菌，还能够定时。

"不来梅，有没有可能微波炉是大使在死之前定了时，死之后自动启动，然后引起的火灾呢？"

"那我们要知道几个关键时间点:第一,大使死亡的确切时间;第二,着火的确切时间;第三,微波炉可以控制定时的时间。"

"那杀死爱丽丝的和放火的,会不会是两个不同的凶手呢?"

"也许吧,现在还没有证据能证明这一点。"

不来梅在床边站了一会儿,发现床头的木板和墙壁之间有一段距离。他把手伸进床头的木板后面,发现不够长,便让阿呱钻进木板的后面看一看。

阿呱灵巧地挤了进去。

"呱!"他兴奋地大叫道,"看我发现了什么?"

阿呱顺着木板旁边的床头柜,将一个电熨斗推了出来。

电熨斗落在床板的后面,所以没有被火焰侵蚀得太严重。

"太棒了阿呱,这个熨斗可能就是凶器!"不来梅从口袋里掏出证物袋,隔着一块棉布小心翼翼地将熨斗放了进去。

"但是,不来梅,这个熨斗上面并没有血迹啊?"

"我们一会儿让警方用鲁米诺试剂测试一下,看上面有没有血迹。"

"但熨斗怎么能将大使切成两半呢?"阿呱问。

"你不要着急嘛,比起如何把大使切成两半,我更在意的是另一件事。"不来梅说道。

"呱,是什么事呢?"

"如果熨斗是凶器的话,那这起案件会不会是临时起意呢?"不来梅说,"一般来说,客房里的熨斗不会被用作凶器。要行凶的话,凶手一定会准备妥当的,其中就包括准备好凶器。"

说完之后,不来梅陷入了沉思。这起案件如果像他所想的那样是临时起意的话,那杀死大使的动机就更难以寻找了。

"行了，现场我过会儿再来看。我们抓紧时间去会会接触过大使的动物吧！"不来梅觉得一时半会儿也很难想通动机的问题，于是打算和嫌疑动物们先聊聊，也许那样就能有所发现了。

这时，阿坚也打完了电话，他进门后对着不来梅做了一个OK的手势："报告！电话里有了新的进展。"

"什么？"

"报告！经过鉴定，浴缸里的血液确实是大使的。"

"太好了，"不来梅搓着手，"这些都是预料之中的事情。阿坚，我们刚才发现了一件新的证物，我怀疑很可能是凶器，你看看能不能在上面发现点什么？"

不来梅一边说一边将熨斗交给阿坚。

"遵命。"阿坚接过熨斗后敬了个礼，转身要离开房间。

"等等，"不来梅突然叫住对方，"我打算先询问可能和案件有关的诸位，就从大使尸体的发现者开始吧。"

"报告！发现大使尸体的是她的保镖大象吉伯。已经给你们在二楼预备了会议室，可以在那里进行询问。"阿坚将房卡递给了不来梅。

"那我们就先去准备了，有劳你去找一下吉伯，将他带过来吧。"不来梅说道，"时间也不早了，今晚注定是个不眠之夜啊！"

"报告！请放心，我先将熨斗送给下面的同事去鉴定，随后就带吉伯上去。这是一会儿询问能用到的资料，可以作为参考。"阿坚一板一眼地回答道，将一沓资料交给了不来梅。

"噗！"阿呱笑出了声，"阿坚，你可真是一个可爱又认真的警察呀！"

阿坚不好意思地低下了头，由于他的脸皮太厚，也看不出来有没有红："那个……谢谢……之后如果我协助得还不错的话，能不能……"

"啥？"阿呱歪着头看着他。

"能不能挠挠我，就当给我个奖励呢！"阿坚的头低得更厉害了。

"哈哈哈哈，好嘞！你跟挠挠警长可真是天生的搭档啊！"阿呱说完，伸出软软的小蹼挠了挠阿坚的头。而不来梅则疑惑地伸出了蹄子，在阿坚身上蹭了两下。

阿坚被挠完后，仿佛打了鸡血，一溜烟地跑开了。

3

2333年10月15日，9∶50pm

不来梅没有立刻离开大使的房间，而是研究起了大使房间的门锁。

"门锁并没有被破坏的痕迹，凶手应该是通过正当途径进入了大使的房间，很有可能是爱丽丝给他开的门。"不来梅检查完后说。

"那说明爱丽丝认识凶手，否则怎么可能给他开门呢？"阿呱说道。

"这对于排除嫌疑动物并没有什么帮助，因为会谈已经进行了好几天，这家酒店里的每一位来宾，爱丽丝应该和他们都见过面了。"不来梅摇摇头，"况且凶手也是有可能通过阳台进入的。"

这一层客房的阳台相互之间都距离很近，可以从相邻的房间翻越进来。而那些善于攀爬的动物完全有可能沿外墙爬上来，因此从阳台进入的可能性确实也是有的。

"大使为什么特别指定要住这个房间呢？"阿呱突然问道。

不来梅摇了摇头："这件事情也让我有一点不解。阿坚给我们的资料上说,大使是第一次来动物城,因此排除了这是她住惯了的房间的可能。"

"呱,也许是为了风景,这边从阳台望出去,风景可真是不错啊!"

"那也不用指明这个房间吧?只要说自己想住一个风景好的房间不就可以了?"

"呱,也许大使是想要一个大浴缸!这间套房的浴室可真不小啊!"

"那就更奇怪了。"

"怎么个奇怪法?"

"如果大使是第一次来,怎么知道这个房间浴室不小呢?"

"呱,那你说是什么原因?"

"原因我暂时也不知道,但我觉得弄清楚原因,应该会对我们找出真相有帮助吧!"

不来梅和阿呱离开大使的房间,向电梯走去。

三楼的走廊很宽,有一道弯月一样的弧度,大使的套房在半径更小的一边。

走廊里铺着厚厚的地毯。

"呱,走廊里没有监控摄像头。"阿呱前后左右环视了一圈后说道。

"可能是因为这里充斥着各种秘密吧。有的人不希望这些秘密公之于众,所以酒店没有安装监控摄像头。"不来梅说。

"呱,如果有摄像头的话,案子就简单咯。"

"那样的话,就用不着找我们来咯。"

两个人你一言我一语地走到了电梯口。

随着电梯降到二楼,不来梅发现,这里完全没有受到火灾的影响，走廊里闻不到任何气味。

酒店为不来梅和阿呱安排的房间是一间小型会议室，从外面看并无特殊之处，里面却足够舒适。

虽然这间套房在走廊半径更大的一边，面积却比大使的房间小一些，而且没有阳台。

大使的套房哪怕被烧得乌漆麻黑，不来梅还是可以通过现在自身所处的环境判断出，那里在没有被烧毁之前具备足够的舒适度和设计感。

眼下，阿呱正陷在柔软的皮沙发里不能自拔。

"不来梅，快来帮我一把，我出不来了！"阿呱伸出双手呼喊，好像溺水的人。但他是一只青蛙，应该不会溺水。

不来梅不耐烦地拽住阿呱的手，将他从沙发里抽出来。

"太软了，比金美的身体还软！"阿呱刚刚死里逃生就开始想念女友了。

不来梅从茶几上拿过一个托盘，垫在沙发上，这样阿呱只要待在托盘里，就不会被沙发吞噬了。

"呱，这让我想到池塘里的睡莲。"阿呱好像很喜欢这个托盘。

不来梅并不理睬阿呱，而是在一旁认真地翻看阿坚给他们的资料。

好动的阿呱则兴奋地扫视四周，意外地发现了珍宝。

"不来梅，他们贴心地为我准备了零食，"阿呱看到茶几上的透明罐子，"这些都是昆虫干耶！"

阿呱伸出舌头，黏住了罐子。

好笑的是，原本他准备用舌头将罐子拉到身边，却没想到错误估计了罐子的重量，整个蛙被罐子拉离了托盘，一头栽到沙发下面。

实在是一只小不点儿。

正在不来梅被阿呱的不稳重弄得气血攻心，准备爆发之际，响起了敲门声。

阿呱和不来梅对视一眼，立马整理好了情绪。

阿呱一个鹞子翻身从地上弹起，一蹦一跳地去开门。

阿呱蹦起来将自己挂在了门把手上，转动门把手打开了门。

"不来梅，外面谁也没有！而且天怎么黑了？"

不来梅朝门口望去："笨呱，什么天黑了，是一件黑色西装！"

阿呱正在奇怪一件黑西装怎么会敲门，一个身材伟岸的巨汉踏了进来。

这是一只威武强壮的非洲象，他比尼罗将军还要大好几圈，身体几乎有整扇门那么大，需要低下头才能走进房间。幸好房间的天花板很高，空间能够轻而易举地容纳下他庞大的身躯。

不来梅庆幸自己没有在家里接待这位来客，否则就不只几本书掉在地上这么简单了。

非洲象穿着略微瘦小的衣服，显然这身衣服不是他的，但对于这样的巨汉来说，一件衣服能磕磕绊绊套在他身上，这身衣服的拥有者体形也已经很庞大了。

"这位是大使的保镖吉伯先生吧？"不来梅先开口向对方打招呼，"你好，我叫不来梅，是调查大使死亡案件的侦探。"

"侦探先生，你好。"吉伯的鼻子上下摆动，但他显然有些困惑，"我记得已经有一位侦探先生了呀？好像叫波奇？"

不来梅知道，上下摆动鼻子是大象打招呼的一种方式，因为他们的脖子太短，很难点头。

"我们的委托人分别是尼罗将军和王老铁将军，因此可能会分开调查。另外我和波奇的办案方式可能也不一样,所以还需要重新了解一下情况。"不来梅解释道。

"好的,我明白了。"

"谢谢配合,吉伯先生。这么晚叫你过来,还是想咨询一些关于大使的事情。"不来梅友善地看着吉伯道,"请坐。"

"不了,侦探先生,我就站着吧,这里坐着也不太方便。你有什么问题我都会配合的。"吉伯说道。

阿坚如鬼魅一般出现在吉伯的身边,他是团成一团滚进来的。

"你这身衣服是不是小了点儿?"不来梅问。

"这件其实不是我的衣服。火灾发生后,我第一个冲进房间救大使,把她的尸体抬出来的时候衣服已经被烧坏了,所以铁头将他的衣服给了我。"

"铁头是?"

"报告,铁头是防卫大臣。"阿坚说道。

阿呱从门把手上一跃而下,一蹦一跳地回到托盘里:"吉伯先生您好,我是不来梅的助手,我叫阿呱!"

"你好小青蛙。"吉伯友好地向阿呱挥动鼻子,但产生的气流差点儿把阿呱从托盘上掀翻。

"好了吉伯先生,我们就不和你客套了,能说说你身上的伤是怎么回事吗?"不来梅发现吉伯的身上有的地方贴上了纱布,问道。

"这是火警响后我进房间救大使的时候被烧伤的。"吉伯用鼻子的前端揉搓着自己肩膀上的伤处说道。

"报告,吉伯因为救大使,身上确实受了很多伤。"阿坚做证道。

"那点小伤真的不算什么。只可惜，大使还是……"说到这里，吉伯悲伤地低下了头，"这都是我的失职。我没有保护好大使。"

"说到职责，我有些好奇。你是大使点名要求的保镖还是由我们政府指派的呢？"不来梅问。

"是外交大臣塞拉囧先生来委托我的。唉，这次要让他失望了。"吉伯的表情更加自责了。

"保镖不是应该二十四小时贴身执守吗？大使出事的时候，你怎么会不在她身边呢？"不来梅问。

"没错，一般情况下确实是这样的。我以前担任保镖时，很多客户都是要求我二十四小时贴身保护，最起码也是寸步不离，当他们在屋子里的时候，我需要在外面守候。但这位大使比较奇怪，对我说不要贴身保护，她甚至不让我在门外站岗。以我的从业经验，大使算我见过的最特殊的保护对象了。我征求了外交大臣塞拉囧和安全大臣比尔的意见，他们认为在芝华士大酒店里安全系数很高，不用照搬那些外界保镖的标准，尊重大使的意见是第一位的。所以我就顺从了她的要求，只有在她传唤我或者出行的时候，我才会贴身保护她。"

吉伯说完这些，显得有些无奈。

确实，如果他一直在大使身边保护她，也不会发生这样的惨剧了吧。

"看来大使还真是个在意个人隐私的人啊！你觉得她是个什么样的人？"不来梅问。

吉伯陷入了沉思，不来梅发现他的眉头拧到了一起。

"吉伯先生，不用多虑，但说无妨。"

"我是觉得，评论一个已经过世的人，是一件不好的事情。"

"比起说一个已经过世的人的闲话,找出凶手是更为重要的事情。"

吉伯点了一下鼻子,这和点头是一个意思。

"怎么说呢,大使不太和我说话,看起来有些冷漠。不过她应该并不是因为我是一名工作人员而对我冷漠,对那些达官显贵,她也一视同仁。"

"哎,人类毕竟是人类,肯定觉得动物就是动物,对自己来说就是低等生物吧。"不来梅摇摇头说。

"我也听到背后有动物议论说人类果然就是这副德行之类的,但大使给我的感觉,并没有你说的那种高高在上,认为动物都是低等生物的做派。我反而能感觉到她是很好的人,虽然看上去冷漠,但那只是她的性格吧。"吉伯反驳不来梅道。

"为什么你会这么想?是不是有什么事情促使你这么想呢?"

"没有……只是一种直觉吧。"吉伯回答道。

"明白了。看来你对人类的印象还不错。"

"不是所有人类。我当过兵,和人类殊死搏杀过,对他们并没有什么好印象。但我认为大使不是坏的人类。"吉伯的眼睛里充满真诚。

一时间,大家谁也没有说话,空气也安静了下来。

不来梅继续翻看阿坚给他的资料,目光在某一处停下。

不来梅用笔敲了一下桌面问道:"资料里说你关闭了大使房间的红外警报器?"

吉伯有些尴尬:"是的,但这是大使吩咐我这样做的。"

"为什么?"不来梅觉得很奇怪。

"说出来怕是你们都不相信,昨天发生了一起怪事。"

"哦?我最喜欢怪事了,快说来听听。"

"昨天晚上九点多,大使房间的警报器突然响了。这个警报器连到我的房间,响起来的话,我在房间里就会收到信号。于是我马上赶到大使房间,因为我有她房间的钥匙,所以直接开门就冲进去了……"

不来梅两只前蹄托着下巴,全神贯注地听着吉伯说的怪事。

"但我冲进房间后,找遍了整个房间,都没有发现任何生物的踪迹。这就很奇怪了,红外线警报器会响,一定是有生物突然进入了大使的房间……而当我正在寻找的时候,大使裹着浴巾从浴室出来了,她的头发还湿漉漉的,脸色很差,指责我在她洗澡的时候突然冲进来,非常不职业,缺乏对她的尊重……侦探先生,你要知道,那个时候我真的是听到警报才冲进房间的。"

"所以说,房间里应该有其他生物?"不来梅问道,"警报器有没有可能坏了?"

"大使也是这么说的,她说警报器一定是坏了,让我把它拆掉,不然下次又无缘无故响起来,我再冲进来就尴尬了,要预防这种事情再次发生。她还说我过于紧张神经兮兮的,让我以后不要这样了。"吉伯的表情看着有些委屈。

"大使确实怪怪的,既不让你贴身保护,还怕你突然闯进去……对了,吉伯先生,我想问一个问题。"

"请说。"

"你进入房间会不会响起警报呢?"

"不会,因为我是用房卡开门进去的。"

"那大使如果邀请某人进入,会不会响起警报呢?"

"只要不是用房卡开门进入,只要侦测到像阿呱这么大的生物体侵入,都会响起警报的。"

不来梅突然使劲拍了一下大腿，将一旁的阿呱吓了一大跳。阿坚也吓得不轻，团成了一团。

"我知道了，警报器并没有坏。我也知道为什么你在房间里没有找到其他生物了！"

吉伯一脸疑惑地问："为什么呢？"

"你当时是不是没有搜查大使的浴室？"不来梅问道。

"对，我没有搜查大使的浴室……但是大使当时正在浴室里洗澡，她出来的时候还裹着浴巾呢！我肯定没办法搜查她的浴室啊，"吉伯说，"难道是……"

"你猜得没错，那个闯入者当时一定正在大使的浴室里呢！准确地说，这并不是一个闯入者，而是大使邀请他入内的。红外线警报器并不能判断进入者是被邀请入内的还是闯入的，所以就报警了！"不来梅高兴地说。

"呱，这么说来的话，大使在和某人密会？"阿呱说道。

"没错，大使一定有什么不可告人的秘密。"不来梅确信无疑地说道。

"难怪她不要我贴身保护呢！"吉伯说，"但那个和大使密会的又是谁呢？"

"你今天其他时间见过大使吗？"不来梅问。

"今天其他时间？"吉伯思索道，"今天上午医生来的时候，我见过大使。"

"医生？"

"对，熊医生来的时候，我是陪在旁边的。"

"熊医生？"

"对，我也不清楚她叫什么名字，但好像是名医。大使可能是昨天洗澡受了凉，今天感冒了，所以就来了位熊医生，给大使看了病。"

"报告,给大使看病的熊医生名叫布丁,是动物城最优秀的医生之一。"阿坚说道。

"给动物看病的医生还能给人类看病啊?"阿呱有些奇怪。

"这是当然了,人类其实也是一种动物,并没有什么不同。"不来梅解释道,"动物城里那些优秀的医生,是完全可以给人类看病的。"

不来梅又问吉伯:"吉伯先生,你认识布丁医生吗?"

"不认识。"吉伯扇扇耳朵,"她不住在酒店里,是从外面来的。"

"那她现在还在酒店吗?"不来梅问,"我们也许应该去问问医生大使生了什么病。"

"医生给大使看完病就回去了。"吉伯说。

"什么时候回去的?"

"午饭之前。"

"那我们可能还需要询问一下布丁医生,"不来梅转向阿坚,"阿坚,这要麻烦你去通知布丁医生接受我们的调查了。"

"报告,我一会儿就安排人去通知布丁医生,不过今天太晚了,估计她要明天才能过来。"阿坚掏出手机,边打电话边离开了房间,"喂?我是阿坚,能不能通知……"

不来梅一边感慨阿坚确实是一位效率非常高的部下,一边对吉伯说:"这之后你还有没有见过大使?"

"没有,直到火灾前一直都没见过。"

"那这段时间你都在干什么呢?"

"在自己的房间里待命。"

不来梅点点头,他觉得自己已经问得差不多了,可能需要询问下一个了。

"那就这样吧！谢谢你了吉伯先生，如果之后我想到什么会再问你的。"不来梅站了起来，向吉伯伸出手。

吉伯的鼻子握住不来梅的手，上下摇动了几下，这是大象的握手礼。

"这是我人生中最糟糕的一天。"吉伯向不来梅道别，随后走出了房间。

出门之前，吉伯转过身说："再见，侦探先生，再见，小青蛙，希望你们能够尽快破案。"

吉伯刚走出房间，阿坚就回来了。

"报告，已经安排好了，明天上午布丁医生会过来接受您的调查。"

"太棒了阿坚，你真是个高效的帮手呢！"不来梅走到阿坚身边，用蹄子蹭着阿坚的脑袋。

阿坚被挠得开心地左右摇晃。

"那么我们接下来询问谁呢？"不来梅略一思索，"那位外交大臣是叫塞拉囧吧？"

"没错，外交大臣是叫塞拉囧……塞拉囧先生带着他的妻子纯子小姐一起在酒店入住。"阿坚回答道。

"和妻子一起入住酒店？纯子小姐担任什么职务？"不来梅问。

"报告，纯子小姐什么职务都不担任，但她是位很漂亮的女士，听说塞拉囧先生非常疼爱她。"

"啧啧啧，"不来梅咂了咂舌，"那让我们看看他是怎么说的吧。阿坚，麻烦你再去跑一趟。对了，分开请，先请塞拉囧先生，再是他的妻子。"

4

2333年10月15日，10∶20pm

阿坚走了之后，不来梅开始在房间里踱步。才询问了吉伯一只动物，他的脑袋上已经冒出了汗水。

汗水顺着不来梅的脖子流下来，滴在了阿呱的脑袋上。

阿呱三蹦两跳来到茶几上，看着不来梅。

"不来梅，你怎么流汗了？"

"我觉得这个房间有点热，也许是中央空调温度设定得比较高吧。"

"你这么一说，我也发现了。这里是挺暖和的，让我想到了我出生的地方。那可真是个暴晒的地方啊，阳光比见血封喉还毒，只想整天泡在水里……"

不来梅瞪了一眼阿呱，两只铃铛一样的驴眼果然让他安静了下来。

但阿呱是个不会老老实实、安安静静的英俊小青蛙，所以才过了没一会儿，他又开始和不来梅聊天了，但这次他说的是与案情有关的事。

"不来梅，你觉得大使秘密约见的家伙在这个酒店里吗？"

"现在还不清楚,但至少我们知道了一件事情。"

"什么?"

"大使并不是仅仅来和谈那么简单。"

"那你觉得大使有什么不简单的目的?"

"不管什么目的,现在她已经死了,而我觉得,她的死因一定与她的目的有关。"

正在不来梅和阿呱有一搭没一搭地讨论案情之时,敲门声又响了起来。

不来梅站起身来,阿呱则从茶几上跳下了地。

由于刚才阿坚出去的时候并没有关上门,只是随手将门虚掩上了,因此敲门的人很快发现了这一点,自己推门走了进来。

阿坚走了进来,一只英俊潇洒、气宇轩昂的斑马跟在他的身后,那一定就是外交大臣塞拉囧了。

塞拉囧这个名字取自一部非常古老的卡通,在卡通里有一匹激情四溢的马,这匹马是一名宇宙警察,他的手里有一把威力巨大的枪,这把枪的名字就叫作塞拉囧。可能因为斑马的爸爸很喜欢这部动画片,所以才给他起这样的名字吧……

塞拉囧正当壮年。他穿着十分得体,举手投足间都透露着绅士风度。尽管身上穿着西装,但仍旧可以从脖子、手腕等地方看出,他的毛色黑白分明,具有光泽。这是健康的标志,说明塞拉囧身体健壮,平时一定坚持锻炼。

阿呱不由得对塞拉囧产生了羡慕之情,这位身居高位、事业有成、英俊帅气的外交大臣,想必一定是万千少女心目中的斑马王子吧!

"你好啊,侦探先生,你比我想象中要年轻不少!"塞拉囧热情地和不来梅打了招呼。

塞拉囧的眼睛明亮而且饱含热情，说话的声音十分有磁性，令人如沐春风。

"塞拉囧先生您好，很高兴见到您。"不来梅伸出左手，塞拉囧也伸出左手，但他们并不是打算握手。

不来梅和塞拉囧碰了碰蹄子，这是他们有蹄子的动物见面时一种礼节性的问候。

碰完蹄子之后，塞拉囧出人意料地蹲了下来，把脑袋凑近阿呱。

"你一定是他的助手吧，我都听阿坚说了，这次案件就拜托你们了，请一定要找出杀害大使的凶手。如果需要，我一定提供帮助。"

真不愧是外交大臣，刚一见面就赢得了阿呱的好感。不要说塞拉囧这样的要员了，平时见到的那些委托动物、证人动物、嫌疑动物和警方，都不会注意到侦探旁边的小小助手，特别他还是一只小青蛙。

"请您放心，我们一定会尽力！"阿呱兴奋地回答道。

"小青蛙很有活力啊，太棒了！"塞拉囧用蹄子轻轻拍了拍阿呱的脑袋，随后站起身来，"那就麻烦你们了，我是外交大臣塞拉囧，请问二位是不是不来梅和阿呱？"

"我是阿呱！"阿呱一边蹦跶一边抢着回答。因为很兴奋，他甚至能蹦到塞拉囧脑袋的高度。

"塞拉囧先生，我是不来梅。"不来梅说道。

塞拉囧很懂得让交谈方放松下来。先前吉伯的到来使得房间内气氛无比压抑，而塞拉囧通过几个简单的礼节性问候就让气氛缓和了不少。

"真是年轻有为啊！不来梅，我听说过一些你的事迹，干得不错，那几起大案件解决得相当漂亮。真的很优秀，可以称得上我们动物城里年青一代的榜样了！"塞拉囧笑吟吟地说道，"而我相信这些案件的背后，也有你的功劳吧，阿呱？"

"也、也就是一点帮助吧。"阿呱被夸得脸又红了，真是一只容易脸红的小青蛙。

"好了，那我们进入主题吧？"塞拉囧说道，"我没有让你们感觉到紧张吧？"

"没有，您是我见过最亲切的官员了！"阿呱由衷地说道。

"哈哈，阿呱，你可真懂得交际啊，又有礼貌，又知道怎么聊天，像你这样的性格，就很有潜力做外交官。"

"真的吗？"阿呱的眼睛都明亮了起来，"也许我不做侦探的助手以后，可以去尝试做外交官……"

不来梅发现，自从塞拉囧进来，话题的节奏就一直被他把控。这可不是什么好事情，作为一个侦探，被嫌疑动物左右就麻烦了，必须由自己主导局势。

眼看阿呱就要开始臆想，不来梅赶紧打断了他："塞拉囧先生，我们来聊聊这个案子吧。首先我想知道，您对大使的印象如何？"

塞拉囧不愧是个政治家，刚才还春风满面地和阿呱开着玩笑，下一秒就变成了谈论正事的状态。

"印象？"塞拉囧好像在思索怎么回答比较好，"虽然我是外交大臣，但因为战争的缘故，我们和人类并非正常的外交状态。不算过去在战场上遇到的那些士兵，我接触的人类也不多，算上这次来和谈的大使，一只手都数得过来。"

"您还当过兵啊？"不来梅饶有兴趣地问。

"这个……和很多动物一样，我曾经服过役。退役后才从政的。"

不来梅发现塞拉囧好像对自己当过兵这件事有些忌讳,在谈到服役时欲言又止。但他不准备深究,免得塞拉囧警觉起来。

"我们继续谈谈您对大使的印象吧。"

"大使可以说是我接触的第一个人类女性。要评价的话可以说是一个很有距离感的人。倒不是说她不好相处,只是她不苟言笑,话也不多,这次和谈给我的感觉甚至让我觉得她不是来和谈的,而是来看我们和谈的。"

"此话怎讲?"不来梅觉得这是个有趣的观点。

"因为大多数时候,是我们主战派和主和派两方因各自的观点吵得不可开交,而大使,她好像只是静静地坐在那里看我们表演一样。"

"那您作为外交大臣,是不是和大使交谈得最多的?"

"其实,就连我也挺难和她说上话。"塞拉囧说道。

果然,大使有古怪。不来梅再次确定了自己先前的想法。

"那你对大使的来意怎么看?人类这次和谈是抱着诚意来的吗?"不来梅问道,"这方面,一定没有谁比您更具备判断力了。"

"这个……"塞拉囧面露难色,"我也不好说。其实在会上,主战派与主和派一直在争吵,经常让和谈难以进行下去……我认为,面对和谈,我们是没有做好准备的……而在他们争执不休的时候,我一直偷偷看大使的脸色,并没发现有什么变化。"

"您的意思是说,大使对你们的争吵心平气和,欣然接受?"

"可能像你所说的这样。"

"那大使有没有表达自己的意思呢?"

"大使虽然说的话不多,但表达的都是和平的意思。至少在我看来,王老铁等主战派对大使恶语相加的时候,大使也没有失态。"

"那请问塞拉囧先生,您是主战派还是主和派呢?"

"我是主和派的,主和是我的意愿,但尽管如此,也不代表我对人类就一百个信任了。对他们我还是抱有怀疑和不信任的。哪怕大使给我的感觉是主和的,我还是不能因此而过于亲近她。"

"这是为什么呢?如果您是主和的,难道不应该更倾向于向大使示好吗?"

不来梅虽然嘴上不说,但推理出既然大使此行的目的并非简单的和谈,而是抱着其他目的前来,那么作为主和派的塞拉囧这样的人物,更有可能跟她早早就有联络。

"在我这个位置,一定要小心谨慎,不能完全卸下防御相信对方。"塞拉囧可能也觉得屋子里有点热,拽了拽自己的领口,让自己的脖子不至于勒得过紧。

"人心果然难测啊!"不来梅感慨道,"外交官的心更难测了。"

"如果人类都能用'道'来指点自己的生活,那么世界也不会是现在这个样子了。"塞拉囧说道。

"道?"阿呱一脸蒙,"什么叫道啊?为什么一个叫道的人能指点人的生活?"

"小青蛙,所谓'道'是一种理念,是人类世界里一个叫中国的国家的先贤曾经崇尚的理念。"塞拉囧解释道,"这个理念的产生已经超过两千五百年了。"

"道这种理念,讲究的是自然、无为、天地、阴阳……"不来梅向阿呱解释道。

"侦探先生，没想到你对道还有了解啊，像你这么年纪轻轻又这么博学的动物，可真不多啦！"塞拉囧赞许地说。

"哪里哪里，我只是知道这个概念，对于里面的细节完全不了解……"不来梅谦虚地说。其实他并非谦虚，他是真的不甚了解。

"道是世界上最有价值的东西。古话说，得道者昌，失道者亡。凡是历史上一切有作为的人和动物，不管他对于道的了解有多深，他的所作所为，一定是符合道的。其实不了解道对于行为处事并无太大的阻碍，人在道中，不知道之存在是很普遍的事情。不过我认为，越了解道，越能够探知宇宙的奥秘……"

"没想到您对人类的文化这么有研究，真是博学啊！"不来梅发现不能再继续跟塞拉囧探讨道了，否则他会没完没了，"以后有机会，我和阿呱一定登门求教，向您学习道！"

"知己知彼，百战不殆。我也是略懂皮毛。"塞拉囧发现又多了两个愿意了解他的有为青年，非常高兴。

"回到大使的身上吧，请问您今天见过大使吗？"

"没有。"

"但我听说大使病了，医生是您联系的。"

"是的。早上七点多，大使的保镖吉伯告诉我大使不舒服，我就联系了布丁医生过来给大使看病。布丁医生医术非常精湛，我和她是多年的朋友。她现在担任动物城蜜糖罐医院的院长，经常去各个大学开讲座，已经是名医了。蜜糖罐医院也是这里最好的私立医院之一。"塞拉囧说道。

"那布丁医生是几点来的呢？"

"九点刚过没多久，她就来了。"

"她待了多久呢？"

"最多不超过两个小时。给大使看病后布丁医生就来跟我汇报,告诉我大使只是感冒了,没什么大事。"

"因为大使生病了,所以今天的会谈也取消了是吗?"

"没错,虽然感冒不是什么重病,但为了大使的健康着想,今天的会谈我们还是取消了。"塞拉囧回答道,"下午就是自由休息时间了。其实很多官员手里还有其他要紧事,非常忙碌,住在芝华士大酒店期间也要办公。"

不来梅翻看着阿坚给他的资料。确实,很多官员今天下午都在忙碌办公,在自己的套房里打着电话指点江山。

"我看警方的记录,您说下午见了一名部下?"不来梅问道。

"对!没错,三点半的时候,有个部下来酒店找我,向我汇报一些事情。"

"不能用电话沟通,非要到酒店来见您不可吗?如此十万火急,一定是大事吧?"

"要说十万火急,也确实是很紧急,只是这个事情……"塞拉囧有些顾虑。

"报告!长官,鳄鱼将军吩咐,所有的消息都不能向侦探隐瞒。"一直在旁许久没有说话的阿坚提醒道。

"那我就放心地说了。"塞拉囧点点头,"最近屡屡发生灵长类动物失踪的案件,这个你们都知道吧?案件的数量还不少,我的部下就是来跟我商量这个事情的。"

"这个事情不是应该属于挠挠警长的管辖范围吗?"不来梅问道。

"没错,但失踪的人中也有我的一些部下。因为挠挠警长需要调查的失踪人员实在太多,有点忙不过来,所以我就想自己调查这个事情了……"塞拉囧恨恨地说道,"不管是谁搞的鬼,要是被我抓出来,一定不会饶了他!"

"您的下属也在酒店吗?"

"他不在,并且我也不能告诉你他的名字。"塞拉囧无奈地说,"我有一些部下为了更好地执行任务,不能公开身份,请谅解。"

的确,不来梅也听说过,有许多为政府工作的动物都会伪装成普通居民执行机密任务。

"没关系,我能理解。"不来梅说道,"那见完部下后,您又去做了点什么呢?"

"我回房间休息去了。"

"您回房间大概是几点呢?"

"四点半左右。"

"有人能替您证明吗?"

"我的妻子可以替我证明。"

"您的妻子一直和您在一起休息吗?"

"六点半之前,我们都在一起。"塞拉囧回答道,"差不多六点二十铁头来找我,让我和他出去溜达溜达,我看他好像是喝多了,就陪他出去转了一圈,七点前回到房间,继续和我妻子一起看电视。"

"一直到火灾发生之前,你们都在一起吗?"

"没错。当时火警响起,我妻子哪见过这种阵仗,直接就吓哭了。"

"塞拉囧先生,您和大使的房间,都在三楼,中间相隔了几个房间,我不知道您下午有没有听到什么奇怪的声音?"

"没有,这里的隔音很好,只要关上门根本听不到其他房间的声音。"

"对了,听说大使的保镖吉伯是您给安排的,您和吉伯很熟悉吗?"

"还算熟悉。"

"能具体讲讲吗?"

"我和吉伯曾经是战友,一起经历过许多大大小小的战役。战后他选择退伍,我和他也有一些接触,他的安保公司一直处在关门的边缘,这次我就安排了保护大使的活儿给他。"

"出了这档子事儿,他的安保公司也不可能再继续维持下去了。"

"是啊,我也没想到会发生这种事情。照理说他的业务能力还是很强的,完全能够胜任这种级别的工作。"

"世事难预料吧。"

"说得也是。"

"好的,塞拉囧先生,我已经了解完了,感谢您的配合。"不来梅站了起来,再次和塞拉囧碰了碰蹄子。

"也辛苦你了。不来梅先生,希望我说的能对你有所帮助,对了,有什么要问的随时来找我。"塞拉囧走出了房间,出门时还顺手关上了房门。

"怎么样,侦探先生?"塞拉囧离开房间后,阿坚问,"要不要去找下一个嫌疑动物?"

"好的,麻烦你把塞拉囧的妻子带来吧。"

不来梅说完,阿坚就飞快地离开了房间。

"他可真是个绅士啊!"阿呱感叹道。

"只是绅士也不一定会诚实。"不来梅坐回了椅子上。

"你说他说谎?"

"我并没有说他说谎,但至少关于他和部下见面那部分,他是有所保留的。"

"他保留了什么?"阿呱问道。

"这个,等我听完其他人的证词之后再说吧。"不来梅在椅子上转了一圈,"阿呱,麻烦你之后调查一下他说的那个下属,我们得把他找出来!"

"放心,包在我身上!"阿呱把胸脯拍得砰砰响。

"好,接下来让我们听听纯子小姐怎么说吧。"不来梅眯起了眼睛。

5

2333 年 10 月 15 日，10：45pm

当纯子小姐走进房间时，不来梅和阿呱为之一怔。

就像夜空中皎洁的月光，密林中点燃的篝火，海浪中矗立的灯塔，整个房间都变得明亮起来。

如果说，刚才塞拉囧的到来让原本凝重的气氛变得温和，那么现在纯子的到来则是让整个房间都变成了粉红色。

据说人类世界在三百多年前曾出现过一位叫作玛丽莲·梦露的美人，她是电影明星，性感妩媚，令所有的男性为之疯狂，连当时世界上最强大国家的总统都为之倾倒。传言最后这位美人死于政治斗争。同样，在古老的东方也有杨贵妃这样的美人，天生丽质、绝代风华，皇帝因为要与她厮守在一起而不理朝政，还让人从几千里外用动物作为交通工具，披星戴月地运输她最爱吃的水果。

不来梅读过很多书，所以对人类的历史了解一二。他一直以为这样的美人只存在于传说中，那些夸张的故事都是街头巷尾的说书人或追求销量的出版商编造出来的，直到现在看到了纯子。

她就是动物城的玛丽莲·梦露和杨贵妃，没有动物能够无视她的魅力，再正襟危坐的男士看到她也会心动。在任何场合，只要她一出现，就能紧紧抓住所有动物的注意力。

真正的美果然是可以跨越物种的。阿呱虽然是一只小青蛙，看到纯子口水也流了下来。不来梅觉得，哪怕是人类，也会被纯子小姐吸引。

纯子小姐的眼睛柔美而迷人，长长的睫毛忽闪忽闪的，眼中波光粼粼，仿佛在释放电流。她披着一件淡黄色的披肩，棕色的长发像瀑布一样从肩膀上泻下。她身材高挑、两条腿匀称饱满，不来梅经不住地看了几眼她被打磨得很亮的蹄子。不像那些雄性麋鹿头上都有粗大结实的角，纯子小姐并不长角，所以她一直戴着一顶在不来梅看来很奇怪的帽子。

这顶小帽子像一只白孔雀一样附在纯子小姐的脑袋上，羽毛从耳朵边垂下，上边有几朵淡粉色的小花点缀。不来梅虽然不懂时尚，但觉得那应该是一顶非常昂贵、时髦的帽子。

"纯子小姐，这位是我们的侦探，不来梅。"阿坚向纯子介绍不来梅。

"没想到你这么年轻，好像比那位波奇侦探年轻很多啊。那么侦探弟弟——我叫你侦探弟弟你不会介意吧——叫我来有什么事情？"纯子歪着头，看着不来梅。

不来梅低下头，他的脸已经红了："关于大使的死，有一些事情想要询问纯子小姐。"

"你低着头做什么，难道觉得我很可怕？"纯子故意逗着不来梅。

虽然比不来梅年长几岁，但纯子依然是一只非常年轻的麋鹿。

"哪里有，纯子小姐又年轻又漂亮，在我见过的动物中是最美的，比那些动物明星都要好看多了。"阿呱毕恭毕敬地说道。

纯子听到了这样的恭维，不禁展露笑颜："小青蛙，没想到你们两栖动物也这么会说话。"

"我叫阿呱！"

"你也是一只非常英俊的小青蛙！"

被纯子小姐这样的大美女夸，阿呱的脸这次红到了脖子根。

"塞拉囝先生虽然很注重锻炼，也保养得很好，但还是能看出来，纯子小姐应该比他年轻不少吧？"不来梅问道。

"没错。"纯子坐到了沙发上，将左腿搭在右腿上，从口袋里拿出一支细长的玫瑰花牌香烟，优雅地点燃后吸了一口，说，"我比塞拉囝要年轻整整十五岁。"

"哇……"阿呱感叹道，"塞拉囝先生真是老马吃嫩……"

阿呱的话还没有说完，就被不来梅打断了话头。

"说到你先生塞拉囝，我很好奇，纯子小姐是陪他来参加会议的吗？"不来梅问道。

"是呀。塞拉囝经常会带我出席各种社交场合。"

"那你一定对芝华士大酒店很熟悉咯？"

"并不是，芝华士大酒店我是第一次来。"纯子皱起了眉头，"早知道会发生这种事情，无论如何我都不会来了！"

"那你见到大使了吗？"

"呃……在晚宴的时候见过一次。"

"晚宴？"不来梅问，"什么时候的晚宴？"

"大使来的第一天，举办了一次小型的招待酒会。"

不来梅知道，这是动物城为了欢迎大使的到来，为她接风而举办的正常活动。

"那之后，你就没有再见过大使了？"不来梅问。

"是的，之后我就没见过她了。"

"为什么呢？"

"毕竟我也没有资格参加他们的会谈啊……"纯子小姐将烟头在茶几上的烟灰缸里按灭，"我又不是官员。"

"那恕我直言，"不来梅问，"这次会谈你为什么要来呢？"

"好奇心呗。有机会的话，谁不想见见人类大使是什么模样？"

"那既然见不到大使，你在酒店里做些什么呢？"

"只能在房间里看电视打发时间。"纯子小姐叹了一口气，"我本来以为能在之后的用餐时间见到大使，但实际上她后来就没有再出现了，都是让服务员把食物送到房间的。听说她不喜欢这几天的食物呢！只吃面包和饮料。"

"你有没有猜测过大使不出来用餐的原因？"不来梅问。

"谁知道呢，也许是看不起我们动物，不想和我们在一张桌子上吃饭吧。毕竟我听说很多年以前，人类都是在桌子上吃饭，然后将自己吃剩的食物给动物吃。喊，人类凭什么认为自己比动物高贵呢？"纯子想了想又说，"不过，我从一个女性的眼光看，大使的衣着还是不错的，挺有品位的，她的连衣裙很衬她的肤色，虽然不是我们动物城现在流行的款式，但我认为很有时尚潜力……"

果然，作为一名女性，不管是动物还是人类，只要提到服饰和穿搭、流行和时尚，都会津津乐道。

"大使的妆也化得不错，她的肤色偏冷，所以玫红色的唇膏很适合她。她会用那种夜光透明指甲油倒是我没想到的，我以为只有年轻小女生才会涂那种指甲油……"

"那纯子小姐今天没有见过大使？"

"没有，而且你忘了，我是不能参加会谈的，所以只和大使见过一次，包括今天在内，我也没有见到她。刚才火警之后，她的尸体我也没有见到，他们说太可怕了，我也并不想看，我怕晚上会做噩梦。"

"塞拉囧先生说他下午和下属说完话后，就一直和你在一起看电视？"

"没错，这些我都跟警察说过啦！你还需要我再重复一遍吗？"看得出来，纯子小姐对于反复不停的询问有一些反感。

"抱歉，可能我还需要亲耳听你说一遍，毕竟我是个侦探，我更相信自己接收到的信息……"不来梅说道。

"好吧……我和塞拉囧平时也都喜欢看电视，一直有在一起看电视的习惯。但我觉得可能是他比我更喜欢看电视，他结婚后告诉我，从前他总是反复看有我表演的视频，我知道后觉得有点怪怪的，但可能他是个特别喜欢我的粉丝吧。"说到这里，纯子的脸上露出了幸福的笑容，"我在结婚之前是一个舞蹈家。"

"呱！难怪你的气质这么好！那你和塞拉囧先生是因为舞蹈认识的吗？"阿呱问道。

"那倒不是。说起来，这个事情还挺有戏剧性的。"纯子笑了起来，不来梅觉得这是他见过的最美的笑容了。

"那你能不能说给我们听……"阿呱还未说完，就被不来梅按住了嘴。

不来梅摇了摇手指说道："你这是在探听别人的隐私，是不好的！"

阿呱不好意思地低下了头。

纯子小姐咯咯笑了起来："没关系的，这事情动物城里很多朋友都知道，不是什么秘密。"

"那就是说,你可以说给我们听啦!"阿呱高兴地拍着手。

纯子小姐又点燃了一支烟。不来梅发现,她虽然点烟,但并不怎么吸,仿佛烟在她的手中就是一件装饰品。

纯子小姐缓缓地说:"我和塞拉囧是因为一场车祸认识的。那时候我还在舞蹈团工作,有一次去其他地方演出,塞拉囧和我坐了同一辆旅游巴士。结果这辆旅游车在一个山谷里发生了车祸,整辆车都栽到了谷底。当时我受了重伤,需要紧急输血,但这辆车上不是什么兔子、猫啊,就是狮子、老虎的,都没办法给我输血。后来,只有塞拉囧可以给我输血,本来以为他是高官,肯定不会愿意给一个普通公民输血,没想到他知道受伤的是我之后,迫不及待要求给我输血……"

动物王国的医疗体系与人类的出自同一体系。

许多早期的医疗专家都是曾经为人类医院服务,担任护士和检验员的动物。

在脱离了人类社会,发展自己的文明的同时,动物王国的医疗体系也在改变。

比方说输血这一点,除了像人类一样拥有不同的血型,不同血型之间能否输血有严格的规定之外,动物们还存在只有相近的种类之间才可以互相输血这条原则。

比方说,哺乳动物中奇蹄目和偶蹄目就是相近的种类,因此彼此之间可以输血。而食肉目和奇蹄目之间因为亲缘性比较弱,所以是没有办法输血的。

这就像一部三百多年前的电影《侏罗纪世界2》中所演,迅猛龙在受伤后,星爵去偷霸王龙的血给它治疗是一个道理。

"看来当时塞拉囧先生是对纯子小姐一见钟情啊!"不来梅说道。

"唉，雄性动物嘛，都一样。"纯子小姐好像对此习以为常，"这之后，塞拉囧就对我展开疯狂的追求啦，后来我觉得他人很好，是个值得信任的、能够托付一生的动物，就和他结婚啦。"

"真是郎才女貌啊！"阿呱赞叹道，"不过我和我的金美也很般配……"

"对了，"不来梅咳嗽了两声，"那个，今天你除了看电视还做了点什么？"

"上午，我在酒店里溜达了一会儿，哪怕是芝华士大酒店的套房，总是待在里面也挺闷的不是吗？下午，我也溜达了一会儿，你看我在这里除了溜达还能做什么呢？"纯子看着不来梅眨了一下眼睛。

"下午七点之前你都在干什么？"

"大部分时间都在看电视。这个你们应该从我丈夫那儿了解过了。"

"那你觉得谁有杀死大使的动机？"不来梅问了一个特别直接且尖锐的问题。

"依我对政治有限的了解，有的动物应该是非常不喜欢人类的吧？也许他们被人类虐待过，也许他们的亲人死于人类之手，说不定官员里就有这样的人类。"

"你知道谁是这样的动物吗？"

"这我就不知道了，起码我知道塞拉囧不是这样的，他对人类充满了好奇和善意。"

"那我就没有什么问题了，打扰你休息了纯子小姐。"不来梅低着头，好像一个犯错误的学生。

"那我就走啦，侦探弟弟，有什么想问的再来问我，我也好解解闷。"纯子一边说，一边嘻嘻地笑着，走出了房间。

"报告！你的脸好红，是不是发烧了？需不需要我帮你请医生？"阿坚看着不来梅问道。

"不用了，我只是，这个房间真的有点热。"不来梅心虚地说道。

"哈哈哈哈哈哈哈！笑死我了，没想到不来梅看到美女会这么害羞。"阿呱嘲笑道，"不过，这个纯子小姐可真漂亮啊！连我这只青蛙的心都小鹿乱撞了，这可不能让金美知道。"

"阿呱，你再敢乱说，我就把你刚才说的话告诉金美！"不来梅摸着通红的脸威胁阿呱。

"哼！"阿呱把头扭到一边去了。

"要警惕长得漂亮的雌性，因为她们会让你丧失判断力。"不来梅揉着脸说道，"这是我妈妈告诉我的。"

"但是我看你已经毫无招架之力了呀。"阿呱继续调侃道。

"阿呱，后面麻烦你去深入调查一下这位迷人的纯子小姐。"

"啊？不来梅你想干吗，人家可是有夫之妇，而且还是外交大臣的妻子。"

"你想什么呢？"不来梅无语地说道，"你没有发现吗？纯子小姐有个极其不寻常的习惯。她走路的时候，几乎没有声音。"

6

2333年10月15日，11：15pm

"报告！下一位要叫谁呢？"阿坚已经团成了一个球，正在蓄势待发。

"麻烦帮我请安全大臣过来吧。"不来梅说道。

阿坚翻滚着麻利地出了门，不来梅则在房间里来回踱步。

到目前为止，调查进行得还算顺利。无论是对他委以重任的尼罗将军和挠挠警长、不苟言笑的吉伯、风度翩翩的塞拉囧，还是倾国倾城的纯子，都对不来梅展示出了足够的信任和配合。

不过对于一名侦探来说，询问的人都过于配合反而不是一件好事。至少不来梅觉得，如果大家都很配合，那这里八成是隐藏了什么秘密。

不来梅现在略感焦虑。调查一起凶杀案，无非从动机、手法这两个方面切入。而由于大部分的凶杀案手法平平无奇，因此动机是最重要的突破口。调查动机的时候，从受害者的社会关系开始排查，是最为行之有效的手段。

但此次的案件却很难从这个角度入手。人类大使形单影只，表面上与芝华士大酒店所有在场的人毫无联系，单纯从主战派与主和派来分析杀死大使的动机，就过于片面和浅显了。

不来梅绕着沙发和茶几转了一圈又一圈，好像那个动物们还被奴役的年代里拉磨的驴一样。

"哎呀，不来梅，你不要再晃来晃去了，你把我的头都晃晕啦！"阿呱埋怨道。

而正在思考的不来梅完全没有停下来的意思，依然在房间里转圈圈。

"你可真是个讨厌鬼！"阿呱大叫了起来。

突然一个庞大的身影横在了阿呱的身前。

刚才阿坚离开的时候并没有关门，所以这次来客也没有在进屋子之前敲门，直接就冲了进来。感觉是个莽撞的家伙。

阿呱一愣，瑟瑟发抖地抬起了头。

在他面前的是一个看起来很不好惹的家伙——安全大臣，一只外形彪悍的水牛。

"你就是侦探？"安全大臣叫住不来梅。

不来梅看到身前的巨汉——虽然没有大象吉伯那么庞大，但不来梅和他比起来也是个小不点了。

"是的，我是负责此次案件的侦探不来梅，这位是……"

"这么晚了，叫本大爷来干什么？"

不来梅正在向来者介绍阿呱，却被对方粗暴地打断了。

面对眼睛睁得浑圆的水牛大臣，不来梅感觉对方不是个善茬儿。

但作为一个见过世面的名侦探，绝对不能在这种场合露怯。不来梅知道，如果被嫌疑动物小看了，那调查就很难进行下去了。

"这位先生，请你不要着急，我们只是问你一些关于本案的简单问题。"不来梅挺直了身板,说道。

"关于本案的问题,不是已经有个浣熊侦探问过了,你又算哪根葱?你们是不是把本大爷当作嫌疑犯了?我告诉你们,我可是堂堂的安全大臣,在整个动物城里,没有谁敢把我当作嫌疑犯,也没有谁能在我面前摆出侦探的架子。我最讨厌侦探了,那个浣熊也是的,一头的发胶,一副自以为是的样子,看着就恶心,你们侦探都是这个鬼样子……"水牛大臣看上去对自己被叫来调查非常不满意,喋喋不休地向不来梅开炮。

"报告,比尔先生,"阿坚在一旁小声地说,"不来梅侦探和阿呱助手是挠挠警长推荐的,不论你是什么级别的官员,都要配合他的调查……"

这位无礼的大臣原来叫比尔,看来他很喜欢《沉默的羔羊》这部电影。不过这样的话,他岂不是更像一名罪犯了吗?

"他妈的,敢拿挠挠那个黄毛小子来压我?挠挠呢?"

比尔环顾四周,想找到挠挠警长,将他训斥一顿。

"报告!挠挠警长去办事情了,他把案件都委托给了不来梅侦探。"阿坚回答道。

"笑话!自己破不了案子就躲起来,现在找来一个背锅的三流侦探。找就找吧,还找来这么个家伙,王老铁至少还找了个什么知名侦探呢,不过我看也是个滥竽充数的……"比尔在环顾房间的时候看到了阿呱,"这个蛤蟆也是侦探吗?让挠挠警长自己来和我说,不然我是不会开口的。"

"这个……"阿坚面露难色。

谁也没想到,这个安全大臣竟然如此不配合不来梅他们的调查工作。

"这个什么这个?你居然还找了一只蛤蟆来询问我?是不是

现在两栖动物都可以横着走了？"

阿呱畏畏缩缩地退到了墙角，显得十分尴尬。虽然他平时被各种各样的动物歧视惯了，但那些动物嘴上还是比较客气，不会像比尔这么口无遮拦，直接表达自己对于那些在进化史上更古老的动物的歧视。

不来梅看了一眼阿呱，又看了看比尔："比尔先生，我不知道你对阿呱有什么样的偏见，但他是我的助手，请你尊重他。我们这次来是处理大使的案件的，对待在芝华士大酒店里的嫌疑动物都是一视同仁，并不会因为你是大臣而有所不同，所以也请你配合一些。"

"笑话，我为什么要配合一只蛤蟆？还有你，别以为你是挠挠警长找来的就了不起了。拉大旗扯虎皮，拿鸡毛当令箭，我可是安全大臣，凭什么让我配合你？挠挠警长呢？"比尔的态度仍旧十分傲慢，对不来梅不屑一顾。

听到比尔左一声右一声的"蛤蟆"，阿呱非常难过。他当然不是因为比尔说他是蛤蟆而难过，因为青蛙和蛤蟆本身也是非常非常相近的动物，阿呱对蛤蟆并没有什么偏见。之前彬彬有礼的塞拉囧，对他温柔、夸他英俊的纯子，都让他感到温暖，觉得动物城的达官显贵都是和蔼可亲的，但现在这位安全大臣却让他感到心寒。

不来梅明显看出了阿呱的不安，他突然向阿呱招手："阿呱，我的笔找不到了，你来帮我找找。"

阿呱耷拉着脑袋，无力地跳到不来梅的身边。

"刚才还在我的兜里呢，是不是掉在地上了？你仔细找找看？"不来梅吩咐道。

阿呱萎靡地在不来梅的周围跳了一圈，突然他看到了那支笔和它旁边的那个东西。

接着,一支笔"嗖"的一声出现在了桌上。

"不来梅,这是你的笔!"阿呱的声音重新恢复了活力,"这可不能乱丢,没有了它,怎么破案呢?"

比尔眯着眼睛看着两人,不知道他们葫芦里卖的什么药。

"还有这个,这种重要的东西你怎么能乱放呢?让尼罗将军知道了多不好。"阿呱滚着鳄鱼将军给他们的"尼罗之印"从桌底下走了出来。

"这是……"看到尼罗之印的时候,他们能感觉到比尔全身一颤。

和尼罗一起共过事的官员都知道,这枚"尼罗之印"代表了尼罗本人。

尼罗将军从不把这个徽章给别人,因为他说过,见到这个徽章就相当于见到了他本人,而有人如果在面对这个徽章的时候仍然飞扬跋扈、耀武扬威,就将视为与他本人作对。

和尼罗将军作对,就相当于和整个国家的军队作对,再说严重点,也等于和当今动物王国所有的杀伤性武器作对。

但比尔不愧为安全大臣,很快从震惊中回过神儿来,仍旧保持高傲的姿态。

"哼哼,尼罗将军会把尼罗之印给你?这是你伪造的吧?"

"报告,没有人敢伪造尼罗之印。"阿坚在一旁说道,"这是刚才尼罗将军给不来梅侦探的,货真价实。"

可以看得出来,比尔一脸的不屑。尼罗将军身为一只鳄鱼能够在动物城获得如此重要的地位,手握重权,比尔这样的老派兽类一定是满心不服气的,但这也没有办法。

"尼罗将军也没有什么了不起," 比尔嘟嘟囔囔地说,他努力挤出了一个笑容,却比哭还难看,"这样的话,你是叫不来梅吧,有什么请问吧,我会配合你的。"

说完,比尔一屁股坐在沙发上,硕大的屁股将整个沙发撑得满满当当的。

"首先,"不来梅也坐了下来,"你要给我的助手道个歉。"

"什么?这和案件的调查有什么关系?"比尔无法接受向一只青蛙赔不是。

"关系可大了。阿呱是我的得力助手,没有他,我就没法破案。"只见不来梅不急不慢地拿起了一份报纸,"我的时间多,如果你不道歉的话,我不介意先看一会儿报纸。"

阿呱生怕事情闹大,揪着不来梅的衣服,示意他不用这样。

但不来梅仿佛没有看到一样。

显然,比尔也不希望大家僵持在这里,这对他没有任何好处。哪怕最嚣张的动物,应该也不想在大使被杀案件上引起什么麻烦。

"好吧。"比尔迟疑了一会儿,看向了阿呱。

他的两只手放在膝盖上,整个人向前弯腰鞠了个躬,慢吞吞地说了三个字:"对不起。"

"那个……大人……没关系的。"阿呱赶忙摇了摇手。

说完,他扭头看了看不来梅。不来梅的表情很是淡然,装作没有看到,而阿坚也装模作样地看向门外。

"好了,那我们就开始吧。"不来梅将报纸放下,"比尔先生,关于大使的死还有一些事情要请教你。"

"尽管问吧。"比尔将腰杆挺直,恢复了之前的坐姿。

"首先我想知道,你这次来主要是参与会谈的吗?"

"是的,到这里来的官员都是参加会谈的。"

"我看到有不少官员都来了，你是谈判的主要人员吗？"

"其实我在会谈中也不是什么重要角色，这次的会谈主要是由外交大臣塞拉囧和防卫大臣铁头负责的。"

"那你是来负责大使的安全问题吗？"

"那个也不是我负责的，我是安全大臣，不是安保大臣。"

虽然比尔的职务是安全大臣，但涉及具体的安全工作，他根本一窍不通。民生安全主要由挠挠警长负责，国家安全主要由军方负责。比尔大臣更像个摆设，没有实际工作，空会制定规则，给相关部门和下级单位增加工作量。

为什么会有这么一个光占着位置不干实事的职务，主要是由于比尔的爷爷的爷爷的爷爷的爷爷的爷爷曾经是动物王国的开国功臣，比尔只是承袭自己先祖的职务。

其实动物王国像比尔这样的官僚有不少，他们在漫长的演变中，有的已经隐退，成了普通居民；有的还像比尔一样，尸位素餐，不知所云。

话说起来，阿呱的爷爷的爷爷的爷爷的爷爷的爷爷和比尔的爷爷的爷爷的爷爷的爷爷的爷爷还是世交呢。

阿呱的祖先和比尔的祖先曾经在一片农田里劳作。

老比尔耕田，老阿呱除虫，合作无间，以兄弟相称。

但是在动物们建立王国之后，老比尔和老阿呱就一个走阳关大道，一个走独木桥了。

这件事情连阿呱自己都不知道，因为阿呱这一族从来都是与世无争的性格，也没有想过要和当官的攀亲带故。

"那你是主战派还是主和派？"不来梅继续问道。

"像我这么强悍的动物，你觉得我是主战派，还是主和派？"比尔在说这话的时候显得非常得意，还伸出胳膊秀了一下自己的肱二头肌。"人类就是种邪恶的生物,只知道奴役其他动物。就拿我的祖先来说吧,从出生那一天起就要耕田、劳动,没有一日是休息的,吃的是草挤的是奶,等老了干不动活儿了,就会被杀掉做成食物。"

这些比尔倒是没有胡说八道。千百年来,人类确实就是这样过来的。不来梅读过许多书,更是深刻了解这一点。

"更可恶的是,人类不像那些肉食动物。那些肉食动物,以前吃我们只是为了生存,这个我们也理解,对吧?"比尔说到激动之处,捏紧了拳头,"但是人类,他们为了美味有千百种方法折磨动物,不来梅先生,我想你应该知道人类有多爱吃驴肉吧,所谓天上龙肉,地下驴肉。"

不来梅沉默了,他当然知道人类曾经对自己同伴做的事情。

"你有没有听说过一种叫作'活叫驴'的食物?"比尔没有等不来梅回答这个问题,直接说了下去,"据说,人类为了吃到最鲜嫩的驴肉,在活驴身上挖一块肉,然后等这块肉长好了继续挖……周而复始,就是为了吃个新鲜。"

不来梅是知道"活叫驴"的。当初在书上看到这些时,他愤怒得几乎一夜没有睡着。

阿呱和阿坚听到比尔的描述,都有一种恶心的感觉从体内翻涌出来。

"所以不来梅,你是主战还是主和的呢?"比尔看了看屋子里的听众,感觉自己现在将局面掌握在了手中,非常得意。

"我没有政治立场,不过我对人类也并没有好感。他们确实残酷而贪婪,引发了很多灾难。"不来梅回答道。

"那你还要为一个人类破案吗?"比尔不怀好意地笑着问道。

"一码归一码。"不来梅说道,"我虽然不喜欢人类。但我的职业素养要求我必须破案。"

"一个人类,死了就死了呗,大不了我们就跟他们开战!妈的,假如让我打到人类老家,我也弄几个人类尝一尝,尝尝'活叫人'是什么味道!"比尔的眼睛里泛出了红光,非常可怕。

不来梅知道,这个时候不能接比尔的茬儿,因为他这样的思想是非常可怕的。在动物王国的官员中,不乏他这种丧心病狂的好战派,完全有可能是他们对大使下的杀手。

"那你能不能告诉我,今天一天都做了什么?"

"今天说大使生病了没有开会,上午我和下属讨论事情,十一点半吃午饭。吃完午饭我就回房间睡觉了,睡到一点半,我和文化大臣怀特聊天,一直聊到五点半。后来我去健身房锻炼了一会儿,直到着火。"

"听说这几天的会议讨论十分激烈,你觉得谁会有杀死大使的动机呢?"不来梅问道。

"照你这样说的话,主战派都有杀死大使的欲望。包括我,也有很大嫌疑,毕竟我对人类的厌恶,应该比在场的你们都深吧!"比尔握着拳头,"但我没有杀什么狗屁大使!"

"那能说说你觉得最有可能的动物吗?"不来梅依旧不依不饶地问。

"现在动物城本来就不太平,谁都有可能。"

"不太平,怎么说?"不来梅问道。

"你不知道?亏你还是个侦探。最近动物城发生了很多起失踪案,失踪的都是灵长类,各种各样的猩猩猴子,失踪的数量已经很可怕了,这个事情现在很严重。为了破这个失踪案,我毛发都变少了。"

"你真是辛苦了,现在案件的进展如何?"不来梅嘴里说着,心里想的却是像比尔这么无能的官员能破案才有鬼了,难怪失踪者都要三位数了。

"我们初步认为是绑架案,这些失踪的动物,都是被绑架了。"

"没有这个绑架犯的消息吗?"

"没有。这个绑架犯很小心,没留下什么把柄。唉,这个事情也不是一天两天了,追溯第一个确定失踪的灵长类,已经是半年前了。总之这是个大案。"比尔叹了口气,"毕竟我作为安全大臣,对市民的安全还是很关心的。"

关心个屁,半年了都没有破获。不来梅心想。但他嘴上依然很客气:"刚才塞拉囧先生也和我提过这个事情,没想到这么严重。"

"这是我们部门的大事。你不是大侦探吗,干脆也帮帮我的忙,找找这个绑架犯吧。找到的话,我到时候也给你个'比尔之印'。"比尔对不来梅的态度其实没有什么改变,还是不屑一顾,所以说话时依然有些阴阳怪气。

"我会考虑的。那么这个酒店的安全你这边也是考察过的吧?"不来梅没有就绑架案和比尔进一步讨论,而是把话头拉回了大使的案件上。

"当然,芝华士大酒店可不是一般动物能进的。他们当时为了私密性,没有安装摄像头这类东西,我一开始就提出了反对意见,妈的。假如当初他们听了我的意见,就不会发生这种事情了!"

"听起来你对芝华士大酒店很了解。"

"没错,当初设计时建筑师找到我,我提了很多意见,如果没有我的意见,这座酒店完全不可能建起来!比如这个酒店的服务生随机轮班制就是我想出来的，今天早上值班的服务生你绝对不可能在明天早上见到，而且下一周的排班又和这一周不一样，这就大大增加了安全性。"比尔得意扬扬地说道。

这种无聊的轮班制有什么用啊！不来梅对比尔这番话的真实性不置可否。

"那你对红外线警报器被保镖吉伯拆除这件事情怎么看呢？"不来梅问，"吉伯说当时红外线警报器坏了，所以大使让他拆除。"

"坏了？"比尔皱着眉头，"也有可能吧，你知道那种需要鼓捣技术的玩意儿都靠不住。"

"好了，比尔先生，辛苦你了，之后有什么问题我还会再来麻烦你的。"不来梅客气地说道。

比尔站起身，大摇大摆地走向门口，阿呱一蹦一跳地去门口为他开门。

"你这个蛤……青蛙，不要挡道，当心我一脚把你踩死！"比尔对阿呱仍然像之前一样吆五喝六，看来短时间内，他是没有办法改掉自己的坏毛病了。

"对了，比尔先生，你有没有听说过奥利奥党？"

在比尔将要迈出房间时，不来梅突然问。

"奥利奥党，那是什么鬼玩意儿？"比尔摇晃起硕大的牛头。

"没什么。我就是随便一问。"不来梅说。

"怪里怪气的蠢货侦探。"比尔一边嘟囔一边离开了。

比尔走后，阿呱羞涩地回到了不来梅身边，红着脸蹭着不来梅的身子。

"你干吗？"不来梅说。

"谢谢你。"阿呱说完就跳到了不来梅的肩膀上。

不来梅浅浅地一笑，随后在阿呱的脑袋上敲了一下："不用客气，我们是好兄弟，不管是谁，侮辱你我都不会对他客气的。"

"那个比尔，好像对我们青蛙特别不友好。"阿呱说。

"报告，这也是有原因的，"阿坚说，"因为比尔曾经因为神龙教吃了大亏。"

"怪不得了，那他肯定是恨死爬行动物和两栖动物了。"

神龙教在十年前曾经发动过一场规模巨大的叛乱。

由于爬行动物和两栖动物认为自己长期以来受到歧视和侮辱，一些动物为了争取平等，成立了抵抗组织神龙教。刚开始神龙教主要采取和平的方式进行抵制运动，后来却慢慢走上了武装反抗的路线，最后发展成了暴力、恐怖的叛乱。

当然，神龙教的叛乱以失败收场，王国出动了一个师的兵力才攻下了神龙教的老巢，消灭了叛军。叛军组织的核心瓦解后，神龙教也跟着覆灭了。

头号动物科摩多巨蜥圣龙，狂妄而又偏执，坚持认为哺乳动物和人类一样邪恶，最后死于集束炸弹；二号动物巨森蚺绿鬼，是个狡猾的投机分子，看到形势不对就投降了，现在在动物城监狱服刑，刑期还有三千两百年；三号动物大鲵灵龙，神神道道以为自己会夜观天象，至今下落不明；四号动物鳄龟钢牙，性格刚烈，疯狂崇拜圣龙，倒也是条汉子，最后被穿甲弹击杀；五号动物变色龙契诃夫，具有非常危险的反社会倾向，战斗结束后世间蒸发了；六号动物南美箭毒蛙影子，是危险的杀手，爱好杀戮，被狙击手射杀。

神龙教的叛乱被平定后，种族歧视问题确实也被高度重视起来。哺乳动物重新审视他们对待其他种类动物的态度，动物王国确实在向更好的方向发展。

"这个比尔,看起来就不像个好动物,你觉得他有没有可能杀死大使?"阿呱问。

"我还不知道。"不来梅说,"但我可以确定,爱丽丝当时在房间里见的人肯定不是他。"

"你怎么知道?"

"因为他对红外线警报器的反应非常正常,没有一点儿值得怀疑的地方。"

"那你觉得他没有说谎咯?"

"报告,他在某个地方说谎了。"阿坚说道。

"什么地方?该不会是他说自己没有杀死大使,但其实杀死大使的就是他吧!"不来梅对于阿坚突然插话感到非常有趣。

"报告,比尔大臣说在芝华士大酒店设计阶段提供了很多有价值的意见,肯定是胡扯,我看提出不要装摄像头的就是他!"

"何以见得?"

"我听说,这位安全大臣经常带很多雌性动物来芝华士大酒店开座谈会。"

说到这里,阿呱、阿坚和不来梅同时笑了。

"对了阿坚,"不来梅忽然发问,"他们都在讨论的那起失踪案你有没有了解?我现在觉得它有些不一般……"

7

2333年10月15日，11：50pm

阿坚不愧是挠挠警长的得力部下，不来梅问起关于失踪案的情况时，他一点都不含糊。

"报告！我之前协助挠挠警长调查过一段时间，"阿坚说道，"最早是一些零星的失踪事件，大概在半年以前开始的。"

"半年前开始的？那么案情的进展如何？"不来梅不解地问。照理说已经过去这么长的时间了，以挠挠警长的能力，不会毫无进展。

"报告，没有任何失踪动物的踪迹，所以警方怀疑他们不是失踪的。"

"都有哪些失踪动物？"

"报告，这起案件非常奇怪，失踪的动物有倭黑猩猩、鬼面狒狒、日本猕猴、黑白桂柳猴、黑脸狮面狨、科克雷尔巨鼠狐猴……"

"阿坚啊，我跟你说件事好不好？"不来梅抓着头皮，一副略显尴尬的样子。

"报告，什么事啊？"

"你能不能不要每句话都用报告开头，对我们说话就不必那么官方了……"

"报……好的……抱歉了……"阿坚的脸唰地红了。

"对不起啊，我没有指责你，我们继续讨论案情吧。你刚才说，失踪的都是灵长类啊！"

"没错，都是灵长类！"

"我有一个想法，"不来梅的神情变得凝重起来，"灵长类是和人类最相近的动物，会不会他们的失踪和大使有关呢？"

"之前波奇侦探也提出过同样的猜测，当时认为这些灵长类可能是背叛了动物王国，和人类达成了某种交易。但后来，波奇觉得失踪的动物都是一些平民百姓，这点比较奇怪，如果人类需要从动物王国培养内奸，不应该找对自己帮助很小的平民。"

"这点确实很奇怪，那你们有没有考虑过其他可能性？"

"上面也怀疑可能和某种政治斗争有关，所以就交给了安全部，因为目前失踪的动物一直没有下落，不知生死，所以这起案件虽然涉及面很广，但并没有公开。"

"那你们有没有考虑过他们是被绑架了？"

"我们考虑过这个问题，但有一点不符合绑架案的情况。"

"是什么？"

"如果是绑架案的话，应该会有绑匪，绑匪绑架也一定是为了达成他的某种目的，但从来没有绑匪提出赎金之类的要求。"

"那绑匪也没有偷偷联系过失踪者的家人吗？"

"从来没有。"阿坚回答道。

"确实不太像绑架……"不来梅摸着下巴思索道。

这个失踪案规模大，对象单一，貌似还涉及官员，且目前为止没有收到任何绑匪的要挟和联络，和正常的绑架案完全不一样。如果确实有绑匪的话，不知道他的葫芦里究竟卖的什么药。

不过眼下还是应该以调查大使的案子为主，不来梅暂且搁下失踪案不表。

"阿坚，下一个就帮我请防卫大臣来吧。"不来梅吩咐阿坚道。

"遵命！"阿坚说完就一溜烟地滚了出去，实在是效率很高。

"阿呱，目前为止，你觉得谁的嫌疑最大？"不来梅问道。

"我认为，得从动机来入手，"阿呱思索片刻回复道，"大使初来乍到，应该也不会这么快就结仇，因此不可能是私怨，也不可能是为情所伤。"

"不是仇杀，不是情杀，那你觉得缺乏杀死大使的动机？"

"那倒不是，在动物王国想杀她的有的是。"

"你说主战派？"

"没错，主战派的动物个个都磨刀霍霍向猪羊呢！他们巴不得战争赶紧爆发，所以是有很强的动机的。"阿呱说，"比如刚才来的……那家伙。"

看得出来，阿呱很不喜欢安全大臣水牛比尔，所以称呼他为"那家伙"。

"你认为，比尔很有嫌疑咯？"

"对，他是很有嫌疑。但他丝毫没有掩饰自己的动机，这点倒是挺光明磊落的。不过这也说不定是他的策略，是知道主战派本来就有动机，故意不去隐藏，来获取我们的信任。"阿呱说道，"我这么说可不是因为刚才他对我态度不好。"

"你说的有一定道理，不过一切还是要有证据。谁都可能有动机，毕竟主战派也不是一个两个。而且，主和派里说不定也有伪装成主战派的。"不来梅沉吟道。

"还有吉伯，他离大使最近，所以杀死大使应该最方便。"阿呱推测道，"也许他就是一个主战派！"

"那么纯子小姐和塞拉囧先生呢？"

"他们俩应该是好人。"阿呱不好意思地摸了摸头，"塞拉囧先生和蔼可亲，纯子小姐还夸我是一只好呱呢！"

"阿呱，我发现你现在办案的风格可以用四个字概括——"

"哪四个字？"

"以貌取人！"不来梅说，"这是非常危险的信号，你忘了我们调查加拉帕戈斯象龟凶杀案那次……"

不来梅还在说着自己的前尘往事，一阵脚步声打断了他们的谈话。原来是防卫大臣来了。

防卫大臣是一只健壮的白犀牛。

虽然他的体形没有大象吉伯那么大，但浑身肌肉结实，从头到脚仿佛都充满了雄性的荷尔蒙。特别是他头上那只小角，被擦得锃亮，在灯光的照射下散发出耀眼的闪光。

"你们好呀，小家伙们。"犀牛不客气地坐了下来，"我是铁头，防卫部大臣。"

不来梅和阿呱被他的角发出的光晃得睁不开眼，过了几秒钟才习惯。

"你好，铁头先生，我是侦探不来梅。找你来是询问关于大使死亡的事情。"不来梅勉强睁开了眼睛。

"噢？你问我就对了。"铁头得意得摇头晃脑，"都说我铁头光有力气，没脑子，其实我是胆大心细，你有没有听过一句话，叫'心有灵犀一点通'？"

"这句话是什么意思呀?"阿呱好奇地问。

"谁在说话?"铁头左看右看,仿佛在寻找声音的出处。

"是我,我叫阿呱。"阿呱说着跳到了桌子上。

"哟,小青蛙,你好小啊。呵呵……"铁头笑着说,"我都没看见你,你真的好小,我敢说,你走出去都不一定能踩亮感应灯!"

"我是很小,但我也很重要。刚才你说的'心有灵犀一点通'是什么意思呀?"

"就是说,我们犀牛是非常有灵性、非常聪明的,任何问题,只要稍稍一点拨,就能自己想通。"

"这不是形容情侣之间默契程度很高的话吗?"不来梅读过的书太多了,并没有阿呱这么好糊弄。

"哎呀你懂什么,这句话原来就是形容我们犀牛一族的,后来被其他人拿去借用了,真是气死我也。"铁头有些愤愤不平。

"好了,铁头先生,你能说说看,今天一天都在干什么吗?"

"今天我起床已经快到中午了。然后我去餐厅吃了二十碗饭,吃完饭之后,就回到房间去处理公事。处理到四点,我去餐厅的吧台喝了点酒,四点半回了房间后又出去健了会儿身。五点四十我有访客,聊了会儿,六点二十我去找塞拉囧约他出去逛逛。七点之后火灾就发生了,警察也来了。"

"那铁头先生有没有注意到什么不对劲的地方呢?"

"你觉得呢?我可是有灵犀的哦!"

"听你这么说,一定是掌握了一些关键线索了?"不来梅觉得,在古诗问题上和铁头纠结出处毫无意义,顺着他说可能会更好。

"没错。侦探就是侦探,果然是个聪明人。我看你比那个波奇聪明，他和我聊了两分钟就让我走了，感觉不是很聪明的样子。看来他不明白，只有多和智者聊天，才能获得更多啊。"铁头笑道。

"那太好了，我们正发愁找不到正确的调查方向呢！"不来梅脸上露出笑容，"请赶快告诉我们吧。"

只见铁头神神秘秘地凑近了不来梅的耳朵："坏了。"

"啊？什么坏了？"不来梅一脸疑惑地问道。

"你声音这么大干吗？低调低调。就，那个，坏了。"铁头做了一个"嘘"的动作。

不来梅和阿呱面面相觑，完全不知道铁头在说什么。

"那个是什么？"

"就是那个啊，我们开会要谈的那个。你们怎么这么笨！"铁头敲打着桌子，不耐烦地说。

"和平坏了？要打仗了？"阿呱问。

不来梅想了想，问："你说的是超级武器吗？"

"对！就是那个！"铁头兴奋地说道，"总算有人听得懂我说话了，这件事情我刚才也是这么跟波奇说的，他就没有听懂。"

阿呱心想：你坏了坏了的，听得懂才有鬼哩！

"那你为什么不告诉波奇呢？"不来梅好奇地问。

"因为这个事情太大啦，我不能让人知道这个秘密！我只能暗示，暗示你懂吗？我让他自己去猜测，猜出来了，我再告诉他。"

刚才明明说着要低调、要保密，现在的声音已经兴奋得震耳欲聋了，恐怕整层楼的人都能听得清楚。

"这可真是一个大事情，麻烦好好给我们讲讲吧。"不来梅顺着铁头问了下去。

"这可是个天大的秘密，你们可千万要保密！"铁头说。

"一定保密。"不来梅和阿呱异口同声道。

"你们保证一定会保密！那边的穿山甲呢？"

"报告！我是犰狳！"

"都差不多啦！你能保密吗？"

"这个……我尽力而为吧……"

其实大家能看出来，铁头根本藏不住这个秘密了，话已经到了嘴边上，迫不及待想跟别人讲。

"唉，这个事情说来话长，反正我是倒霉咯。"铁头突然眉头拧在了一起，连刚才雄赳赳的角都耷拉下来了，"你们应该都知道超级武器吧？"

看到不来梅和阿呱一脸呆滞地摇着头，铁头得意起来。

"我是上过战场的人，见识了战争是多么惨烈。你们打过仗吗？"

"没有……"不来梅说的是实话。

"从一个过来人的角度，我想告诉你们，没有什么比战争更糟糕的了！"

"那倒是，我虽然没有上过战场，但能想象出战争的惨烈……"

"比你想象的还要惨烈十倍，不，一百倍，不，一万倍！"

"嗯，我们知道，是非常非常惨烈。"

"因此，虽然我身为防卫大臣，但要做的最重要的事情不是打仗，其实是要避免战争，不是吗？"

虽然铁头说话疯疯癫癫，有点不着四六，但不来梅觉得，他刚才说的这句话，貌似还挺有道理呢！

"那你是怎么做的呢？"不来梅变得有些尊敬铁头了。

"我是这样想的，之所以打仗，是觉得我要压倒你，我能战胜你。假如双方谁都没有十足的把握，大家的军事实力差不多，那不就打不起来了嘛。"可以看得出来，铁头对自己这套理论颇为得意。

"嗯……有点道理……"

"所以最重要的是保持平衡。为了两国在军事上的平衡，我开始研发超级武器，因为人类也在研发超级武器，假如我们落后了，他们一定会丧心病狂地进攻我们，毕竟只有平等的军事实力才能维护这脆弱的和平。"

"原来这就是超级武器的来历啊……"不来梅喃喃自语道。

"没错。你们想不想知道，超级武器是什么呢？"铁头神秘兮兮地问。

不来梅摇了摇头："我们还是不要知道具体的细节为好。"

"太好了，"铁头兴奋地一拍大腿，把阿呱吓得从地上蹦到了茶几上，"我就喜欢你这样有安全意识的动物，我本来也没打算告诉你……"

"那你问个什么劲啊……"阿呱擦着头上冒出的冷汗说。

铁头没有在乎阿呱说什么，而是继续往下说道："这一次大使来，目的是和我们签署和平条约，这个条约里面最重要的一条就是约定销毁双方的超级武器，在这一点上，我觉得他们是挺有诚意的。我觉得吧，我们也不能失了面子，为了彰显诚意，我特意带了最新研制的超级武器来，是便携版的，可以说全世界绝无仅有独此一家。但没想到……唉，现在超级武器坏了，这个锅我都不知道怎么背了……"

"超级武器是怎么坏的？"不来梅问。

"准确地说，是自毁了。"

"反正你们本来就打算销毁武器，现在被销毁了不是正好？"

阿呱在一旁插嘴道。

铁头怒目圆睁，瞪着小青蛙，吓得阿呱缩到了茶几底下。

"这不是大使死了，人类还没销毁超级武器吗？"不来梅替铁头向阿呱解释道。

"对，协议还未签订、兵马还未动，超级武器自毁就是非常非常严重的意外情况了！"

"但是，这武器怎么会自毁呢？难道是你动的手？"

"当然不是了！"铁头摇晃着大脑袋，"我就算喝得再多，也不可能做这种事啊！因为这个便携式超级武器既危险又重要，所以设置了几重密码。第一重是用数字按键作为密码，第二重用的是我的蹄纹，第三重因为是机密我也不方便告诉你们。总之如果不能完成这三个步骤，超级武器就会启动自我锁定模式，哪怕拥有最高权限的我也打不开。"铁头还是垂头丧气。

"如果按错密码也会锁定吗？"阿呱好奇地问。

"这就是我接下来要说的，密码最多可以输错三次，而且，如果连续三次输错的话，超级武器会自动开启自毁模式。"

"这就是自毁的原因？"

"对。这时候武器会自己销毁，丧失所有功能。"

"我的妈呀，如果自毁了，岂不是我们都要玩完了！"阿呱大惊失色地叫道。

"自毁并不会对外界造成任何影响。"铁头说。

"那超级武器是什么时候自毁的？"不来梅问。

"今天下午。"

"今天下午？你当时没在房间吗？"

"我要是在的话也不会发生这样的事情了。我不是说了嘛，我出去健身，走的时候它还好好的呢，没想到回来的时候就坏了,你们不知道我当时的心情,真的是万念俱灰。"铁头叹气道。

"那后来你是怎么处理这个武器的呢?"

"我能怎么处理?我是防卫大臣,又不是武器专家!当时我都吓死了,满脑子都是完了,战争要爆发了,世界要毁灭了,我要被开除了。然后我就给贝拉教授打了个电话,让她赶紧来,看看有没有什么办法。"铁头说。

"贝拉教授,她是研究超级武器的教授吗?"不来梅曾在网站上看过贝拉教授的专访,对这位科学家略有所闻。

"没错,就是她。贝拉教授是最优秀的武器专家,你别看她年纪不大,已经是这个领域的权威了,把研究院的那群老家伙甩得远远的。她的技术水平人类都不一定能达到呢!"

说到这里,铁头骄傲得昂起了头:"就是我发掘了她这块宝玉,资助她研究超级武器的。这一次坏掉的武器就是她的研究成果。"

"超级武器竟然可以随身携带?"

"没错。贝拉教授特意研制的这款便携式超级武器,体积小,发射简单,威力却并不比正常型号的小。"

"这么说,贝拉教授可真是个天才啊。"不来梅说道。

"没错,她确实是个百年难得一见的天才。可惜事情还是搞砸了,唉。"

"那之后贝拉教授来酒店了吗?"

"来了,没过多久就来了。我当时状态不太好,她好像状态也不太好,身体看起来不太舒服,还说她来想办法。唉,不知道她有没有办法解决。"铁头难过地说,"她是我最后的救命稻草了。"

"那么贝拉教授还在酒店吗?"

"不在了,她和我聊了没两句就走了,说在这里待着也没用,回去修理武器。"铁头越想越难过,哭丧着脸。

"你也不要太难过,这个信息非常关键,我觉得对大使案件的调查很有帮助,说不定等我们抓到了杀害大使的凶手,就能揪出破坏超级武器的家伙。"不来梅安慰铁头道。

"谢谢你,请一定要破案,我可不希望背这么大的锅。"铁头说道。

"承你吉言,我肯定也要加倍努力了。"不来梅客气地回敬,"对了,你有没有听说过一个叫作奥利奥党的组织?"

铁头的脚步突然停下了,好像正在思索。

"没有。我没听说过。"他回答道,"听上去傻乎乎的。"

"好吧,那没事儿了。"

送走了铁头后,阿呱问不来梅:"你好像很在意奥利奥党的事啊?难不成你认为奥利奥党是杀害大使的罪魁祸首?"

"我只是单纯觉得这个组织的名字很滑稽。"

阿呱不置可否地点点头。

"你刚才闻到铁头身上的酒气了吗?"不来梅又问。

"闻到了,可熏人了。这个铁头也真是,超级武器交到他手里简直让大家不放心啊!"

"看来这个事情对他的打击很大。"

"也说不定是他喝醉了,自己按错了密码。"阿呱瞎猜道。

"看他这个样子,还真有可能。"

不来梅和阿呱相视而笑。

"话说回来,在这个时候想要破坏超级武器的不管是谁,他的野心都不小啊!"不来梅说道。

8

2333年10月16日，0：20am

　　时间过得飞快，询问完铁头夜色已经深了。虽然有些动物到了晚上精神抖擞，但不来梅是一个日间活动的动物，他感觉有点累了。

　　不来梅打了个大大的哈欠，阿坚也张大嘴巴跟着打了个哈欠，最后就连阿呱也加入了打哈欠的队伍中。阿呱是一只青蛙，夜晚原本是他精力充沛的时候，也许是跟着不来梅时间长了，生活习惯也被改变了吧。

　　"今天太晚了，明天我们再继续调查吧。"不来梅说道。

　　阿呱正拿着两根小木棍努力撑着自己的眼皮，听到这句话，反而精神了一些："太好了，我都困死了。"

　　"阿坚你也回去休息吧。"不来梅说，"明天早上八点，我们在这儿见。"

　　"遵命！"阿坚回答道，"我回去整理一下今天的询问内容，一会儿向挠挠警长汇报。"

　　"阿坚，你真是个令人放心的好助手！"不来梅夸奖道。

　　"谢谢夸奖。"阿坚红着脸滚了出去。

房间里只剩下了不来梅和阿呱。

不来梅坐在椅子上闭目养神，同时回想着刚才询问过的几个动物。

苦大仇深的吉伯、风度翩翩的塞拉囧、风情万种的纯子、飞扬跋扈的比尔和傻里傻气的铁头。警报器被拆、灵长目失踪案、超级武器自毁，这些和大使的死会有什么样的关系？

"不来梅，这里的浴缸好舒服，你要不要一起来泡。"浴室里传来了阿呱的声音。

不来梅没有理睬他，继续思考着。除了应邀参加会谈的官员们，熊医生和狼博士的出现是偶然吗？会不会有黑手在幕后操纵这一切呢？

如果有幕后黑手，那他的目的表面上是破坏和谈，引发人类和动物之间的战争。这么做有什么好处呢？对于动物来说，连年的战争，好不容易获得了近十年的和平，大家能够喘一口气，真的会有如此残忍的动物，用挑起战争来达到自己的目的？

"啊……太舒服了，真是堪比天堂的享受啊。"阿呱的声音又传了出来，"不来梅，你真的不想一起来吗？"

还有动机，除了破坏和谈以外，还能有什么呢？除了嫌疑最大的主战派，主和派中会不会有动物和大使结下私仇？毕竟，在过去的数年间，人类和动物除了战争之外，也不乏人类捕获、猎杀动物，甚至有的人类还特别热衷于捕捉野生动物当作食物……

另一边，王老铁和尼罗两位将军一个主战一个主和，现在水火不容的状态也让大家担忧。虽然不来梅讨厌政治，但最后还是被卷进来了。

"我爱泡澡皮肤好好，不来梅呀是个呆瓜，不懂享受只会破案！"阿呱越来越过分了，甚至在浴室里哼起了歌。

不来梅无奈地叹了口气，伸了个大大的懒腰，疲惫感席卷而来。

也许是该泡个澡了。他站了起来，向浴室走去。

"不来梅，吃我一记水炮弹！"浴室里传来阿呱欢快的声音……

金碧辉煌的演奏厅里，冷笑着的石像鬼和温柔的玫瑰窗对峙着。这是一段男声独唱，那动听的声线叙述着时代的变迁，悲壮、期待、不安杂糅在一起，让听众心颤。时代的车轮滚滚，能留下的是什么呢？

　　Il est venu le temps des cathédrales 大教堂撑起这信仰的时代
　　Le monde est entré 世界进入了
　　Dans un nouveau millénaire 一个新的纪元
　　L'homme a voulu monter vers les étoiles 人类企图攀及星星
　　Ecrire son histoire 镂刻下自己的事迹
　　Dans le verre ou dans la pierre 在彩色玻璃或石块上

这是人类的经典音乐《巴黎圣母院》。

不来梅终于如愿以偿，观赏自己心仪已久的音乐剧。他正沉浸在动人的和弦之中，却未料当歌声被推向高潮之时，竟然有个不知好歹的家伙骑着摩托车冲进了金色大厅。

摩托车发动机轰隆隆的声音破坏了近乎完美的音乐剧。舞台上的演员很难不被现场的噪声干扰，原本浑厚的唱腔变得动荡起来。观众们更是不能忍受这种突如其来的变故，站起身来冲着骑摩托车的家伙叫骂。不来梅也心烦意乱，再也没办法静下心来欣赏音乐。

他看清楚了，那嚣张的家伙居然是一只戴着头盔的青蛙。

"别吵了！"不来梅大叫了一声，从床上坐了起来。

这不是在人头攒动的金色大厅，而是在芝华士大酒店的客房里。

睡在床另一边的罪魁祸首还在发出"呼噜噜"的如同发动摩托车一般的打呼声。

不来梅看了看表，七点差两分，马上闹钟就要响了，干脆一脚把阿呱从床上踢了下去，算是报了音乐剧听到一半被打断之仇。

"呱！呱！呱！地震啦！"掉到床下的阿呱蹦了起来，嘴里说着胡话。

搞清楚自己是刚醒来后，阿呱奇怪地摸着头："哎？我怎么从床上掉下来了？"

"问你自己，睡觉又吵又闹又蹦的，掉下来也正常。"

"太可惜啦！"阿呱一拍大腿，"我正梦到和金美在毛里求斯的海岛上度假呢。我刚准备喝一口啤酒，突然就地震啦，然后就海啸了，吓死我了！"

"活该。"不来梅在心中暗暗笑道，嘴上却说了一句，"别做你的春秋大梦了，快起来吧，咱们还有活儿要干！"

"可惜啊可惜，也不知道那种粉红色的啤酒是个啥味道。"阿呱摇着头走开了，"哎？这个是什么？"

原来阿呱在床头边上看见了一罐糖果。此时刚刚起床，恰逢肚子不合时宜地咕咕叫了起来，便拿着糖罐子一股脑往嘴里倒。

"不要！"不来梅大叫了一声，"这是我为了作弄毛毛买的恶搞糖。"

但已经晚了，阿呱把一整罐糖都吞下了肚子。

"什么？"阿呱不可思议地问，"为什么要作弄毛毛？"

"因为动物狂欢节快到了呀！"

动物狂欢节是每年动物城居民最喜欢的日子，这一天也相当于动物王国的国庆日。

一百多年前，从实验室里走出的动物们在雨林边建立了自己的王国。前事不忘后事之师，为了纪念那些曾经被人类破坏的安宁和付出的生命，国庆日将举行隆重的纪念仪式。

全体国民不仅可以获得将近一周的休息时间，还有大量的文化娱乐活动等着他们。其中最吸引人的，就是在动物城中心主干道上进行的狂欢游行了。

届时，几乎五分之一的居民都会集中在这条主干道上，打扮成各种东西——

真的是各种东西。

有的动物会把自己打扮成其他动物，比如老虎、猴子、毛毛虫……不来梅就曾经把自己成功打扮成一只海豹，天知道他是怎么做到的。

有的动物会把自己打扮成知名的人类，比如拿破仑、莎士比亚、希特勒……但他们多半会对自己所扮成的人类进行丑化，像给巴普洛夫化上可怕的妆容。

有的动物喜感十足喜欢搞怪，比如阿呱就是这样的动物，过去几年的狂欢节，他都想尽办法打扮成别具一格的东西。去年是一辆墨绿色的小跑车，前年是一台吸尘器，大前年是一个青团……

不过最受欢迎的,还是将自己扮成那些作为神兽的动物,龙、麒麟、凤凰、九头蛇……

就像人类会相信神明一样,动物们也会相信神兽。

他们相信神兽能够带给他们智慧和力量。那些传说中的,从来不向人类屈服,反而令人类产生了敬畏之心的神兽,曾经也是动物们的心灵寄托。

但随着科技的进步,动物们渐渐参透了无神论,神兽则更趋向娱乐化的吉祥物了。

因此平时老被欺负的蝙蝠打扮成不死的凤凰,浑身散发着恶臭的巨蜥打扮成喷火的龙,几条喜欢恶作剧的蟒蛇绑在一起将自己打扮成九头蛇……在那个崇拜神兽的年代,这些都是不可思议的亵渎,但现在则是最受欢迎的装扮。

当然,对于不来梅来说,狂欢节除了放飞自我以外,朋友之间互相捉弄也是一大乐趣。

所以他为毛毛准备了恶搞糖,以报去年被放屁气球弄得很丢脸的一箭之仇。

"你待会儿就知道了。"不来梅看着阿呱不怀好意地笑了。

果然,十五分钟之后,阿呱就感受到了恶搞糖的威力。

他开始口渴,喝了整整两壶水,还是觉得渴。

原来这个糖的功能是会让人感觉渴而不停喝水,真不知道怎么会有这么奇怪的发明,阿呱在心里把发明恶搞糖的人骂了一通。但其实不来梅还是手下留情的,毕竟他选择的是想喝水的恶搞糖1.0版本,而不是想拉肚子的恶搞糖2.0版本。

正当阿呱喝下第三壶水的时候,房间里内线电话响了起来。

不来梅接起电话,听筒那头传出了阿坚的声音。

"报告！昨晚刑事科和技术科的同事们加班加点，获得了一些进展，我现在给你们送过来！"看来，要让阿坚不说报告还是太为难他了。

"好的，谢谢你阿坚。"

不来梅一边刷牙一边等待阿坚。过了没一会儿，阿坚就到了。他提着一个厚重的牛皮袋，不来梅接过牛皮袋，从里面抽出一份份报告。

"阿呱，这是关于火灾的情况。火在大使房间里烧了大概二十分钟，所以微波炉着火的时间大约是六点四十。

"另外，熨斗上面没有化验出血迹，这就挺奇怪了。如果是这样，熨斗为什么会在床头板的后面呢？

"呵，这可是个大发现！在大使的体内发现一种从未见过的病毒，病毒的毒理学还在进一步检验中，大使会不会是死于这种病毒的？"

"报告！布丁医生已经到了大堂，可以随时接受询问。"阿坚刚刚接了个电话，转身说道。

"好的，我们这就去。"

"不带她来你的房间吗？"

"不了，我想出去透透气。"

放下电话后，不来梅就驴不停蹄地来到了大堂。

现在还不到八点，酒店其他客人应该还没有起来，不来梅和阿呱一路走到大堂，都没有碰到其他动物。

大堂里除了阿坚，还有一只棕熊，应该就是布丁医生了。

布丁医生是一只雌性棕熊，戴着眼镜，穿着知性得体，提着一个金棕色的小拎包。她个头中等，身材匀称，看得出经常锻炼，不像大多数棕熊那样臃肿。

区别于纯子小姐，布丁医生也很美，但是她的那种美更加具有亲和力。她的皮毛柔顺且具有光泽，浑身散发着一种温柔的气息，应该是很多雄性动物都想娶作妻子的类型。

"你好。"布丁医生站了起来，看向不来梅。果然，她连声音都十分温柔。

"你好。你是布丁医生吧？我是调查这次大使死亡案件的侦探不来梅。"不来梅看了一眼布丁医生，她看起来比纯子的年纪要大个五六岁。

"发生这种事情，实在太让我难过了。昨天上午我才见过大使，给她看了病，没想到接下来就发生了这样的事情。"布丁医生低下了头，显得有些沮丧。大概作为一名医生，自己看过的病人死了，无论是不是和自己有关，情绪上都会有触动吧。

"大使的保镖吉伯你认识吧？他跟我说，你昨天早上来是给大使看病的，那时候大使的情况如何呢？"不来梅问道。

"没有什么大的问题，就是普通感冒，这个我也和塞拉甾先生汇报过啦。"布丁医生说道，"人类是一种比较弱小的生物，和许多动物相比，他们简直可以称得上脆弱。很多动物体内都会带有各种各样的寄生虫、传染病和病毒，大多数对动物无害的病毒，对于人类来说就是致命的。所以他们特别容易生病，而且对环境更加敏感，稍微一冷一热自身的免疫系统就会开始有反应，大使就是昨天晚上洗澡受凉了。"

"你是几点来的？"

"九点吧。"

"你怎么给大使治疗的？"不来梅问。

"我给她吃了感冒药，其实感冒根本不需要治疗，自然就能痊愈，吃药只不过是让她舒服点罢了。"布丁医生回答。

"那给动物的感冒药也能给人用吗?"阿呱好奇地问。

"当然不能用啦!"布丁医生微微一笑,"但我对人类还是有一些了解,配一些让她感到舒服的药水是小菜一碟,所以看感冒这种小病还是没有什么问题的。"

"那你在看病的时候有没有发现大使有什么不同寻常的地方?"不来梅问。

"奇怪的地方?"布丁医生思考了一下,"大使好像很怕冷,裹得严严实实的,我本来担心她发烧,后来发现没有,就是小感冒。还有一件事情,不能说是奇怪,但挺特别的。"

"什么?"不来梅的眼前一亮。

"这是属于病人的隐私了,我不知道方不方便告诉你……"

"挠挠警长和尼罗将军给予不来梅特权,你什么都不必向他隐瞒。"阿坚在旁边说。

"好的,"布丁医生点点头,"我给大使抽血,发现大使的血型很特别,是 Rh 阴性血,也就是传说中的熊猫血。"

"熊猫血?"阿呱惊讶地问,"人类体内都是熊猫的血?"

"哈哈哈,你这个小青蛙还真有意思。"布丁医生被逗笑了。

"熊猫血不是熊猫的血啦,是 Rh 阴性血的俗称。Rh 是恒河猴[①]英文名称的头两个字母,因为最早的 Rh 阴性血血清和抗原取自恒河猴,所以就管这种血叫 Rh 阴性血了。这是一种非常罕见的血型,因为熊猫是罕见珍稀的动物,所以这种血就取名熊猫血了。当然,这是人类的叫法,我们只不过沿用了这种称呼。"不来梅解释道。

"没错,看来不来梅侦探博闻强记,对人类很了解呀。"布

[①] 即 Rhesus Macacus。

丁医生赞许地说。

"哎呀,不管人血熊猫血了,我渴得都想喝血了。这里有水吗?"阿呱自从来到大堂后已经喝光了不来梅和他面前水杯中的茶水,又憋了半天了,现在终于忍不住了,不得已向阿坚求助。

阿坚帮他按铃叫了服务生。

"我闲暇时间会看一些人类的书籍,"不来梅不好意思地说,"那你看完病就离开酒店了吗?"

"没错,我给大使开了药,看她吃下以后,就离开了。"

"大概是几点钟呢?"

"十点左右吧。"

"好的布丁医生,谢谢你的配合,如果有问题,我会继续打扰你的。"不来梅说道。

布丁医生出去的时候,正好一只小羊走了进来,她是芝华士大酒店的服务生。

服务生和布丁医生擦肩而过,她回头看了一眼布丁,略有迟疑。

不来梅敏锐地捕捉到了这个瞬间。

"请问是哪位需要服务呢?"小羊服务生毕恭毕敬地问道。

"我!我要喝水!"阿呱大叫着。

"好的,马上为您送来。"

"越多越好,我要渴死了!"阿呱恨恨地看着不来梅,都怪这只恶趣味的驴,害得自己这么惨。

"好的,请您稍等。"小羊服务生刚转过身,就被不来梅叫住了。

"等等!"

"请问还需要什么服务吗?"

"我想问一下,你之前是见到过刚才出门的那位女士吗?"不来梅问道。

"哎呀,昨天布丁医生才来过,见到不也很正常吗,问这个做什么,快让服务生给我倒水去啦!"阿呱觉得自己的喉咙仿佛着火了。

但小羊服务生愣在了原地。

"你见过她,对吗?"不来梅没有理会阿呱,继续问道,"不然刚才不会回头看吧,作为芝华士大酒店的服务人员,盯着客人看可不是礼貌的行为。"

"对不起!对不起!请您原谅!"小羊服务生像犯了什么大错,一个劲地鞠躬道歉。

"你只要告诉我你有没有见过她就行,你放心,我们不会投诉你的。"不来梅的声音变得柔和了起来,"毕竟这样有魅力的女性,无论是谁都会多看两眼的。"

听到不来梅这么说,小羊服务生才稍稍放下心来,她唯唯诺诺地说:"我……我是见过她。"

"见过又怎么样嘛!布丁医生来过芝华士大酒店,这是大家都知道的事情啊!"阿呱不知道不来梅的葫芦里究竟卖了什么药。

"你还记得安全大臣水牛比尔昨天说过的酒店的随机轮班制吗?"不来梅问。

"有点印象,他好像说什么今天值班明天不值班,保证安全什么的……"阿呱其实已经记不得了,信口胡诌道。

"报告,比尔大臣说的是,在早上值班的服务生第二天不会值早班,每一周的排班都不一样。"阿坚在旁边说道。

"不错。如果照他说的,那昨天上午值班的人,就不可能在今天上午看到。现在是上午,这名服务生昨天上午不可能当班。"不来梅转向了小羊服务生,"所以你昨天是在什么时候看到了布丁医生?"

"是……昨天的下午。"小羊服务生小声地说道,"我昨天下午值班。"

阿呱张大了嘴巴,连口渴也忘记了。

"报告,我们在询问的时候,门卫并没有提到布丁医生下午来过这件事情啊!"阿坚非常疑惑,他感到气愤,居然向警方瞒报线索。

"门卫说过布丁医生来造访,但他可能没有想到上午和下午需要区别对待。"不来梅分析道。

"哼,真是一群不够专业的动物……呱!"阿呱气鼓鼓地说道。

"阿坚,你赶紧去把布丁医生叫回来,她应该还没有走远!快!"

不来梅话音刚落,阿坚就闪电般地滚了出去,这样的速度,连一辆二百CC马力的摩托车都自愧不如吧。

布丁医生马上就被带回了大堂。

反复无常的询问令她有些恼怒。但毕竟是具备良好修养的成功人士,她仍然保持着克制和礼仪。

"侦探先生,请问还有什么事情吗?我的医院里还有几个非常重要的会诊等着我呢!"布丁医生说。

不来梅指了指小羊服务生:"很抱歉影响了你的工作,我就问一个问题,你昨天见过这位服务生小姐吗?"

"抱歉,我真的没有注意到一个服务生。他们都打扮得差不多。"布丁医生摇了摇头。

小羊服务生耷拉着头，两只手交替拨弄着蹄子，显得有些失落。

"虽然你没有注意到她，但她注意到了你。"不来梅的语气变得更加严肃，"她说昨天下午在酒店里见到过你。"

"什么？"布丁医生失声道。她脸上闪过一丝慌张，但很快恢复了镇定。

布丁医生稳住情绪，装作若无其事地用爪子撩了一下额头上垂落到眼角的毛发，说："也许是她看错了，每天酒店里那么多动物来来往往。"

"有没有看错，仔细调查一下就知道了。毕竟昨天下午出入者有限，和你身形相似、一样种类的动物，很容易查清楚。"不来梅假装漫不经心地说，"阿坚，你去调查一下吧。"

"遵命！"阿坚团成了一团，蓄势待发。

"不用了。"布丁医生突然说道，"我确实来过。"

她坐了下来，将提包放在了腿上，脸色依然是那么平静。

"你又一次来芝华士大酒店有什么目的呢？"不来梅问。

"我对大使的病还是很关心的，况且这其实是我第一次给人类治病，并不能肯定我给大使开的药是否有用，所以下午还是想来看一看大使恢复的情况如何。"

"这是正当理由啊，那刚才为什么不如实告诉我们呢？"不来梅问。

"因为怕惹上麻烦。"布丁医生长长地舒了一口气，"你们知道，我坐到现在这个位置，是一件多么不容易的事情吗？"

不来梅和阿呱摇摇头。

"本来在动物的世界里，雄性占有极强的话语权。不能说绝对，至少也是大部分的话语权。我一个雌性的医生，一路走来小心谨慎、如履薄冰，好不容易才有了现在的地位，如果惹上什么麻烦，那些固执的雄性保守派还不知道会以什么名义找我的碴儿呢。"

"哎……你这么一说，我也能理解你的苦衷。但是如果有什么重要的线索却不告诉警方实在不是什么明智的决定。"不来梅叹了口气说。

"我下次一定会注意的。"

"你刚才说，怕惹上麻烦，那你究竟怕惹上什么麻烦呢？"

布丁医生默默不语，现场气氛沉闷，略微有些尴尬。

"你不必有什么顾虑，哪怕真的有危险，我们警方也会设法保护你的。"阿坚拍着自己的胸脯，向布丁医生打包票。

"好吧，"布丁医生看着阿坚的眼神，"昨天下午，我发现了一件很奇怪的事情。"

房间里所有的视线都投向了布丁医生。

"什么事情？"小羊服务生已经替阿呱拿来了水，阿呱一边大口咕嘟咕嘟喝着水，一边问道。

"我上午给大使看完病后，有点担心她的情况，下午就过来看了看。这个事情我和防卫大臣铁头讲过，是他给我办理的通行证，他可以为我证明。我本来准备去看看大使，但来到她房门口时一直有些犹豫，因为我担心人类不好相处，她会因此而不高兴，所以就没有进去，在门口略作停顿。但后来我听到屋子里有声音发出，像是有东西在走来走去，但感觉不像是人类的脚步声……"

"不像人类的脚步声？你为什么可以分辨人类的脚步声？"不来梅问道。

"嗯……我就是有这种感觉。"布丁医生打着哈哈，"人类和动物的脚步声，总归有些不同嘛。"

"好的，抱歉打断你了，请继续。"不来梅示意布丁医生继续说下去。

"于是，我就趴在地上，透过门缝往里看去。"

空气中弥漫着紧张的气氛，大家都屏气凝神等待着布丁医生的讲述。

"你看到了什么？"阿呱忍不住问。

"牛脚。"布丁医生回答道。

"牛角？是牛的脚还是牛的角？"阿呱问。

"阿呱，你应该好好回学校学习语文了。你这个问题等于没有问，听起来都一样。"不来梅说。

"是牛的脚，蹄子，长在腿上的那种。"布丁医生说，"我看了几秒，当时还想再继续看，听到走廊上有其他动物的脚步声，生怕被他看到，就朝走廊另一头走了，后来我就离开了酒店。这一次我讲的话千真万确。"

"牛脚，难道会是比……"阿坚惊呼道，"这么重要的事情，怎么刚才不说？"

"我刚才也说了，我不能做有任何风险的事情。万一你们没有抓到凶手，或者凶手用某种方法逃脱了，知道是我将这件事情告诉了你们，来找我的麻烦，又或是让我卷入什么风波，岂不是搬起石头砸自己的脚？这对我来说没有一点好处。"布丁医生冷漠地说。

"那你看到牛脚的时候是几点？"不来梅问。

"四点半左右。"

"好的，谢谢你的配合，这个线索非常关键。"不来梅说。

"那我现在可以走了吗？"布丁医生站起身来，"我已经把我知道的都交代了。"

不来梅看了看阿坚,又看了看布丁医生:"你可以走了,不过我们以后肯定还会来询问你的,到时候千万不要再对我们撒谎哦!"

布丁医生的脸色一下子变得阴沉,看得出她在努力抑制自己的愤怒。确实,不来梅刚才那句话实在是太不客气了。

"那我走了,各位,再见。"布丁医生转过身子,头也不回地离开了酒店。

送走了布丁医生后,不来梅和阿呱开始讨论了起来。

"你觉得布丁医生说的可信吗?"阿呱问,"总感觉她怪怪的。"

"至少牛脚的事情她没有骗我们。"不来梅说,"不过她一定还做了保留。如果大使只是感冒,为什么医生会那么在意她的病情,要专门跑过来看,这点非常奇怪。"

"难道凶手真的是比尔?"阿呱问。

"至少她对我们撒了谎。"不来梅没有理会阿呱的提问,而是眯起了眼睛喃喃自语,"而且她对人类并不像自己说的那么缺乏了解……"

"你刚才怎么没有问她关于大使中毒的事情呢?"

"阿呱,你也怀疑大使中毒的事情和她有关吗?毕竟只有她一个和医学相关的人士接触过大使。但我现在还不想打草惊蛇,除非有更多的证据能够指向布丁医生,我才会进一步问下去。"

"那你现在准备做什么?"

"我想在酒店里四处问一问,看看在酒店工作的动物那里有没有线索。"

9

2333年10月16日，10:45am

不来梅的辛苦没有白费，他确实在和酒店工作者的交谈中收获了一些线索。

前台的服务生说，大使在入住酒店时，询问了关于客房设施和服务的信息，特意挑选了风景最好，有超大按摩浴缸的三一四号房作为自己的客房。

不来梅认为，大使这样挑选客房应该是有道理的，至于是什么原因，他还没有想通，可能是在这个特定的房间里进行某项秘密任务吧。

还有更重要的线索。酒店工作人员说，昨天看到一只熊猫来过酒店，但现在入住的客人中并没有熊猫。

"熊猫？"阿呱惊讶地说，"我从出生到现在还没有见过熊猫呢！"

"你没见过熊猫是因为他们数量确实比较少。他们曾经是最珍稀的濒危动物，后来缓过来了，族群数量不断扩大。"不来梅说道。

熊猫是一种非常稀有的动物，同棕熊、眼镜熊、黑熊、北极熊、懒熊、马来熊一样属于食肉目熊科中的一员。熊猫主要栖息在长江上游的高山深谷中，全身黑白两色，憨态可掬、非常有趣。早在动物还未获得智慧的年代，熊猫一度濒临灭绝。但因为长得可爱，受到人类的极度欢迎，中国政府将他们作为自己国家的象征，通过熊猫进行外交、文化输出，把熊猫提到了一个极其高的地位。在政府的推动下，林业局和野生动物基金会花了很大的心血去保护和繁殖熊猫，所以熊猫并没有像其他濒危动物一样灭绝，而是通过野生保护和人工繁殖这两方面的努力，由濒危渐渐降为易危。

这也许是熊猫的幸运吧。但其他动物就没有这么幸运了。

由于人类的滥捕滥杀和对生态环境的破坏，无数的动物因此而在这个世界上消失。

渡渡鸟、恐狼、斑驴、巴厘虎、巴巴里亚狮、巨海牛、白鱀豚、平塔岛象龟、比利牛斯山羊、欧洲野马、滇螈、圆岛雷蛇、大海雀、巴拿马树蛙、金蟾蜍……这个名单的长度可以绕赤道一圈。

灭绝的动物并不总是族群数量稀少的。

十九世纪，伴随着整个美国的淘金热，大量移民翻过落基山脉，他们盯上了无忧无虑的北美旅鸽。北美旅鸽曾经是那么多，成群结队遮天蔽日，迁徙时的队伍甚至需要几天几夜才能从头顶上空飞完。穷汉子们发现了完美的食物，他们杀鸽取卵，所到之处寸鸽不留。随着一列列百米长的火车载满鸽子肉呼啸而过，谁也不会想到，有一天五十亿只北美旅鸽会被吃得一干二净。

如果说为了果腹而捕杀野生动物是生存本能，那为了猎奇和尝新而捕食野生动物则可以说是匪夷所思了。

当意识到野生动物和自己一样也是大自然的产物，任何一种生物的消失都会影响到整个自然界的生态系统，大规模的灭绝引起的连锁反应会导致人类也承受不起的后果，人类才开始重视起保护野生动物。

这也称不上亡羊补牢，只是不得已而为之，但总好过什么都不做吧。像熊猫这样的动物就受到了野生动物保护组织的荫庇，也算是好事一桩。

"阿坚，有关于这只熊猫的线索吗？"不来梅问道。

"这只熊猫应该是持有通行证或者经许可进入的。"

"看来这只熊猫颇有背景呀。"阿呱思考道。

关于这件事情，阿坚已经派同事去调查了，但熊猫并不好找，因为熊猫现在早就不是珍稀动物了，光是动物城的常住熊猫就有一百多只。

"波奇侦探已经得到消息了，现在似乎已经开始寻找熊猫了。"阿坚说。

"那我们也要抓紧了。"

"现在还未询问过的政要包括住在三楼的司法大臣海象嗷嗷，住在四楼的财政大臣金钱豹斑斑、文化大臣垂耳兔怀特……"阿坚一边翻看着入住客人的名单一边说。

"抱歉，这些人我们也许可以晚一些再问，我现在对昨晚造访过的那位贝拉教授很有兴趣，你有没有通知她过来呢？"不来梅打断了阿坚说。

"报告！那个……"阿坚不好意思地扭着身子，"其实，贝拉教授今天恐怕是没办法过来了……"

"没办法过来？"不来梅愣了一下，"为什么？"

"贝拉教授说自己感冒了，身体不舒服，正卧床在家，最快也要明天才能起来。"没能把贝拉教授带过来,阿坚觉得很有些挫败。

"怎么正巧就今天身体不舒服?昨天布丁医生给大使检查不是说她感冒了吗?这也太凑巧了!"阿呱若有所思地说道,"早不感冒晚不感冒,我看这个贝拉教授很有嫌疑。"

不来梅没有说话,像是在思考对策。

"现在恐怕还不到琢磨这只熊猫的时候。"不来梅说。

"那我们接下去做什么呢?我看可以询问嗷嗷大臣,他和大使一样住在三楼,作案的可能性比较大……"

"阿呱,你去调查布丁医生,她应该是回医院了。"不来梅打断阿呱道。

"跟踪布丁医生?"阿呱感到莫名其妙,"布丁医生不是已经询问完了吗?"

"相信我,跟踪布丁医生会对我们很有帮助。"

"好……我去跟踪布丁医生,那你呢?"

"我要去会会那位贝拉教授,既然她不愿意来,那我只能无事不登三宝殿了。"不来梅说罢,起身整理了一下风衣。

贝拉教授的住处离酒店有一定的路程,本来不来梅以为她会和其他狼类一起住在爪牙区,但没想到她独自住在更加偏远的达尔文区,那里是动物城中最具历史厚重感的地方。

去往达尔文区要经过侏罗区,这是一个不来梅不太喜欢的地方。

侏罗区是整个动物城犯罪率最高的地方,这点从它的街道两边年久失修的楼宇就能看得出。

居住在这儿的多半是爬行动物和两栖动物,三分之一的动物生活在贫困线以下,五分之一的动物失业,有一半动物都没有读完中学。教育、医疗、基础设施和社会保障的缺乏是侏罗区多年以来日益加剧的问题。这是一个恶性循环。贫困又艰难的环境，使得生活在这里的动物越发贫穷，也更加受到歧视，更多的歧视带来的是更加割裂的社会阶层分化。

尽管从这儿走出过尼罗将军这样了不起的动物，也没有办法改变侏罗区面临的困境。难怪会产生像神龙教这样的反抗组织。不来梅无法想象，如果阿呱没有在小的时候离开侏罗区，现在会是什么样子。

离开了侏罗区，紧接着就是贝拉教授所在的达尔文区。很奇怪，在一个贫穷衰败的居民区边上，居然就是富裕奢华的富人区。

作为富人区，达尔文区与河床区不同，这里居住着很多世袭富贵的动物，他们的住所都有着百年以上的历史。

看着面前这栋欧洲古堡般的建筑，不来梅有些后悔没有让阿呱陪着自己一起来了，阿呱看到的话一定会兴奋得一蹦三尺高。

这座哥特式建筑融合了一些文艺复兴的风格。建筑正面外墙上有造型各异的雕塑，阴森诡秘，但又不失艺术性。连片的玻璃彩窗美轮美奂，不来梅能看出，这些彩窗应该是用图案讲述了一些故事，但具体是什么故事就不得而知了。最引人注目的是西边高高耸起的钟楼，不来梅也不知道为什么这栋作为私人住宅的建筑物需要一座钟楼，但世界上最有名的哥特式建筑之一——巴黎圣母院，就是凭借它的钟楼和敲钟人闻名遐迩。

住在这样的城堡里会不会害怕呢？幽暗狭长的走廊，落满灰尘的装饰品，古老的先祖们的画像，螺旋上升的楼梯，压迫感十足的带有立柱的床……

想到这里，不来梅不禁打了个寒战，他最近才看了《鬼修女》《断头谷》和《惊情四百年》这些哥特风格的恐怖电影，一见到大房子就莫名其妙地害怕。

在大门外站了一会儿，克服了恐惧的不来梅还是按响了门铃。

也许是房子太大，过了很长时间才从门禁中传出一个略显苍老的雄性动物的声音。

"谁？"

"你好，我叫不来梅，是一名侦探，尼罗将军派我来的。"

"侦探？你有什么事情吗？"

"有些事情想找贝拉教授谈谈。"不来梅说完，对着门禁上的摄像头亮出了尼罗之印。

许久，机器那头都没有传来声音。

不来梅无聊地等了好一会儿，实在等不及了，刚想催促，突然那个声音又响了起来："你说你叫什么来着？"

"我叫不来梅。"也许是对方年纪大了，记性不太好吧。

"很好，很好，那尼罗之印应该在你身上吧？"

"是的。"不来梅觉得很奇怪，刚才自己明明向对方展示了尼罗之印。

"你能告诉我，尼罗之印背面有几颗星星吗？"

"背面有……"不来梅搞不明白对方葫芦里卖的什么药，"背面没有星星呀！"

话音刚落，黑色的大铁门自动打开了，不来梅带着一脑袋问号走进了这座庄园。

不像一般庭院那样生机勃勃，这里的院子光秃秃的，别说各种鲜花了，连草都没有多少，显得鬼气森森。园丁一定是个非常懒惰的家伙。

不来梅走到了城堡脚下，一只鼹鼠正在等待他。这只鼹鼠穿着燕尾服，胡须发白，看上去已经有点岁数了。

"你好，我叫捷克。是这里的管家，主人让我来接你。"捷克靠近了不来梅，闻了闻他，"你就是侦探啊？闻起来还挺年轻的。"

不来梅被捷克的举动吓了一跳，往后退了几步："叫……叫我不来梅就好了。贝拉教授在家吗？"

现在他知道对方为什么没有看到自己展示的尼罗之印了，因为鼹鼠的视力完全退化了，眼睛看不见东西，只能靠良好的嗅觉来活动。

"请跟我来，不来梅先生，我走得比较慢，你不要着急。"捷克确实走得很慢，不来梅跟在后面，看到他一扭一扭的屁股不禁觉得有点好笑。

"不来梅先生喝茶吗？"捷克问。

"谢谢，不用太麻烦……"

"我猜不来梅先生喜欢英式红茶？"捷克自顾自地说道，"没有人不喜欢英式红茶。现在正是喝早茶的好时机，我一会儿就去给您准备。"

"真的不用了。"不来梅连忙拒绝道，"你也不用总称呼我不来梅先生……其实我就想问问贝……"

"贝壳蜂蜜茶？你很有品位，整个动物王国，没有人比我更会泡这个茶。你坐着等我一会儿。"捷克好像有点怪怪的，不知道他是不是总是这样以自我为中心。

他们穿过一条狭长的走廊，走廊的两边挂着一幅幅有着金色画框的肖像画，这些肖像画上应该都绘制着城堡的历届主人，她们长得都差不多,只不过穿着打扮有些不同,看得出来这是一个有着悠久历史的家族。

捷克将不来梅带到一个宽敞明亮的房间中,这个房间恐怕比不来梅家加起来还要大。房间的一面是三扇挂着丝绸窗帘的窗户,透过窗户可以看见外面缺乏打理的宽阔草坪;窗户的对面是壁炉,壁炉前有一张大理石桌面的圆形茶几,四把椅子围着茶几;另一边的墙边并排靠着两张可以坐三四个人的沙发,沙发上摆着天鹅绒的垫子。

这里应该是贝拉教授日常会见客人的地方。

捷克走开了,留下不来梅无奈地坐在一张椅子上。

等着也是等着,不来梅干脆站起身来在房间中来回转悠打量,这里处处都不乏可以称得上艺术品的装饰。

虽然这是一栋哥特式的建筑,但内部却有各式各样风格的藏品。壁炉上放着中国青花釉里红的瓷器、意大利穆拉诺的玻璃花瓶,墙上挂着日本的浮世绘画作、伊斯坦布尔的手工地毯……足以看出主人是个品位不错的收藏家。

正当不来梅盯着一幅文艺复兴时期风格的画看时,一个声音冷不丁地传来:"是真品。"

不来梅被吓了一跳。转过身发现还是捷克。

"这是真品?"不来梅惊叹道,"我说怎么画得那么像……但你怎么知道我在看这幅画?"

"虽然我眼睛看不见,但我能感觉到你站在画的前面,剩下的,我只需要用一点点小小的灰色脑细胞……"

"够了够了,我发现了,你比我更有做侦探的潜质……"不来梅甘拜下风。

"这幅画够再建好几栋这样的房子了。"不来梅看到,捷克一只手端着茶壶,另一只手端着茶杯,正在疑惑地盯着他。"你不会是来偷画的吧?"

不来梅叹了口气,这个老管家的思路还真是足够清奇。

"我不偷画,你放心,我也不太懂这些。"不来梅说道。

听到不来梅并没有偷画的打算,捷克脸上露出了微笑,发白的胡子欢快地跳动着。

"尝尝看,怎么样?"捷克殷勤地对不来梅说。

不来梅不好拒绝,只能接过捷克手里的杯子,待捷克给他倒满茶后喝了一口。

果然清甜可口。

"这是我喝过最好喝的贝壳蜂蜜茶了。"不来梅诚挚地说道。

"哈哈哈,年轻人,我喜欢你,哪怕是个偷画贼,也不是令人讨厌的贼。"捷克哈哈大笑道。

"那个,我不是偷画贼,我是个侦探,我这次来是……"

不来梅还没说完,就被捷克打断了:"我知道,我和你开玩笑呢。你是来见我尊贵的主人贝拉教授的吧?"

"没错,麻烦和她讲一声。"

"你们这些年轻人啊,就是太心急了。我家主人身体不好也一定要问东问西,就不能等她恢复了吗?"捷克叹了口气,面露关切地说。

"事关紧急,实在是等不了。"看得出来,捷克是真的很关心他的主人。

"那就跟我来吧,主人也答应要见你了。"

"你带我去哪儿?这不是会客厅吗?"

"哦,年轻人,这是我的起居室。"捷克说得轻描淡写,但不来梅感觉受到了一千万点暴击。贝拉教授的管家的起居室,都如此气派……

不来梅战战兢兢地跟着捷克一路上楼，在旋转楼梯上绕了一千零八十度的圈后，终于来到了二楼。

"主人嗓子哑了没法说话，她有些憔悴，也不想会客，所以你想问什么直接说，她会回答你的。"捷克一边走一边对不来梅说道。

不来梅觉得很是奇怪，贝拉教授究竟是何许动物，竟然连见一面都如此困难。不过转念一想，也有可能是因为她的感冒很重，不想传染给自己吧。

捷克带着不来梅穿过一段更长的走廊，不来梅已经无暇再欣赏走廊两边惊人的艺术品了。

来到一扇门前，捷克缓慢地敲了敲门，里面传出一声"进来"，捷克轻轻地推开了门。

这个房间比之前捷克的起居室还要大，但家具很少，除了一处用白色帷幔围住的地方，只有一张梳妆台和一把椅子，还有一大堆随意丢在地上的书。

白色帷幔围住的地方是一张床，贝拉教授应该就在里面，因为不来梅隐约能透过白色帷幔看见里面有一只狼的身形。

这情形有些诡异。

"贝拉教授您好，我是不来梅，有些事情想向您请教。"不来梅看了捷克一眼，捷克并不知道不来梅看了他，自己已经蹒跚地走出了房间。

"请说吧。"贝拉教授的声音听上去有些沙哑，看来真的是感冒了。

"请问您昨天是几点去大使那里的？"不来梅问道。

过了一会儿，一张白纸从帷幔里塞了出来。

不来梅拾起来一看,上面写了:"抱歉,我嗓子不舒服,只能用纸和笔与你交流了。"

"好的,没关系,希望您早日康复。"不来梅说道。

一张纸条紧接着飞了出来。

"昨天五点接到防卫大臣铁头通知后赶去了酒店。"

不来梅又问:"那您知道大使死了吗?您和她有没有什么接触?"

这一次,飞出的纸上写着:"我不知道大使死了,和她没有过接触,只是知道有这件事情。"

"那超级武器毁坏的事情,您这边有结果了吗?"

白纸如约而至:"超级武器自毁了,原因可能是多次输错密码启动了自毁程序。"

"那您觉得谁可能去毁坏这个武器呢?"

白纸上写着:"任何想要破坏这次和谈的人,都有可能。"

不来梅又问了一些问题,得到的都是一些很官方的回答,并没有什么用处。

"那么,铁头说您昨天看起来状态不好,是这次身体不好的原因吗?我认识一位医生,医术很不错,不如让她来给您看看吧?"不来梅试探性地问道。

这一次,白纸过了一会儿才过来。

"不需要了,我吃了药,自己会好的。"

随后,贝拉教授似乎按响了什么东西,一会儿,捷克应声而来。

"我家主人累了,有什么麻烦下次再问吧。"捷克做出了送客的姿势。

"等等,请容我再问最后一个问题。"不来梅迫不及待地说道,"铁头自己有没有可能破坏这个武器呢?"

白纸很快从帷幔中飘出,不来梅上前作势要捡纸,但实际目标是帷幔。

不来梅打算揭开帷幔,看看贝拉教授是不是真的在里面。

但他的蹄子刚沾到帷幔的时候,里面一只毛茸茸的爪子闪电一般伸了出来,一把按住了他。

"侦探先生,你干什么?"贝拉教授沙哑着嗓子说道。

"对不起对不起,我就是想确认一下……"不来梅"奸计败露",不好意思地说道。

"太过分了!你对贝拉教授做了什么?赶紧出去,太过分了!"捷克愤怒地走上前来,"你想确认什么?我本来以为你就是个偷画贼,没想到还是个小流氓,当心我去法院告你!"

捷克推着不来梅,将他赶出了房间。

出房间前,不来梅回头看了一眼帷幔。毛茸茸的手已经不见了。那确实是一只狼爪,但好像比一般的狼爪毛更长、更黑……

"抱歉捷克先生,我是一名侦探,必须要确认跟我交谈的究竟是不是贝拉教授本人,这是我的工作,实在是没有办法的事情啊……"不来梅解释道。

"理解理解,要不要再到我房间来喝两杯茶呀?水应该已经烧开啦!"捷克好像什么事儿都没有发生过一样。

"太好了,那我陪您再聊会儿天。"不来梅盘算着再和捷克聊会儿天,也许还能获得一些有用的信息。

回到一楼的起居室,不来梅一边端着茶杯,一边看着墙上的画像。这是之前他没有注意到的肖像画,不同于贝拉教授家族的肖像画,这些肖像画装在小很多的椭圆形相框内,里面画的都是穿着燕尾服的鼹鼠。

"这些都是您吗？"不来梅问。

"当然不是了，这是我的爸爸，这是我爷爷，这是我爷爷的爸爸，这是我爷爷的爷爷……我们一家人从一百多年前就开始为贝拉教授的家族做管家了。我们鼹鼠的寿命其实很短，所以我没有服侍过贝拉教授的家人，一直服侍的是贝拉教授。不是夸口，在我的保护下，她一点委屈都没有受过，没想到今天被你这个坏家伙给欺负了。"讲到这里，捷克一副要哭出来的样子，看上去有些滑稽。

一只狼还用一只鼹鼠来保护？不来梅虽然心里这么想，但不敢说出来，只能一个劲儿地道歉："对不起啦，其实我不是想欺负你的主人。"

"我知道。怎么样，我的茶还好喝吗？"

"非常棒，我已经被它彻底征服了。"不来梅敷衍道，"贝拉教授总是身体不好吗？我觉得她今天有点不对劲。"

"我觉得很正常吧，并没有什么不对劲啊！你想知道我用的是什么独家配方吗？"

"独家配方什么的，还是不要随便外传为好吧。对于贝拉教授的研究，你有了解吗？"

"主人研究的好像是一种很先进的武器。她是动物城最了不起的天才科学家，年纪轻轻就超越了那些前辈科学家。其实也不是什么独家配方啦，就是在蜂蜜里加入一点蛋清，搅拌十分钟，然后将贝壳……"

"管家先生，接下来我还要去其他地方调查案件，就不打扰你啦。"不来梅发现自己几乎不可能从这位管家先生身上问出个子丑寅卯来，打算先告退了。

"那太可惜了,年轻人,下次一定要来我这里品茶,我还有好多种自己研制的特别秘制茶饮,可以让你大饱口福!"捷克也不打算挽留客人,站起身来,将不来梅引出门。

穿过庭院的时候,不来梅回头望了一眼钟楼,问:"这座塔楼上,有什么东西吗?"

"那是主人的实验室,我是不能上去的。"捷克回答。

10

2333年10月16日，1∶00pm

　　走出了贝拉教授的庄园，不来梅并没有立即离开。

　　他坐在电动车上思考着自己下一步的行动。

　　贝拉教授也算是"见"到了，显而易见她是有些古怪的。无论是贝拉教授本人的避而不见、狼爪突袭，充满哥特风格的老古堡、神秘的钟楼，还是世世代代为贝拉教授家族服务的鼹鼠管家，都令他感到奇怪……

　　看来这个地方必须得再来调查一次，不来梅暗暗想道。

　　接下来去哪里呢？

　　现在回芝华士大酒店还为时过早，既然出来一趟，多在外面搜集一些有用的信息是最重要的。

　　但是，上哪儿去调查呢？

　　不来梅平时确实会有一些为他提供情报的眼线，但这次案件不同以往，自己那些包打听、童子军恐怕没有那么容易弄到有用的消息。

　　突然，一个念头从不来梅的脑中闪过。

　　他看了看电动车的电量，显示已经充满了。太阳能电池实在是太便捷了。满电的电动车可以横跨动物城,到达任何一个角落。

接下来要去的地方,是不来梅从来没有涉足过的区域。这个地方在动物城东南角,离城区二十五公里,电动车的电量勉强可以支撑不来梅到那里。

之所以从来没有去过那个地方,是因为他是一名侦探,不是亡命之徒。

不来梅的老师、侦探骆驼查第格告诫过他,不到万不得已没有必要去那个地方。

在不来梅出师之前,查第格一直是城里最好的侦探,直到有一天死在一把格鲁克手枪的枪口之下。在那之后,不来梅和警方绞尽脑汁也没有找到杀死查第格的凶手,也许就是一起最单纯不过的街头抢劫案吧。在这个世界上,要说有什么完美犯罪,那只可能是动机简单粗暴的无差别犯罪了吧。

不来梅一直恪守查第格的告诫,但好奇心对侦探来说比趋利避害更加重要。之前只是没有理由去罢了,现在不来梅可是有十足的理由上那儿去了。

跨上了电动车穿越达尔文区,再跨过棕榈区,经过一条漫长的穿山隧道,再穿越一片红杉树林,不来梅终于来到了鲸落湖畔。

鲸落湖是一片很大的湖,远远望去很难分辨是湖是海,水天一色,一眼望不到头。

鲸落湖这个名字取自鲸落。

鲸落是一种自然现象,当巨大的鲸鱼在海中死去后,他们的残骸会成为独立的生态系统,吸引小型鱼类、菌类、食腐动物这些自然界的"分解者"聚集,经过数十年的吞噬,最终与大自然融为一体。

人类在鲸落湖里发现了可能是鲸落的遗骸，这令他们非常兴奋，因为鲸落是一种非常罕见的现象，往往要到大洋的最深处才能发现。而现在在鲸落湖底发现了好几处鲸落的遗骸，这是因为鲸落湖在几万年前和海连在一起，由于泥沙淤积和海洋隔绝分开，形成了海迹湖。

多年前有传闻，鲸落湖里发现了水怪的踪迹。当时认为可能是一种远古的爬行动物或是远古鲸类，但后来也说只是当地一些旅游业者散布的谣言，目的是吸引更多的游客来鲸落湖旅游。

鲸落湖风景宜人，因为是海迹湖，所以湖内除了淡水鱼以外，还有蝴蝶鱼、小丑鱼、沙丁鱼、鳉鱼、金枪鱼等海水鱼，古时候肯定还有鲸。

几百年前，湖边有一座研究所，在这座研究所里，人类做尽了杀伐屠戮之事。成千上万只动物被抽血试药、剥皮肢解、植脑换心……他们的尸骨被丢入鲸落湖，这里就是动物的奥斯维辛集中营。

湖面上终日笼罩着灰蒙蒙的雾气，夜幕降临之后，水中的绿藻会发出淡淡的荧光，侧耳聆听，仿佛还能听到动物们哭泣的声音。这片水域向来被动物城的居民认为是不祥之地，没有任何动物愿意靠近这里。

但那些胆大包天之徒除外。对于他们来说，这里就像巴黎左岸对于知识分子、纽约格林尼治村对于艺术家、阿姆斯特丹对于嫖客一样具有吸引力。

一些没有得到进化的昆虫在湖边的草丛里蹦跶。不来梅想，阿呱要是在这儿的话肯定就要敞开肚皮大快朵颐了。

不来梅放下电动车,走到湖边一棵巨大的桃花心木下,扒拉了几下树下的草堆,找到了一个锈迹斑斑的铁桶。

这个铁桶外壳上有一个奇怪的六角形徽记,看上去像是某种动物的标志,但不来梅一时半会儿想不起来有什么动物是六角形的。

不来梅记得查第格老师对自己说过的召唤冥河摆渡人的方法,于是掏出自己身上的两枚阿兹特克银币。

这两枚银币是查第格留下的为数不多的遗物,银币的正面是羽蛇神克萨尔科亚特尔,背面是一个人头。阿兹特克人的宗教中有拿活人祭祀的仪式。人类对于自己的同类也一样残忍,更不要说对待动物了,不来梅想到。

查第格告诉过不来梅,阿兹特克银币是动物坟场最值钱的地下货币,凡事只要丢出阿兹特克银币,就能解决。

不来梅往铁桶里扔了两枚银币,随后提着桶来到湖边,把桶放在了水面上,轻轻地推向湖心。

铁桶晃晃悠悠地漂向湖中间,在离开岸边二十多米远的时候,突然像是鱼儿咬钩了似的,被什么东西猛地拽进了水里,消失得无影无踪。

不来梅从口袋里掏出一根胡萝卜,一口一口啃了起来。

大概过了五分钟,水面咕嘟咕嘟开始冒泡,一个木筏一样的东西从水底升了上来,缓缓地靠向岸边。

"上来吧。"一只长得颇为可爱的六角蝾螈站在木筏上对不来梅说道。

原来六角形的徽记就是这条六角蝾螈的啊。

不来梅小心翼翼地站上了这个滑溜溜的木筏,这时他才看清,木筏的四个角分别由一条一米多长的大鲵驮着。

"今天开门吗?"不来梅问道。

"每天都开。"六角蝾螈说道。

"哦……好久没来了。"不来梅装模作样地说道。其实他根本没有来过,但是为了不露怯,便装成是老主顾的样子。

六角蝾螈并没有理会不来梅,而是趴在木筏的前端,两只眼睛盯着那片灰蒙蒙的浓雾。

随着木筏渐渐靠近浓雾,不来梅隐隐约约地看见,浓雾里浮现出亭台楼阁,仿佛一座城市。

这里就是传说中的动物坟场了吧。

当年,动物们的尸骨被丢入湖中,久而久之堆积成了一座浮岛。这座浮岛终日笼罩着云雾,在偌大的鲸落湖上时隐时现。每当夜幕降临,从四面八方聚集而来的法外之徒为阴气森森的浮岛带来生命力。这里就是动物们进行地下交易的地方,三教九流、鱼龙混杂,见不得光的交易随处可见。

世界上各个地方都有这样的"地下王国",比如波黑的比耶利纳、泰国的霍道霍、墨西哥的皮托,而动物坟场就是动物城的地下王国。

"马上到了。"六角蝾螈突然回过头说道,声音有着不符合她外貌的冷冽。

"那……"不来梅刚准备问下去,突然发现大鲵们停了下来。

"怎么回事?"不来梅问。

"摆渡费涨价了。像你这样的中型动物要三枚银币。"六角蝾螈朝不来梅伸出了手。

停在湖中央坐地起价,就算是尼罗将军来,怕是也没办法。

曾经听说一些不接受坐地起价的动物后来都失踪了,想必最后都成了这座浮岛的一部分吧。

不来梅只能在身上又摸索出一枚银币交给她。

接过钱，六角蝾螈笑了一下，模样有点傻乎乎的，很是可爱，但在不来梅看起来却十分阴冷。

筏子驶进雾中，最后终于顺利地靠岸了。六角蝾螈催促着不来梅赶紧下筏，也许她迫不及待要去接新的摆渡客了。

不来梅踏上浮岛。他是第一次来到这儿，有种说不出的感觉，每个毛孔都在往外渗着冷汗。

脚下似乎踩到了坚硬得令人难受的东西，不来梅低头看到两只漆黑而又空洞的眼睛正在望着他，有着巨大的犬齿，是一只猫科动物的头骨。

不来梅下意识地往旁边跳了一步，但他马上发现，这里不愧是动物坟场，视野所及是无数的森森白骨。

在前方，隐约有一座巨大的红色大门屹立着。

说是门，但是只有门框没有门板，两根竖立的柱子上面，横贯着另外一根柱子。

不来梅在书上见过这种建筑物，其实这是一种叫作鸟居，类似牌坊的建筑物，是日本神社的入口，划分着凡间与神明的界线。

不来梅一边奇怪为什么此地会有这种东西，一边走向鸟居。

眼下离太阳下山还有好几个小时。不来梅深知规矩，不到日落时分，踏过这道鸟居必死无疑，于是他索性坐在鸟居前的石子地上闭目养神。

过了许久，从之前上岸的码头传来叽叽喳喳的声音。不来梅缓缓睁开眼睛，看到一公一母两只臭鼬一前一后走来，其中一只穿着马褂，另一只穿着旗袍。

穿着马褂的臭鼬竟然是不来梅的老熟人，一个心狠手辣的厉害角色。

这家伙前几年因为盗墓被不来梅抓过,刚出狱不久,现在靠投机倒把和贩卖消息为生,外号"毒气弹"。

不来梅赶紧抬起蹄子用袖子遮住自己的脸,生怕被对方看见,找他麻烦,但毒气弹早在不来梅看见他之前就已经看到了不来梅,反而上前主动与他打招呼。

不来梅有些尴尬,这真是冤家路窄,今天恐怕毒气弹不会轻易放过他。

"嘿,不来梅,好久不见!"毒气弹吹着口哨,看上去颇为轻松,并没有如不来梅想的那样气势汹汹。

"你……认错……"不来梅支支吾吾地说道。

"不会啊!你不是那个侦探不来梅吗?就是……把我送进监狱的那个不来梅,我怎么可能认错你呢?"毒气弹看着装傻的不来梅,突然明白了,"你是不是怕我找你寻仇,所以不敢承认自己是不来梅?"

看到不来梅沉默了,毒气弹倒来劲儿了。

他跳到不来梅面前,卷起左手的袖子,露出袖子底下的手臂上一道道的刀疤。这些刀疤既难看又恐怖。

"看到这些刀疤了没?我在监狱里待了三年零六个月,每个月都会在这里用餐叉划上一横,你知道我为什么要划这些道道吗?"

不来梅有一种不祥的预感。

"每一道伤疤都提醒我,要谨记你对我做的好事!我发誓,出来以后一定要找你算账!"

不来梅腾地从地上跳了起来。他两只蹄子交叉在胸前,摆出防御的姿势。

"你……你可不要乱来！我闯进过食草动物格斗大赛十六强……"

"放轻松小老弟，"毒气弹哈哈大笑，"我本来一直想寻你报仇，但后来在监狱里每周都有人来看我，就是她——"

毒气弹将身边的母臭鼬拉到身前："她是我的邻居，一直喜欢我，但特别害羞从来不敢让我知道。我坐牢之后她每周来看我，后来我们就恋爱了……"

"说起来，不来梅先生算是我们的媒人呢！"臭鼬小姐红着脸说道。

不来梅擦了擦头上的汗。刚才什么动物格斗大赛十六强都是他胡扯的，他只闯入过铃铛区格斗游戏邀请赛十六强，参赛选手一共不到二十个……

"恭喜你们……"不来梅朝两只动物拱了拱手，"希望你们相亲相爱、百年好合。"

"好说好说。"毒气弹摆摆手，"怎么侦探今天上这儿来了？这里除了我之外，还有不少动物是被你抓进去的，敢上这儿来，你胆子真是不小啊！"

"不是说，在动物坟场里，无论在外面有什么仇什么怨，都不能兵戎相见吗？"不来梅问道。

"你还知道得挺清楚啊，看来是有备而来的。放心吧，我就是吓唬吓唬你。这儿的规矩就是只动口，不动手。"

不来梅点点头，来的时候心里还有些忐忑，现在听毒气弹这么一说，顾虑也就没了。

码头又传来嘈杂的声音，又一批新的宾客在六角蝾螈的带领下踏上了浮岛。

夕阳的最后一道余晖终于沉到地平线之下，不来梅知道，这个不同于外界的世界的大门要打开了。

刚到达的是一只貂狮和一条泰加蜥蜴，后续还会有更多的动物到来。

朱漆的鸟居周身发出红光，原来在柱子周围密密麻麻地覆着很多萤火虫，他们将立柱映得通红。

远远传来一阵鼓声，厚重而密集，有一种山雨欲来风满楼、黑云压城城欲摧的气势。

不来梅看到鸟居后面的雾气中，星星点点的微光此起彼伏，从微光变得耀眼起来，好像很多灯笼挂在山上，慢慢地将雾中的山点缀得流光溢彩。

"我们走吧，山鬼市场开门了。"毒气弹对不来梅说，"你应该是第一次来吧？"

不来梅点点头，又摇了摇头，他觉得自己可不能表现得像个菜鸟。

山鬼市场是动物坟场最重要的部分，也是不来梅此行的目的。山鬼市场有各式各样的买卖，有的正大光明，有的则见不得人。据说花上一个阿兹特克银币，就能打听到连挠挠警长都调查不到的事情。

不来梅捏了捏口袋里为数不多的阿兹特克银币，这个细微的动作被毒气弹看在眼里。

"我看你就是第一次来。"毒气弹翻了个白眼，"我可要进去做买卖了，你就自己摸索吧，兴许我们还能在里面遇见。不过你要当心点，这里可不是你那夜不闭户的铃铛区，许多动物专干欺骗、勒索菜鸟的事情。"

"谁说我是菜鸟，我可是经常来的！"不来梅打肿脸充胖子。

"嘀嘀，随便你吧，你可千万不要把我的警告当成耳旁风。"

说完，毒气弹挽着自己的女朋友，对方将头枕在毒气弹的肩膀上，两只黄鼬恩恩爱爱地走了。

在他们消失之后，不来梅也打起精神，走过红色的鸟居。

从港口过来的动物渐渐多了起来，大多数动物一眼看上去就不像善茬，也有几只衣着华丽、时髦的有钱动物，他们似乎都轻车熟路，经过不来梅的时候会扫他一眼。不来梅为了装成经验老到的客人，将自己的衣领竖起来，显出一副摇摇摆摆满不在乎的样子。

到这个神秘之所来的动物，或多或少都抱有一些不能对外声张的目的。

不来梅很清楚自己到这里来的目的，他想知道更多关于大使死亡一案的线索，但他并不清楚上哪儿能获得这些信息，于是像个无头苍蝇一样东张西望。

拾级而上，路边是发黄的墙皮、简陋的屋顶、挂着的灯笼和半遮半掩的门板。

那些挂着红灯笼的是已经开门迎客的店铺，没挂灯笼的过一会儿应该也会挂出来。灯笼上都写着字，这些字看内容不着边际，实则代表了这家店的营生，但只有行家能看出来这营生究竟是什么。

"琉酊""乌胆""魅呼隐"……不来梅完全不明白这些文字代表了什么，他来到一家灯笼上写着"人伞"的店里，这个灯笼上的字他看懂了。

推门而入，门触碰到悬挂在门框上的风铃，发出响声，引起店内柜台后一只戴着眼镜的灰背隼的注意。

从门口到柜台之间的距离不过两米，两边的墙上有很多木头架子，架子上放着奇奇怪怪的东西，不来梅大概能看出其中不少是稀罕物，在动物王国都是禁止交易的。

柜台后面用布帘子遮挡着，不来梅大概能猜到在布帘子后面是什么东西。

灰背隼推了推眼镜问道："这位小哥看着眼生，你有什么好东西吗？"

"听说你这里提供关于人类的情报？"不来梅开门见山地问。

"籴"的意思是买东西，所以不来梅依此推测这家店是做与人类有关的不可明说的生意的。

灰背隼面无表情地摇了摇头："小哥大概是看到我家招牌误会了。其实没你想的意思，只不过是我觉得这两个字比较好看，就拿来做招牌用了。"

不来梅心里一万只羊驼呼啸而过，但他还是强作镇静地问道："那老板知道，哪里可以打听到我想知道的消息呢？"

"这个我倒是知道，但有什么好处呢？"

不来梅从兜里掏出一枚阿兹特克银币，放在柜台上，用蹄子将银币推到灰背隼的眼前。

"哦，这可是个稀罕玩意儿……"灰背隼不知什么时候手上多了一个放大镜，"不错、不错……但是……"他话锋一转，"稀罕是稀罕，但没有价值。"

"怎么会呢！"不来梅急了，"这可是货真价实的阿兹特克银币啊！我刚才还用过来着。"

"以前有段时间这个是硬通货，价值连城，但现在不值钱，只能打发摆渡的六角蝾螈。"

看来老师的消息已经过时了，没办法，他去世已经有段日子了。

"那怎么办是好？"不来梅面露焦虑，"老先生帮我想想办法？"

"你身上还带了其他钱没有？"灰背隼问。

"还有动物币……"

"那个更没用了……其他没有了吗？"

"没有了。"

"这样吧，"灰背隼用翅膀拍了拍不来梅的肩膀，以示友好，"你身上有多少银币？"

不来梅两只手伸进口袋，将口袋掏空，大概有满满两把银币。

灰背隼从柜台下面取出一只量杯，将银币放进量杯，一边放一边摇晃量杯，让银币之间的空隙变得更小。

这些银币正好放满了一只五百毫升的量杯。

"半升阿兹特克银币，那些缝隙我就便宜你了，纯当作半升好了。把银币给我，我店里任何东西，你可以挑一样拿走。"

"任何东西都可以吗？"不来梅收起银币问。

"除了我身上的东西以外都可以，你如果要我的肝脏，我可给不了你！"灰背隼说道。

"布帘子后面的东西也可以吗？"不来梅指了指灰背隼的背后问道。

"布帘子后面不行，只限于这个房间里的。这个房间里好东西可不少呢！相信你也是识货人，能看出这些东西的价值！你拿着这里任何一件东西，都有人愿意和你交易的。"

"好的谢谢……但我要想一想具体换什么东西，现在我没办法做决定。"

"好好，慎重一点更好，免得你到时候后悔了。但是你如果确定要交易的话，得给我定金……"灰背隼想了想说，"你先给我一半的银币,剩下的在黎明前给我好了。"

不来梅心里有点怀疑,他心生一计,装作尿急,先离开"人伞"。

出了门,不来梅抓住一只路过的野猪就问:"跟你打听点事儿……这个银币值钱吗?"

这只有着绿色鬃毛的野猪看着不来梅手里的阿兹特克硬币笑道:"哼……哼……这破玩意儿怎么会值钱呢?"

不来梅点了点头,返身回到了店里。

"回来了?"灰背隼听到风铃的声音。

"嗯。刚才解了个手……我同意你的交易,先付一半银币,剩下的等我想好要什么再说。"

灰背隼点点头,接过不来梅的银币,倒在量杯里,大致量出了二百五十毫升的银币,将这些银币倒在一个正方形的木漆小盒子里,放进了柜台下面。

"好了,天亮前,我随时等你来。"灰背隼说道。

"那个……你现在方不方便给我一些能在这儿流通使用的货币呢?"不来梅做了个两手空空的姿势。

"帮人帮到底,送佛送到西。"灰背隼从口袋里掏出几个脏兮兮、油腻腻的东西,"这是苏门答腊虎的牙齿。"

苏门答腊虎已经灭绝好几十年了,因为非法盗猎和森林砍伐,最后几只苏门答腊虎是在人类的实验室里过完自己最后的日子的。当然,他们的尸骸最后成了这座浮岛的一部分。

不来梅收起苏门答腊虎的牙齿。

"谢谢,不过这是不是太少了。"

"你可以去碰碰运气,有家叫'楠蛊'的店,可以一变十,十变百……说不定明天你都不需要再卖银币了呢。"

不来梅听懂了，这家叫作"楠蛊"的店，应该是一家赌场。

"那么请问'楠蛊'怎么走呢？"

"出门右转，一直往山上走，第一个岔路口走左边那条路，第二个岔路口走右边那条路，就能看到'楠蛊'的灯笼了。"

"好的，谢谢。"不来梅转身朝店门口走去，"真是很感谢你。"

灰背隼冲不来梅摆摆手："祝你好运。"

出了"人籴"，不来梅径直右转，在两个弯后如灰背隼所说，见到了挂着"楠蛊"的灯笼。

正要推开入口的玻璃门，一只猞猁冲了出来，差点儿把不来梅撞倒在地。

猞猁的眼睛里闪着光，手舞足蹈口中大叫"发财了，发财了"，一路小跑消失在山路上。

不来梅转身进了"楠蛊"，里面灯光昏暗，放着舒缓的音乐。室内有几张桌子，桌子后面站着身穿性感服装的斑羚、跳羚和旋角羚，她们都是荷官，桌子前面是兴奋的正在下注的动物。

不来梅挤到一张桌子前，这里正在玩一种叫作"找坏人"的游戏。

四个倒扣的盅里，其中一个底下藏着一块人类的脊椎骨。荷官会用很快的手法将盅来回移动，赌客们凭借自己的眼力找准那块脊椎骨被盖在哪个盅下边，猜对的可以获得押注双倍的返还。

在不来梅看来，这是一种非常简单的游戏，完全没有技术含量。荷官的手速确实很快，但还是逃不过不来梅的眼力。因此他一连赢了好几把，兜里的苏门答腊虎齿数量也变成了两位数。

这个游戏太慢了,一次只能下注一颗牙齿,不来梅渐渐失去了耐心。他想试试赌注更大、赔率更高的游戏。

结果不来梅不仅输光了口袋里的牙齿,还倒欠了一大笔钱。虎背熊腰的保安孟加拉虎和马来熊将他请到了办公室里,一只身形比尼罗将军还要巨大的湾鳄正在抚摸手掌上站着的一只牙签鸟。

"我现在身上没有钱。可以先赊账,等我回去拿了钱再过来补上吗?"不来梅问。

"想得美,少一个子儿也别想离开。"湾鳄凶狠地说。

"我有这个,你不能拦着我。"

不来梅从上衣口袋里拿出尼罗之印,举到湾鳄面前。

"这不就是尼罗之印吗?你觉得这玩意儿在这里有用吗?"湾鳄哈哈大笑起来,"就算尼罗那个崽子来了,也得遵守这里的规矩!"

不来梅觉得湾鳄并不像在开玩笑。老师生前确实对他说过,在动物坟场,外界熟悉的一切规则都不起作用了。

"如果你付不出钱,就去喝海水吧!"湾鳄重重地拍了下桌子,"要么,你把尼罗之印给我做抵扣也可以。"

"这可不行,无论如何我都不会交出尼罗之印的。"

"那你就老老实实地去喝海水吧。"湾鳄摆摆手,"我给你一整晚的时间做决定,你可别想逃。快滚吧!"

不来梅从"楠蛊"出来的时候,整头驴都不好了,走路摇摇晃晃、无精打采。

"我该怎么办呢……对了,"不来梅计上心头,"我可以到灰背隼的店里挑一件东西,作为抵扣满足湾鳄的要求……"

正在不来梅思索的时候,感到被重重地撞了一下。他回顾四周，看到自己身旁躺了一只斑驴，正在地上疼得打滚。

"你不要紧吧？"不来梅看到同类心生怜悯，赶紧上前搀扶斑驴。

这时他才看清，这只斑驴只有一只眼睛，他的右眼处是一个黑漆漆的窟窿。

斑驴起身后抓住不来梅的衣服不放，说不来梅的右眼是他的。不来梅将他绑架后找了黑市的外科医生，挖掉了他的右眼安在了自己的眼睛上，导致他变成了独眼驴。

现在斑驴一定要不来梅赔偿，围观的动物多了起来，都在窃窃私语，有动物做起了和事佬，让不来梅赔点钱算了。不来梅不知道上哪儿说理去，最后只得答应赔偿，天亮前付给斑驴。

撕扯中，不来梅的风衣被扯开了一道大口子，他找到一家裁缝铺，对掌柜的雪兔说："能帮我补好衣服吗？"

雪兔看了一眼风衣说："这么小的活儿，我不做。"

"帮我补吧，我会给你满意的报酬。"不来梅说。

雪兔的眼睛亮了起来："你说的是真的？"

"嗯，我不会骗你的。"

"好的，那你天亮前来拿衣服吧。"雪兔将风衣收进了柜台。

走出裁缝铺，不来梅心情格外沉重。他恍恍惚惚地走着，看着从身边经过的来来往往的过路客，愁眉不展。

最后，不来梅走进了一家占卜屋，一只披着紫色头巾的猫头鹰坐在一张低矮的方桌后面。方桌上摆放着水晶球、塔罗牌和蜡烛。

"来客，要算算你的命运吗？"猫头鹰看到不来梅进来，说道。

"我今天实在是太糟糕了，确实应该算算命。"不来梅坐了下来,"但我身上只有这些不值钱的东西。"

不来梅从口袋里掏出了阿兹特克银币。

"不值钱?先生你是在开玩笑吧,阿兹特克银币可是这里的硬通货啊!"

"什么!"不来梅这时候意识到自己可能被骗了,"山下有一家叫'人氽'的店,老板是只灰背隼,他告诉我说阿兹特克银币在这儿毫无价值。"

"小弟弟,我看你是被骗了。你说的是灰老爷的店吧?灰老爷的生意就是蒙你这样新来的动物。"

"不可能,"不来梅转念一想,"我在店门口问一只野猪,他也告诉我银币不值钱。"

"那只野猪是不是鬃毛染成绿色的?"猫头鹰问。

不来梅点点头。

"他是灰老爷的伙计。"

不来梅懊恼地用两只前蹄使劲捶打自己的头。

"还好,他说我给他半升的银币,可以换他店里任何一样东西。"

"就算你挑走他店里最值钱的水晶袋鼠头骨,他也赚翻了。"

"那我该怎么办?"不来梅惨兮兮地说,"我还在'楠蛊'赌输了,湾鳄要我去喝海水……"

"你太年轻了啊。"猫头鹰安慰道,"第一次来这儿的动物,总是会上当受骗的,毕竟这里是动物坟场啊。我看你的遭遇不止这些,能不能都告诉我呢?"

不来梅将自己到动物坟场之后的全部遭遇告诉给了占卜的猫头鹰。

"你有大麻烦了,不过你遇到我也是运气好,我因为小时候被驴子救过,所以特别喜欢你们驴子,我替你想个办法吧。"猫头鹰说道,"在动物坟场的某个地方,住着一只神秘的动物。他永远坐在一间黑暗的房子的最深处,谁也不知道他从哪里来,但他是一只最有智慧的动物,没有他解决不了的难题。每当夜深之时,动物坟场的坏蛋们都愿意上他那儿去听他分析解决各种匪夷所思的疑难问题。你今天晚上去他那里,就说是我的朋友,也许他能帮助你。"

11

2333年10月16日，11:30pm

按照猫头鹰的指引，不来梅来到一座背山而建的院落前。

院落位于某条山路的尽头，幽深的路旁没有任何灯火，除了不来梅之外，目前没有其他动物来这里。

不来梅刚靠近院落的大门，里面就传出"进来吧"的声音。

"不愧是神秘的智者，居然知道我已经在门口了，难道有未卜先知的能力？"不来梅想道。

推门进入，院子并不大，庭院中铺着石板路，种着麒麟叶、火树、盘草等植物，还有一方清池。

池子里养了几条锦鲤，这些锦鲤看起来养得不错，又肥又胖，让池子显得很是拥挤。

有一座小巧玲珑的佛龛镶嵌在一处山壁凹进的洞穴中，佛龛上还悬挂着一根绳子，绳子尾端系着一只铃铛，风吹过的时候会发出响声。

在庭院的尽头，有两间背靠着乌黑山体而建的平房，两间房子的门口都挂着厚厚的布帘子，其中一间门口有几株龟背竹。

不来梅认定他要找的智者就在这间房内，因为他察觉到屋子里面似乎有呼气喘息的声音。

"智者您好,我是占卜屋的猫头鹰大师介绍来的,我遇到了一些麻……"

"你的来意我已经明白了,到另一间空着的屋中等着吧,再晚点的时候,整个岛的小偷、骗子、恶棍都会上我这儿来,你就听听他们怎么说吧。"一个低沉的充满了年代厚重感的声音说道。

不来梅走近了点儿,还想多问些什么,里面已经传出了呼噜声。

要么就是智者睡着了,要么就是智者装作睡着,不想和不来梅对话。不管是哪种可能性,不来梅都只能识相地钻到另外一间屋子里去了。

隔着厚厚的布帘子,外面应该是看不到里面了,不来梅不禁好奇一会儿坏家伙们来了之后,智者会和他们说什么。他们为什么这么尊敬智者,这个智者究竟又是一只什么动物?

不来梅寻思许久还是找不到答案,他开始梳理这两天获得的关于案件的线索。

感觉现场一定有遗漏的环节,等回芝华士大酒店务必再仔细搜查一番。面谈过的几个嫌疑动物中,最可疑的不啻卧病在床、连本尊都没有见到的贝拉教授了。

但贝拉教授的出现是一个意外,她是因为防卫大臣铁头的超级武器被毁才被传唤到芝华士大酒店的。如果没有发生超级武器被毁一事,是不是贝拉教授就不会成为嫌疑动物了呢?

那么超级武器被毁这件事情是不是必然的呢?

不来梅突然一个激灵。大使被杀,超级武器被毁,这两件事情或许是有关联的。大使被杀势必将引发人类和动物之间的战争；而武器被毁，如果只是人类想获得超级武器的秘密情报而未果，强制启动了自毁程序呢？

能够获得关于超级武器的情报，显然对人类有利好作用，那这一系列行动的目的，还是为了战争。

看似是主战派所为，但仔细分析完全是不利于动物的间谍行为，难道在主战派中潜伏着人类的间谍？大使是个炮灰，她的出现就是为了死在动物王国，便于人类借机挑起争端，全面开战。

如果是这样的话，其实根本不需要间谍，盗取超级武器的情报和杀死大使这两件事情完全可以是同一个人所为——大使本人。

不来梅看过一本小说，书中的主角为了复仇使用了最终兵器——自己。

如果真是这样的话，那完全说得通。但麻烦的是，能做出这些事情的人类，一定是铁了心要开战的，和平的生活即将毁于一旦。

不来梅想起战争这个已经渐渐有点模糊的字眼。

在他还小的时候，动物王国和人类之间还没有停战，战争是常态。对他来说，似乎课本上已经将人类与动物的战争作为这个时代如同呼吸一般平常的事情，直到有一天双方宣布停战，大家才发现，和平是那么难能可贵，哪怕只是冷战中的和平，也好过尸横遍野、人人担惊受怕的战争年代。

地狱一样的日子。

现在又要回来了吗？

欲加之罪，何患无辞，人类想要战争不需要理由，因为他们是人类，而我们是动物。

正在思考的时候，外面嘈杂起来。

听这动静，起码有十几个人，估计都是这座岛上排得上号的坏家伙。

他们彼此寒暄、相互问候，不来梅听出了灰背隼和斑驴的声音。

寒暄过后，这些坏蛋问候智者，谦卑和恭敬令不来梅感到意外。不来梅本来以为这些动物都是粗暴蛮横之辈，没想到对这位看不到真面目的智者这么尊敬，也不知道他究竟是何方神圣。

好奇心驱使不来梅悄悄地掀起布帘子的一角，想看看外面的状况。

原本就不大的庭院，被一群动物挤得满满当当。不来梅就着月光发现，之前的灰背隼、湾鳄、斑驴都在这儿，连替他补衣服的雪兔居然也在。

这些动物一个接一个，有次序地将自己今天在山鬼市场诈骗、诡辩、强买强卖的情况说给智者，智者则告诉他们自己的意见。

"我今天碰到一只傻驴……"灰背隼说到傻驴的时候，被斑驴踢了一脚。灰背隼回过头，冲他竖起自己翅膀中间的趾。"他身上有不少阿兹特克银币，我骗他说阿兹特克银币在这里一文不值，让他把银币卖给我，我店里随便什么东西任他挑选一样。"

"那他可以玩死你。"智者说。

"玩死我？怎么可能？"灰背隼叫道。

"如果他要你的水晶袋鼠头骨或者邓氏鱼化石呢？"

"那也是我赚啊。大家都知道，我店里的东西都是不值钱的赝品！"

"但他要是问你要店里所有的空气呢？"

智者一语道出破绽。灰背隼支支吾吾答不上来，知道自己输了，退到一边去了。

"哼哼，你这个蹩脚商人平时净整些蝇头小利，就知道你不行！"湾鳄将灰背隼数落一通，走上前来，"我今天也碰到那头蠢驴了。"湾鳄转过头看了看斑驴。后者显然是个欺软怕硬的家伙，一动都不敢动，"他在我的赌场输得内裤都不剩了，但我发现他身上还真的有宝贝，说出来你们都不敢相信——尼罗之印居然在他身上！"

在场的动物都发出"哇哦"的声音。

"我让他把欠的赌债还给我，交不出就把尼罗之印给我，否则就要去喝海水。"

"他是挺惨的，不过还是有机会能战胜你。"

"哼，除非他去喝海水。"

"是啊，他只要说'我选择喝海水，但是你得把海水提过来送到我的嘴边我才能喝'，你就没办法了，因为你也没办法把海水提过来呀！"

"这是诡辩！"湾鳄气愤地叫道，"他要是敢这么说，我非咬断他的脖子不可！"

不来梅连一口大气都不敢出。

"喂喂喂，你可不要忘了我们这里的规矩，"一只郊狼提醒道，"动物坟场里只能动口不能动手，对方只要说得有道理，你就得认输！"

"就是，盗亦有道，如果连你湾老板都要耍赖，和出老千有什么区别？趁早关了你的赌场吧！"一头美洲狮也在一旁敲边鼓。

湾鳄虽然还是有些不服气,但知道自己身在这个地方,就要遵守这个地方的规矩,还是退了下去。

"换我了!"只有一只眼睛的斑驴迫不及待地说,"我也撞见了这头驴。因为他是驴,和我属于同科同属,我就说他的右眼是我的,当初把我绑架了找了黑市医生动的手术,挖了我的一只眼睛,让他把右眼还给我,否则就得赔偿我!"斑驴得意地看了看四周,"如果他不是头驴,我这招压根儿就没用,也亏得我脑子灵光能想得出这种点子!"

其他动物似乎都很看不起斑驴,嘴里发出不屑的声音。

"哎……如果他豁出去了跟你拼命,我看你就要彻底完蛋了。"智者淡淡地说。

"怎么可能?他怎么跟我拼命?"

"假如他拒不承认自己的眼睛是你的,提出把他的右眼和你的左眼都挖出来,放在秤上称一称分量,如果一样重证明是你的,才能赔偿你,你觉得怎么样?"

"什么称眼睛,完全是无稽之谈嘛!"之前那只郊狼说道。

"那样,他最多就是变成独眼驴,你永远就是个瞎子了!如果他使出这招,你敢接吗?"

智者指出个中利害。斑驴知道自己输定了,退到一边不说话了。

"我今天也遇到那头驴了,"雪兔意识到自己的声音非常非常轻,难以入耳,便提高了嗓门,"他找我补衣服。我一开始不想给他补,但后来他说一定会给我满意的报酬,我就答应了,你说我是不是赚死了?到时候我一定要让他把身上所有值钱的东西都给我,否则我是不会满意的!"

"他一分钱都不用给你,也可以拿走自己的衣服。"智者说。

"这怎么可能,不给我一大笔钱我是不会满意的!"

"假如他说:'动物和人类的战争结束了,动物大获全胜,终于获得了他们应有的尊重,大家一起品尝胜利果实,你满意不满意?'你怎么回答?你要是回答'不满意',他立马扇你嘴巴子你信不信?"

雪兔知道自己最终也会失败,垂头丧气地坐在一边不吭一声了。

不来梅躲在布帘子后面,将这些动物和智者的对话听得一清二楚,他终于知道自己该怎么做了,心中舒了一口气。

等到坏坯子们陆陆续续离开了智者的住处,庭院里又变得像此前一样幽静。

"你出来吧。"智者对不来梅说道,"赶紧去找他们,天一亮,这里就要关门清理来客了。"

不来梅从布帘子后面钻出来,双手交叉在身前,低下骄傲的驴脑袋,恭恭敬敬地站在种着龟背竹的房间门口。

"大师,您究竟是何方神圣?"此时此刻,不来梅宛若重生。

"别在这儿磨磨蹭蹭啦,赶紧去做你的要紧事儿吧。"智者并不正面回答。

不来梅明白,眼下智者绝不会向他透露自己的身份,说再多也是无济于事。于是,他再三感谢了这位神秘高人,离开了此地。

不来梅先来到雪兔的裁缝铺,

"我来拿衣服了。"不来梅说。

"是吗?那你准备给我什么报酬?"雪兔的眼睛里流露出贪婪的目光。

"当然！动物和人类的战争结束了，动物大获全胜，终于获得了他们应有的尊重，大家一起品尝胜利果实，你满意不满意？"

"这我肯定满意啊。"

不来梅从雪兔手里接过风衣，头也不回地离开了裁缝铺。

在"楠蛊"的门口，不来梅遇见了瘫坐在地上行乞的斑驴。

"你可来了！准备赔我钱还是赔我眼睛？"斑驴见到不来梅兴奋地说。

"首先，你得证明我的眼睛是你的吧？这样，"不来梅说，"我这个人很守信用，但是也讲证据，我挖出右眼，你挖出左眼，我们放在秤上称一称，假如一样重，就证明我的眼睛确实是你的，你要多少钱我都赔给你。"

"让我想一想……"斑驴的脸上露出惊讶的表情。现在他已经不是碰瓷，是在玩命儿了。

"快点啊，我可赶时间呢！"不来梅催促道。

"好吧，我可能搞错了。"斑驴选择了投降。

不来梅完全不理会他，推开玻璃门进入了"楠蛊"。

"小老弟，你来得挺快的啊，钱都带足了吗？"湾鳄坐在他的老板桌后面，一边喝着威士忌一边看着不来梅。

"我没钱，"不来梅说，"我选择喝海水，不过请您把海水带过来放到我的嘴边给我喝吧。您放心，我肯定会喝的！"

湾鳄气愤地将手中的玻璃杯摔在了地上，挥手示意让不来梅赶紧滚蛋。

出了"楠蛊"之后，不来梅一路下山来到了"人夵"。

"你可来了，小店里的东西，随便你挑。"灰背隼眉开眼笑地对不来梅说，"你看这个水晶袋鼠头骨就不错，那个邓氏鱼化石也很好……"

"我既不要头骨也不要化石，"不来梅举起右手在空中画了个大圈，"我要你店里所有的空气……"

"这……你有点难为我了，看看其他还有没有什么你想要的呢？"

"不，其他我都不想要，我就想要我说的。"

"那我可没法给你。"

不来梅沉下脸问道："那你看怎么办吧？"

眼下胜利的天平已经倾向不来梅一边，灰背隼无法抵赖，只能将之前骗走的阿兹特克银币统统还给不来梅。

走出"人伞"后，不来梅深深舒了一口气。

动物坟场果然名不虚传，好好给他这新来的上了一课。但正是因为如此，越危险的地方才越能获取有价值的情报吧。

月亮还高高挂在夜空中，距离金星出现在地平线上还有很长的时间，漫漫长夜，能够打听的事情恐怕还有许多。

不来梅来到占卜屋。

之前要不是猫头鹰告诉他智者的事情，恐怕他现在得投湖自尽了。所以，对于猫头鹰不来梅充满了信任。

"还未请教您的尊姓大名。"不来梅毕恭毕敬地问。

"叫我安妮吧。你想知道些什么？"猫头鹰问。

"我还是叫您安妮大师吧。"

"好吧，我并不是什么大师，但如果你想这么叫我，我也不会拦着你。"

"安妮大师，您有没有听说过最近灵长类失踪的事情？"

"灵长类？你指的是猴子，还是猩猩？"

"既有猴子，也有猩猩。好多灵长类呢，有倭黑猩猩、鬼面狒狒、日本猕猴、黑白桠柳猴……"

"贩卖奴隶吗？但灵长类不适合作为奴隶贩卖，因为他们智商太高了。"

"会不会是珍稀动物的交易呢？"不来梅问。

安妮用左边的翅膀摩挲着下巴："确实，在动物坟场偶尔会有珍稀动物的地下交易，大多是卖给人类。但一般都是极小规模的交易，像你说的数量这么大、种类这么多，几乎没有过。说白了，这样的交易在动物坟场也是非常非常为动物所不齿的。你想想，为了从人类那里换取一些利益，就向他们出卖自己的同胞，这种事情，任何一只还有底线的动物都是不会容忍的。只有最龌龊、丧失了底线的动物，才有可能做这种事情。"

"我懂了，您的意思是，这些动物的失踪和动物坟场应该是没有任何关系了。"

"没错。应该没有任何关系。"

"那这些失踪的灵长类都去了哪里呢？"

"应该还在动物城里吧。"安妮说道。

"好，另一个问题，您有没有听说过一个叫作奥利奥党的组织？"

安妮换了一只翅膀摩挲下巴："奥利奥党？这个名字有点熟悉……"

"您好好想一想。"

"我听说过一些关于他们的事情，他们秘密结党，有着严格的招收制度，似乎在筹备什么事情，据说动物坟场也有他们的成员……"

"谁？"

不来梅焦急地问。

"你不要打断我,我想想……"

"对不起,安妮大师。"

被不来梅突然打断的安妮大师,似乎要从中断的回忆开始重新切入,这让她花了一些时间。

"我想起来了,是一只泰加蜥蜴,但我和他不熟。"

"我来的时候见过那只蜥蜴。也许有机会去问问他。"

"我觉得他什么也不会说。"

"奥利奥党对人类的态度怎么样呢?他们会不会是极端的反人类主义者?"

"这个我并不清楚,怎么又扯上人类了?你调查的究竟是什么案子呢?"安妮露出不解的表情。

"安妮大师,外面的世界发生了一件非常大的案子,关乎动物王国和人类世界的生死存亡,不知道您这边有没有耳闻。"

安妮大师眨了眨她的三层眼皮:"没听说过。是什么案子?"

"如果您没听说过,我就不方便透露更多消息了。这是机密。"

"好吧,你不愿意说也没关系。但这样的话,我就不知道能帮到你什么了。但我真的很希望能给你提供帮助。"

不来梅透过安妮的眼神,感受到了对方的诚意。

他想了想,从兜里掏出一张照片。

"我相信您,"不来梅说,"也需要您的帮助。不过这真的是非常严重的事件,千万要保密。"

不来梅将他所知道的案情大致向安妮大师说了一下,但他并没有提及大使被杀,毕竟他答应了尼罗将军要保密,只是告诉安妮有人想要行刺大使。安妮得知是这么重大的案子后,两只眼睛睁得浑圆。如果她知道大使死了,可能眼珠子都要掉出来了。

不来梅并没有陈述太多细节，并不是他不记得，而是他认为这些与破案并无太大关系，只要安妮大师能认出照片上有那么一个或者两个家伙最近在动物坟场有可疑的行为，那就够了。

不来梅将照片交给安妮，再三叮嘱。

"这个……"安妮大师一边左右摇晃脑袋，一边喃喃道，"都很有地位啊……"

"您认识他们？"

"一部分。这个是比尔吧？我认识他的时候，他还是个毛头小子，现在是那个什么来着……"

"安全大臣。"不来梅提醒。

"哼，安全大臣，他能让谁安全？"

不来梅尴尬地笑了笑。看来比尔的名声并不怎么好。

"这不是斑斑吗？你知道他以前在动物坟场都干过些什么事儿吗？"安妮大师指着的斑斑是一只金钱豹，担任财政大臣。

不来梅摇摇头，他并不清楚这些达官显贵以前都有过什么见不得光的黑历史。

"究竟发生了什么事，小伙子？这些家伙在一起可不是过家家。"

"总之是怀疑有动物对大使图谋不轨，所以叫上了我，还叫了另一个侦探，波奇。"不来梅说道。

"波奇？有意思。我们曾经是很好的朋友呢。"安妮感慨道，"但他出名以后就再也没和我联系过了。以前他总是托我帮他弄一些人类的玩意儿。真是时过境迁啊。"说完，安妮又把目光移回了手中的照片。

她用她趾尖的羽毛抚摸着照片上的大使："作为人类来说，她真是一个非常漂亮的女士。在她的世界里，这种漂亮是有力量的,你明白吗?她可能想到了自己此行的危险,也可能没有想到,谁又能知道呢?"

不来梅似懂非懂地听着安妮大师的低语。

"我们也有漂亮的可人儿……"安妮的趾尖滑到纯子小姐身上,停住了。

"怎么了?"不来梅察觉到了不对劲。

"这个女孩,我在这里见过她。"

"您见过她?"

"我可以肯定。你也看得出来,她很漂亮,是那种见过一次就不会忘记的漂亮。"

"她来这里做什么?"

"不止一次。"安妮说,"她来过不止一次。"

"您能说得详细一点吗?"

猫头鹰陷入了沉思,应该是在努力回忆着什么。

在安妮沉默的这段时间内,不来梅觉得度日如年。他迫切地想要知道,纯子究竟来干什么。纯子是一头身后有秘密的麋鹿,这秘密是否和大使的死有关呢?

"有了!"安妮拍拍翅膀,"我想起来了。"

"请您快说。"

"我见过她三次,但她可能来过更多次。她到这儿来主要是去灰老爷的店,只有一次上我这儿来,让我给她卜了一卦……她当时问的问题是——"

不来梅激动得心都提到了嗓子眼儿。

"——我究竟要不要结婚。"

"什么嘛!这问题不是很正常吗?"不来梅有些泄气地说。

"你别急呀,关键不是她问的问题,而是她当时戴着的耳环。我记得她当时戴着一对非常精致的用铂金镶边的琥珀耳环,并且一直刻意展示它们。当时我夸了几句,但她很伤感地说'我是很喜欢这对耳环,但它们马上就不属于我了,我只是暂时戴一会儿,回头就卖给灰老爷'。我问她既然喜欢为什么不戴了,她对我说'因为这是我偷来的'。"

"这么说,"不来梅惊讶地说,"外交大臣的妻子,是个贼?"

12

2333 年 10 月 17 日，7：00am

折腾了一晚上，不来梅终于在清晨回到了芝华士大酒店。

拖着疲惫的身体，他就像烈日下长途跋涉的旅者终于看到了可以歇脚的树荫，吊着的一口气终于松了下来，整只驴都要瘫软了。

他向门卫出示了通行证，边走边思索。

动物坟场和外界就像两个世界，就连一向自诩拥有福尔摩斯的脑子、萨姆斯佩德的体格的自己，到了那里也可能朝不保夕。

这次黑市之行危险重重，可他还是得到了一些信息，虽然对破案并没有太大的帮助。

灵长类失踪事件与动物坟场没有关系，但和大使之死有没有关系呢？

还不好说。

神秘的奥利奥党也看不出和大使被杀有什么必然联系。

大使究竟是主战派与主和派斗争的牺牲品，还是另有玄机呢？

最让他惊讶的是，外交大臣塞拉囡的妻子，美艳不可方物的纯子小姐竟然是个梁上君子？如果这件事情被媒体知道了，那可不得了，会成为整整一个星期的新闻头条。

但一星期后，就会有其他八卦消息替代它，动物们会渐渐淡忘纯子小姐的事情。

哪怕大使的死被大众知晓了，也不过引发几天的热议罢了。

只有战争和其他的灾难，才会在动物们的心里留下永远的烙印。

说老实话，都是些用处不大的信息。

比起这些，不来梅对那个帮助自己的神秘老者更有兴趣。

不来梅从来没有见过类似的动物。

拥有如此智慧的智者，似乎只出现在神话传说和文学作品中。

他们的出现就是为了指点主角走出迷津，但谁也不知道他们从哪里来。他们似乎就是神的使者，随时出现又随时消失，永远蒙着神秘的面纱，和你保持距离。

他究竟是什么来历呢？他究竟是什么动物呢？

思索中，不来梅回到自己的房间，他的身体已经非常疲软了，伸出蹄子颤颤巍巍地打开门。

当他就要瘫倒在屋子里的前一刻，一个软绵绵、黏糊糊的东西像弹球一样扑进了他的胸膛。

"不来梅，你去哪里啦？"那个声音还带着哭腔。

不来梅看都不用看就知道是阿呱。

"你知不知道我有多担心你啊？我还以为你也失踪了，但我想了想，你就是一头驴，也不是灵长类动物，就算失踪也不应该是你失踪，但我……"阿呱满脸的担忧。

"好了,我没事。"不来梅打断了他的话。

"哪里没事?哎呀,你背上的毛好像少了几根!不得了,你的蹄子怎么磨掉了一点?还有你的……"

不来梅按下服务铃,很快侍者为他端来了一大杯青草汁。他赶紧大口喝了下去,清凉的感觉从喉咙传遍全身,他顿时感觉精神好了不少。

"麻烦再来一杯。"侍者赶紧又去给不来梅拿饮料去了。

"我的事情待会儿再说。"不来梅转向阿呱,比起他那点调查的结果,阿呱是否有所斩获让他更加在意,"你那边调查得怎么样?"

"我可是有惊天大发现噢!"阿呱神秘地向不来梅眨了眨眼睛。

太好了,不来梅在心里念道,但他并没有表现得过于兴奋。

喝完两杯青草汁的不来梅舒服地躺在椅子上。去过了动物坟场,对他而言,现在连一把椅子都是天堂。

"阿呱,麻烦你说说自己的调查结果吧。"

阿呱清了清嗓子,眼睛扑闪扑闪地看着不来梅:"我调查了布丁医生,还捎带调查了保镖吉伯。布丁医生和保镖吉伯你想先听哪一个?"

"那就先讲讲布丁医生吧。"看着活蹦乱跳的阿呱,不来梅总算确定自己回到了正常的世界。

"我还是先讲吉伯吧,因为布丁医生的更加精彩,我想留到后面讲。"阿呱仿佛要和不来梅对着干。

不来梅本来想说,那你还问我想先听哪一个,然而现在的他已经没有力气和阿呱斗嘴了,于是点点头,示意阿呱可以开始说了。

"之前我们询问吉伯的时候,他不是告诉我们大使不让他靠近自己,甚至不让他在门外站岗吗?对于这点我有些怀疑,人类难道真的就这么厌恶动物,连一个负责保护自己的动物都充满恶意吗?就此,我询问了工作人员,吉伯还真是没有说谎,大使确实不让他进自己的房间。"

"如果大使允许吉伯寸步不离地守护,恐怕也不会发生案件了。"

"没错。但吉伯并不是完全诚实的,他隐瞒了一件事。"

"什么事?"不来梅忽然来了精神。

"吉伯在案发当天的下午,曾经私自出去过,这件事情他可没有和我们说。"

"不说老实话,那一定有鬼。那你知道他出去是做什么喽?"

"是这样的,昨天我本来准备出去调查布丁医生,却看到吉伯离开了酒店。我很奇怪吉伯有什么要紧的事情需要出去,便暗中监视他。我一路跟踪吉伯,他还是个超级保镖呢,都没有发现我在跟踪他。"

不来梅全神贯注地盯着阿呱,等待他的说明。

但阿呱却故弄玄虚起来,只是故作神秘地看着不来梅。

"他去了哪里,你倒是快说啊!"不来梅实在忍不住了。

"咳咳,我这不是要讲究叙事节奏嘛!"阿呱被不来梅吼了一嗓子,不高兴地说。

"现在就不是什么谈叙事节奏的时候。"不来梅没好气地说。

"吉伯去了泰坦区的好得快医院。我当然也跟着去了,但结果被护士发现,赶了出来。"

好得快医院是一家主要为平民提供医疗服务的公立医院,拥有超过五千名员工和两千个床位,是动物城里最繁忙的医院。

因为是建在泰坦区，所以好得快医院占地面积极大。有趣的是正因为其充足的空间，政府认为可以提高利用率，因此除了为泰坦区那些身形巨硕的动物看病的区域外，也开辟了其他大小不一的区域，为食草类、灵长类、啮齿类等动物治疗。

总之，那里是动物城里最大也最普通的公立医院。

普通的病人，普通的医生，普通的设施，普通的价格，普通的医疗水平。

"那你什么也没看到喽？"不来梅问。

"非也，非也。透过门缝我还是看到了一些东西，起码我知道吉伯是去见谁了。他是去看望一只小象。"阿呱摇头晃脑地说，"这只小象看着很虚弱，护士说昨天才做完手术，哪怕是家属也不能多打扰。我就想到，如果是昨天手术的话，说不定吉伯也来医院了呢？试着问了一下，果然，有一位病友告诉我，昨天下午五点，吉伯来过医院。五点不就是大使死亡的时间段吗？吉伯肯定不敢说他擅离职守这件事，如果被发现，再也不会有人找他做保镖了吧。你说我们要不要……"

不来梅明白阿呱的意思。

吉伯偷溜出去的事情一旦被上报，他立马就会受到处分和追责。作为一名贴身保镖，无论如何都不应该擅离职守，但巧就巧在大使也不让吉伯贴身保护，所以吉伯就算离开一会儿，也说得通吧。

但被人知道他在保护大使期间偷偷溜去医院探望亲属，而在这段时间内大使死了，那他的职业生涯一定会毁于一旦。那些保安呀、门卫呀，实际上都是一个阶层的动物，所以在吉伯这件事上，他们采取不问不说的做法，也是为了保护吉伯。不来梅能够理解他们的心情和做法。

阿呱一直是心肠好的小青蛙,他肯定是动了恻隐之心,不希望吉伯就此毁于一旦。

"原来是去医院看望亲人,看来也不是什么大不了的事情,但为什么不对我们说呢?也许是因为擅自离开工作岗位,而且在这段时间里还发生了这么大的事情,怕因此前程尽毁吧。我觉得,是否告诉雇主,还是等我们找到了真凶再做决定吧。"

阿呱点点头,看得出他对于不来梅能够理解他的想法很欣慰。

"吉伯的事情我们回头再说,"不来梅问,"那么布丁医生呢?"

"布丁医生?那可太不一般啦!"阿呱露出了得意的笑容,开始向不来梅讲述调查结果。

布丁医生所在的医院是一家名为蜜糖罐的私立医院,距离大象吉伯案发当天去的好得快医院不远。所以在跟踪吉伯去过医院之后,阿呱顺道去了蜜糖罐医院。

这家医院身处泰坦区寸土寸金的核心地带,从外面看规模虽然不大,但既豪华又气派。

主楼的正中心有一个蜜糖罐形状的大钟,据说是用纯金打造的。

阿呱从来没见过这么高级的医院,他很诧异为什么要将纯金的东西放在医院正中间。这种地方谁都可以经过,难道就不怕有人拿着小刀把金子刮走吗?阿呱没有想到的是,来这家医院看病的患者,是不会把金子当回事儿的。

阿呱走进了医院门诊大堂,这里宽敞明亮,甚至比好得快医院的门诊大堂更加宽敞,但完全没有刚才公立医院般的拥挤。

因为这里根本没有几个患者。阿呱很纳闷,都没有病患,这看上去就投资不菲的医院究竟怎么存活呢？

大堂有几十米的挑高，顶部挂着一个晶莹剔透的水晶灯。大堂左边有一个整块大理石打造的咨询台，纹路非常特别，好像一匹飞奔的骏马。假如这是天然形成的话，简直可以称之为神迹。

咨询台后边，一只长相妩媚的兔子小姐正露出发自内心的微笑。

"你好。"阿呱说道。

听到问好的声音，兔子小姐从左边看到右边，又从右边看回左边，并没有看见谁在说话，这让她有点惊恐。

"你好。"

声音又来了，兔子小姐狐疑地往身后看去，觉得是有谁在拿自己开玩笑。

"你好。"

"谁啊？"兔子小姐有些生气，跳起来站在了椅子上。这下她才看见是一只小小的青蛙正局促地站在大理石咨询台前看着她。由于个头太小了，大理石咨询台将他挡得严严实实。

兔子小姐一下子恢复了职业笑容。

"您好，有什么事情吗？"

"请、请问布丁医生在吗？"兔子小姐长而卷的睫毛微微地颤动，魅力十足，这让阿呱不禁有些羞涩。

"您找院长啊，请问您有预约吗？"

"没有。"

"那就没办法啦，我们院长每天都很忙的。"兔子小姐也许察觉到阿呱并不是蜜糖罐医院的客户，紧绷的弦放松下来，一只爪子慵懒地支着头，眯起眼睛看着阿呱。

"其实我就想知道她在不在。"阿呱努力地解释。

"那我就不清楚了,院长的行程我并不了解。"兔子小姐敷衍地说道。

蜜糖罐医院每天都会有一大堆慕名而来,要找布丁院长的动物,可能是看病,可能是联系合作业务,也可能有别的什么事儿。

布丁院长的行程真的很满,而且兔子小姐只是一个接待,确实无法向阿呱提供帮助。

阿呱看从兔子小姐这里得不到答案,只能自己去找布丁医生了。

他找到大堂里贴着的楼层示意图,看院长办公室在二楼。但示意图只是标注了院长办公室在二楼,并没有具体方位的说明,因此阿呱还是要自己去找。

阿呱没有搭乘电梯,而是顺着楼梯来到二楼,因为他身形很小,所以几乎不会被其他动物注意。

这里可真大啊!在二楼转悠时阿呱想。突然,他看见了一个毛茸茸的身影,那丰腴又毛茸茸的身影,不就是布丁医生嘛!

踏破铁鞋无觅处,得来全不费工夫。

兴奋的阿呱跟着布丁医生一路来到了一个房间外,上面写着"院长办公室"。

布丁医生走进了办公室,阿呱想了想,没有敲门而是在外面静静地等着。

窗外的树都已经掉了第四十二片叶子,布丁医生仍然没有从房间里出来。阿呱有些不耐烦了,决定冒险去一探究竟。

阿呱跳起来试了试门把手,门从里面被锁住了,但他没有放弃,开始找寻别的入口。

终于，阿呱在一扇排气窗上看到了一个人类拳头大小的洞，这个洞对于泰坦区的巨汉来说不过是个透气孔罢了，但对于阿呱来说，简直就是个"韩松洞穴"。他轻而易举地钻了过去。

院长办公室里的场景让阿呱大惊失色。

讲到这里，阿呱突然停了下来。他蹦到桌子上来回横跳，仿佛在挑战不来梅的极限。

"发生了什么？又到了你该死的叙事节奏时刻吗？"不来梅听得屏气凝神，冷不防阿呱来这么一手，令他怒不可遏。

"咳咳咳，你又没耐心啦！"阿呱大叫一声，吓到了一旁过来倒茶的侍者，"告诉你吧，布丁医生消失啦！"

"消失？你是说凭空消失？"

"没错，我在办公室里找了一圈，什么都没有发现。她总不能从楼上跳下去吧，虽然只是二楼。"

"院长没事儿玩跳楼……确实不可能。"

"我又在里面待了一会儿，怕被人发现就赶紧出来了。出来之后我继续守在她办公室门口，等了好久，空调暖风呼呼地吹，热得我都快睡着了。这时候突然有脚步声走近，我赶紧躲了起来。你猜来的是谁？"

"是谁？"不来梅问。

"一只奇怪的动物，圆滚滚、胖乎乎，有两个大大的黑眼圈……我以前几乎没有见过这种动物。"

"熊猫？！"不来梅眼睛亮了起来。

熊猫是相当珍稀的动物，阿呱的前半生没有机会接触哪怕一只熊猫。

"没错，就是熊猫。好家伙，我还是第一次看到熊猫呢！这只熊猫走进了办公室，然后我就听到里面传来了对话声，我跳起来一看,布丁医生又出现了!这可太奇怪了。"阿呱说道。

不来梅没有说话,他正在思索。

"他们基本就是在拉家常。我大概听了一会儿,搞清楚了他们之间的关系。这只熊猫叫阿宝,是布丁医生的表弟,但他们关系好像不是很融洽,聊着聊着就吵了起来。"

"他们在吵什么?"

"布丁医生叫阿宝不要和一些不三不四的动物来往,但阿宝没有理她。我感觉阿宝好像加入了什么危险的组织,可能是传销什么的吧。他们吵了没多久,阿宝就气冲冲地走了,所以我没能了解到更多信息。"

说到这里,阿呱装着垂头丧气,但不来梅一眼就看出了他是在演戏。

"阿呱,别装了,你后来是不是去跟踪这只熊猫了?"不来梅问。

"嘿嘿,本来我还想卖个关子,没想到一眼就被你看穿了!像我阿呱这种聪明的呱,自然是去调查他了。"阿呱得意地昂起了头,"酒店工作人员不是说过嘛,在大使死亡的那天下午,有一只熊猫来过酒店,现在出现了一只熊猫,我想肯定不会是巧合啦!"

"你说得对,阿呱。你跟踪他没有被发现吧?"

"不来梅,你可别小看我!这只熊猫傻乎乎的,我都不用怎么隐藏自己就能跟踪他,他一点儿都没有察觉。"

接着,阿呱向不来梅叙述了自己跟踪阿宝的所见所闻。

从蜜糖罐医院出来后,阿呱就一直跟着阿宝。

阿宝乘车离开泰坦区,来到了铃铛区。他鬼鬼祟祟地进了一条巷子,七拐八绕走了好久,后来到了一个破破烂烂的地方,那边的墙到处都绘有涂鸦,像是街头艺术家的聚集地。

这些涂鸦有些是有具体内容的,但更多的只是线条和色块,没有具体意义。有的一整面都是五彩缤纷的旋涡,有的一整面都是条纹,还有的一整面都是大大小小的彩色斑点。

阿呱不敢跟得太近,只能远远地看,相距阿宝有二十多米。

走着走着,阿宝停了下来。阿呱觉得,阿宝站在这堵墙前面还挺好笑的。

随即阿呱惊讶地发现,阿宝正站在一面墙边自言自语。

只见他一边手舞足蹈,一边吐沫横飞,也不知道在说什么,看上去倒挺像作画的艺术家,但他显然不是一个艺术家。

这只熊猫是不是脑子有点问题?阿呱暗暗地想着,往后退了几步。

大概过了几分钟,阿宝转身开始向阿呱的方向走来。阿呱赶紧找了个地方躲了起来。

这个熊家族一定有毛病,姐姐莫名其妙消失,弟弟对着空气说话,真是古里古怪。阿呱心里嘀咕道。

阿宝大摇大摆地走出巷子,阿呱跟在他身后。阿宝来到美食街,先是去了一家小吃店,一口气吃了三十笼包子,后来又去了一个新开的冰激凌店,吃了十几个竹子口味的冰激凌。

阿呱目瞪口呆。阿宝不仅行为古怪,食量更是惊人。

最后阿宝还想去丸子店,但他似乎没带够钱,一边看着钱包,一边站在丸子店门口流口水,看上去十分沮丧。

阿呱看准了机会,走上前去。

"你好,我叫阿呱,你叫什么?你也喜欢吃丸子吗?"

"你好阿呱,我叫阿宝。"阿宝点了点头。

"我一个人来的,但今天这里双人可以半价,我们一起去吃吧，能省不少钱呢！"

"可是……"阿宝面露犹豫，将空荡荡的钱包展示给阿呱看，"我的钱已经花完了。"

"没关系，我请客，我一直想认识一只熊猫，没想到今天碰上了！"阿呱热情地拉着阿宝走进了店里。

在吃了二十几串丸子后，阿宝又喝了两瓶竹叶青酒，眼神有些迷离了。

看他一副意犹未尽的样子，阿呱害怕自己也被吃穷。毕竟和阿宝在一起吃饭几乎是阿宝一个人的饭局，阿呱连阿宝的二十分之一都吃不到。

阿呱赶紧开始向阿宝套话。

"阿宝，你这么厉害，是做什么工作的？"

"你说我厉害？你真的觉得我厉害？我哪儿厉害了？"阿宝兴奋地比画着。

"你，你，你这么……唔，风度翩翩，高大威猛。"阿呱想了一会儿措辞。

"太好了！你真是我的知音，我家里人就不这么觉得，一直觉得我不学无术。特别是我那个表姐，她是什么医院的院长，她总觉得自己是医生，成天治病救人就很了不起，照我看，也没什么了不起的，我做的才是更伟大的事业，总有一天会比她强！"阿宝激动地说。

"阿宝哥，我相信你做的一定是比治病救人更伟大的事业，那你做的是什么伟大的事情，让我也听听。"阿呱赶紧问道。

"阿呱兄，不瞒你说，你确实是一只好青蛙，相当不错，但还是好得不够彻底。唉，这只能怪你投胎没有投好，不然你就能加入我的组织了。"

"啊？为什么我不能参加，你们是什么组织啊？"

阿宝面露神秘："就算我们是好朋友，我也不能告诉你。"

"唉，太可惜了，如果能和阿宝兄在一起做事，就是我阿呱三生有幸啊。服务员，再给这位伟大的阿宝兄弟拿十个青草串串、一瓶竹叶青酒！"阿呱装作十分低落的样子。

阿呱对自己如此盛赞还给自己加菜，令阿宝十分动容。

"虽然我不能告诉你是个什么组织，但我可以告诉你，我们组织都有些什么厉害角色！"

"那太好了，和阿宝哥一起工作的一定都是动物中的翘楚！"

"那可不是嘛，我们组织的人可厉害了，在各行各业都是精英。"阿宝四下张望了一下，突然压低了声音，"甚至还有政府高层。"

说着说着，阿宝把手机拿了出来，向阿呱展示了一些照片，说是和他组织里兄弟的合影。阿宝的动作很快，给看了一小会儿就收了回去。阿呱只记得照片上有非常优秀的科学家虎鲸凶凶、知名建筑师食蚁兽老贝和大众非常喜爱的喜剧明星企鹅小腾。

讲到这里，阿呱掏出自己的钱包递给了不来梅，有些不悦地说："你看，为了调查我的钱包都空了，你可得给我报销。"

"等案子结束了，保准给你把钱包填得满满的！"不来梅拍了拍阿呱的脑袋。

"后来阿宝还说他们组织里也有我的同类，是一只亚马孙牛奶蛙，可以介绍给我做女朋友。但我已经有金美了，怎么能三心二意呢？不过我还是看了他给我介绍的牛奶蛙的照片，你别说，长得挺漂亮，眼睛是眼睛，鼻子是鼻子的……"阿呱打开话匣子就停不下来了。

不来梅这次没有打断他,他的嘴角上扬,明显有了笑意:"我终于知道这个神秘组织是怎么回事了。"

"啊?是什么?"阿呱歪着头看不来梅。

"还有为什么阿宝说只怪你投胎没投好。"

"什么呀!阿宝那不过是随口说说的吧?"

"还有阿宝为什么会对着空气说话。"

"喂!你别自说自话啊,回答我的问题啊!"阿呱抗议道。

"这个等会儿再说!我们先去泡个澡吧!我累死啦!"不来梅一把抓起阿呱,把它举过头顶,"干得漂亮,阿呱!"

而阿呱则受到了不来梅的突袭的惊吓,在空中凌乱地呱呱大叫。

13

2333年10月17日，10∶00am

在泡澡之前，不来梅给阿坚打了个电话，说有要事相谈，并且问他要了一些案件的相关资料。

等不来梅走出浴室时，阿坚已经毕恭毕敬地站在门外了。

"报告！这是刚才电话里要的照片。"阿坚说完，递上了照片。

不来梅伸蹄接过，这是最开始警方来这里调查时拍摄的一些现场照片，属于机密文件，现在复制了一份。不来梅之前已经看过一次，现在经过一番调查，有了新的观点，再看这些照片，兴许会有不一样的视角。

但眼下不来梅并不准备看这些照片，而是向阿坚询问那些达官显贵现在都在何处。

"报告！防卫大臣铁头、外交大臣塞拉囧、文化大臣怀特都在自己的房间；财政大臣斑斑、司法大臣嗷嗷因为有要务在身，暂时离开芝华士酒店，这是经过审批的；而安全大臣比尔……"

"比尔怎么了？"不来梅很不高兴，阿坚也学会了阿呱卖关子的坏毛病。

"报告！法医已经确定了大使的死亡时间，但因为尸体损毁得过于厉害，因此只能粗略地估计在下午三点至六点之间。经过比对所有官员的时间线，比尔被认为是谋杀大使的第一嫌疑犯，已经被囚禁起来了。"

不来梅眼前浮现出比尔那张飞扬跋扈的脸和他对人类极度的憎恨，但他还是不理解这才过了没多久，怎么说抓就抓呢。

"抓他的理由呢？"不来梅问道。

"报告！是波奇侦探，他在询问比尔的过程中，发现了无法解释的矛盾点。"阿坚说。

原来，比尔对波奇说，大使死的那个下午他一直在房间里和文化大臣怀特聊天，波奇又询问了怀特，得到的信息是怀特确实在那个下午和比尔聊天。但奇怪的是，对于聊天的内容，他们各执一词，完全对不上。

针对这个线索，波奇大胆地推理，比尔利用了怀特嗜酒的特点——所有搞文化的人，都喜好杯中物——设计了一个惊天大诡计。

比尔在前一天下午和怀特牛饮一番，把他灌得烂醉，让他迷迷糊糊，然后把他的手表和屋子里的电子钟都调整到了第二天的日期，等到怀特清醒过来，就以为他们在案发那天的下午聊过一番。比尔用怀特做证人，偷了一天的时间，瞒天过海。

比尔在下午的行程这件事上说了谎，而大使的房间内又发现了牛的蹄印，因此比尔成了当之无愧的第一嫌疑犯。

听阿坚叙述波奇的推理，不来梅扶着墙，快要晕厥了。

如此混乱无序的推理，亏得他还是名侦探波奇，也不怕大家笑掉大牙。

"就算比尔用这种方法偷了一天的时间，怀特也不会说出不同的聊天内容吧？毕竟他们聊的还是那点内容。"不来梅说道。

"说得是哎，"阿坚摸着自己的硬壳脑袋，"但这怎么解释不同的聊天内容呢？"

"他们究竟聊了什么内容，你有记录吗？"

"报告，当然记录了，我这就去取来。"

"不用麻烦，你告诉我大概什么内容就好。"

"报告，比尔说整个下午他们都在聊武器，本来他还想拉着防卫大臣铁头一起聊的，但铁头好像有其他的事情就没有参与。比尔说，怀特给他看了一种非常有威力的武器，类似古代的弩，用一个触发装置启动多个射击点，有很多射击的弹道，这样威力就可以成倍增加。"

"那怀特说聊的是什么呢？"

"报告，怀特说聊的是音乐，他似乎是古典音乐的爱好者。他说比尔对他的乐器赞不绝口，令他很满意。"

"等等，怀特说的乐器，该不会是竖琴一类的东西吧？"不来梅说道。要说音乐，不来梅也有着极其深厚的造诣。

"您怎么知道的？怀特给比尔看的是一把七弦琴。"阿坚看不来梅的眼神中闪烁着崇拜的光芒。

"这就叫对牛弹琴啊！"不来梅冲着阿呱眨眨眼睛，"这下问题解决了，比尔和怀特确实是在一起聊天，但两个人都喝得头昏脑涨，比尔以为自己聊的是武器，怀特觉得自己聊的是音乐。怀特给比尔看自己心爱的七弦琴，他把比尔当成了知音，但没想到比尔把七弦琴当作了类似诸葛连弩一样的武器。"

"这么说比尔大臣并没有撒谎咯？"阿坚说道。

"是的，但对此我有些疑惑。"不来梅的眉头拧成了八点二十的形状，"这么简单的事情，波奇侦探会看不出来？我不相信他会因为这个漏洞百出的推理就把比尔抓起来。"

"不来梅,对此你有什么看法?"阿呱问。

"波奇这个行为肯定有他的用意,搞不好是背后有人指使的。"

"是谁?"

"我不知道,但这个人肯定权力不小,否则谁敢对比尔这样不好惹的家伙动手呢?"

"那怎么办?我们要去说出事情的真相,还比尔一个清白吗?"阿坚问。

"暂时不用。"不来梅说,"我觉得搞不好比尔也是其中的一环。"

"不来梅,那眼下你准备做什么?"阿呱问。

不来梅表示,想和外交大臣塞拉囧聊一聊。阿坚说他可以把塞拉囧请来,不来梅示意不用,他可以上门去找塞拉囧。

阿坚说自己还有其他事务要处理,于是不来梅和阿呱单独上楼去找塞拉囧。

塞拉囧独自坐在套房的办公桌前,纯子去喝下午茶了。

这几天到处一团糟,难得自己能有时间静下心思考。

大使莫名其妙地死了。她的死对自己是否有帮助还是个未知数。现在外界的情况越来越乱,那件事情又该怎么应对呢?如果像现在这样采取鸵鸟策略避而不谈,最终一定会严重影响自己的威信。

塞拉囧一边思考对策,一边对着镜子整理着装。

他的毛发已经上过一层蜡,现在光滑锃亮;衣着也很得体,酒红色的暗纹波点小领结是妻子纯子为他准备的。纯子的品位一向很好,有了领结的点缀,整套搭配既得体又活泼。

作为外交大臣,塞拉囧认为拉近自己和其他动物的距离很重要,一些可爱的装饰让自己显得更加亲民。

"咚咚——"

门响了,塞拉囧从思绪中回过神来。可能是纯子吧,她已经出去有一会儿了,现在回来也很正常。

塞拉囧起身打开门,门口站着一大一小两只动物。

是不来梅和阿呱。

"您好,塞拉囧先生。"不来梅礼貌地说。

"侦探先生,我们又见面了。"塞拉囧先是一愣,随后立马恢复了镇定。

塞拉囧的脸上又挂起了微笑,看得出这是政客式的微笑,想必练了不少时间。

"是你们啊,看来案情有进展了。"塞拉囧说。

"确实有不少进展,也有一些问题要请教您。"不来梅说,"方便我们进去吗?"

塞拉囧将他俩迎了进来,还亲自为他们倒了茶。

"谢谢。"阿呱一直很喜欢塞拉囧,这位亲切的、不装模作样的官员差不多是他心目中完美的代名词。

外交大臣的房间里很干净,桌上放了一些护肤品,应该是纯子小姐的。

床头还放了一些书,不来梅眼尖地看到,有《周易参同契》和《道德真经》。不来梅对这两本书的了解仅停留在表层,最多也就是阴阳五行、相生相克之类。

塞拉囧笑眯眯地看着来客,他正在思考不来梅可能会问他什么问题。

"塞拉囧先生,关于吉伯先生的情况,你有多了解呢?"

"吉伯？吉伯他怎么了？"

"你知不知道吉伯家里的情况？"

"这个我倒是不太清楚,他以前也不太和我们说家里的事情,我只知道他有个妹妹。"

"吉伯是不是一个合格的军人呢？"

"这点毋庸置疑,他绝对是一个合格的军人。"

"那他为什么要退伍呢？"

"这……我就不太清楚了。"

"难道说,他在服役期间犯过什么错误吗？"

不来梅察觉到,面对这个问题塞拉囧有一丝迟疑。

"关于吉伯的事情,我也没法告诉你们太多,毕竟现在我和他的位置天差地别,很难对他有深入了解。你们还有其他问题吗？"

看上去塞拉囧是不打算再说更多关于吉伯的事情了,可能像他所说,他确实对吉伯的现况了解有限吧。

"塞拉囧先生,您认识阿宝吗？"不来梅问。

塞拉囧正在喝水,这句话让他烫到了舌头,他只能强忍着眼泪,咽了进去。

作为一名政客,塞拉囧时刻保持着基本的人设——温柔、理性、激进,其中最重要的情绪是克制,但这次他却没有克制住,被自己倒的茶烫得眼泪都要掉下来了。

阿呱见塞拉囧没有回答,还以为他是忘记了,便提示道:"阿宝是一只熊猫,一只很能吃的熊猫。"

塞拉囧大脑飞速运转,想着应对的政策。

既然侦探们连阿宝的名字都已经知道了,那么寻常的谎话根本骗不了他们,否认的话怕不是此地无银三百两吗？

于是塞拉囧准备承认。

"阿宝……熊猫……容我想想。"塞拉囧故作思考,随后一拍大腿,"喔,想起来了,他是我的一个情报员,负责帮我收集情报。你们也知道,作为政府要员,我们必须掌握社会各个层级的资料。有时候我们会找些平民担任情报员的工作,因为他们比公务员更加容易获取情报。"

"我看您刚才犹豫了一下啊,是不是阿宝有什么特殊身份,不方便您承认认识他啊?"不来梅故意说。

"你们刚说到阿宝时我是没有反应过来,毕竟我手下的情报员很多,老实说连我也记不太清楚。想要全记住真的是一件难事啊!呵呵!"

"有人看到他在大使出事那天来过芝华士大酒店,是来找你的吗?"不来梅又问。

"是的,他来向我汇报一个重要的情报,有些情报我们不能通过通信工具传递,因为信号有被截获的危险,所以只能面谈。"塞拉囧站了起来,"你们有没有觉得屋子里有点热?"

"我刚才问过了,大使死亡的第二天,也就是昨天下午,您申请外出过。"不来梅看出塞拉囧已经乱了阵脚,但他明显没有放过塞拉囧的意思,准备趁热打铁。

"我有点事情。"

"是去见阿宝吧?阿呱看到你们在一起。"

这次轮到阿呱差点儿一口水喷出来了。他狐疑地看着不来梅,明明自己没有看到阿宝和塞拉囧在一起,不来梅为什么要这么说呢?况且阿宝并没有和谁见面呀,怎么就是塞拉囧了呢?

不来梅看出了阿呱的疑惑,给了他一个按兵不动的眼神。

"喔……那个啊,我们有些情报要交流。"塞拉囧说。

塞拉囧这么轻易地就承认了，阿呱惊讶得张大了嘴巴。

"不来梅，你搞错了吧，阿宝那时候并没有和任何动物接触啊！"阿呱说道。

"阿呱，你真是个笨呱，你再好好回忆一下……"

阿呱挠了挠脑袋说："我确实已经回忆过了，当时真的没有其他动物……"

"不对，当时确实有其他动物，而且就在你眼皮子底下。"

"在我的眼皮子下面？"这下阿呱更加惊讶了，"我可是什么都没有看见啊！"

"你当时不是看到阿宝对着空气说话吗？"

"是啊……"

"那个空气，就是塞拉囧大人。"

"不来梅，你大概是泡澡泡得头晕了，怎么净说胡话啊？"

见阿呱还是不明白，不来梅只能解释："阿呱，你跟我说过，阿宝进了小巷子后，所在的那片墙都是涂鸦吧？你还记得阿宝当时站的那面墙是什么涂鸦吗？"

"我想想，好像是条纹涂鸦，我想起来了，是黑白条纹！"阿呱一边说一边转过头看塞拉囧，突然他跳了起来，"我明白了！其实当时塞拉囧大人就站在那里，可他是一匹斑马，身上的条纹和墙上的黑白条纹融为了一体！因为我离他们有几十米远，所以看不见他！"

"正解！"不来梅打了一个响指，"塞拉囧大人，阿呱说得对不对？"

塞拉囧垂下头："是的，当时和阿宝见面的人确实是我。"

"那能不能告诉我们，你和阿宝究竟在商量什么呢？"

塞拉囧怔怔地看着不来梅。

这个年轻的侦探真是让自己看不透啊。明明觉得他已经什么都知道了，又好像什么都不知道。

塞拉囧叹了口气，面露疲态，可能自己确实是老了。

"好吧，小侦探，就算我不说，你大概也已经知道了。阿宝和我见面是为了向我汇报灵长类动物失踪案的调查情况。"

"什么？"阿呱又一次跳了起来，"灵长类动物失踪和大使的案件又有什么关系呢？"

"没有什么关系。"塞拉囧说。

"是的，没有什么关系。"不来梅替塞拉囧解释道，"只是他们组织内部的小小问题。"

"组织？组织又是怎么回事？"不来梅一个接一个地抛出信息，根本不给阿呱思考的时间，令他应接不暇，完全跟不上节奏。

"是什么组织呢，还是请塞拉囧大人自己说吧。"不来梅道。

"我看你倒是什么都知道了，为何还要我来说呢？是想看我这个老家伙的笑话吗？"

面对已经按捺不住激动情绪的塞拉囧，不来梅觉得没有必要逼得太紧，得饶人处且饶人，完全可以给他一个体面的台阶，便接过塞拉囧的话头说道：

"阿呱，你还记得那个神秘的奥利奥党吗？"

"记得，奥利奥党和这件事也有关系吗？"

"阿宝不是对你说，你因为投胎的缘故，无缘成为奥利奥党的一员，这并不是空穴来风。奥利奥党有严格的进入准则，而这条准则……"

不来梅也学起阿呱，卖起关子来。

"是什么？是什么？是什么准则，你快说呀！"阿呱蹦跳着往不来梅的脸上冲。

"你想,熊猫、斑马,还有阿宝给你看的照片上的动物——虎鲸、食蚁兽……这些动物都有什么共同点呢?"

"他们都很能吃……比我能吃多了……"

不来梅对阿呱翻了个白眼:"他们都是黑白两色的!"

阿呱的眼前浮现出一幅滑稽的图画。

一大群黑白两色的动物挤在一起,包括斑马、熊猫、虎鲸、食蚁兽、企鹅、斑点狗、马来貘、暹罗猫……好多黑白两色的动物一起拍了一张彩色照片,但呈现出来的效果却是黑白的!

"这就是神秘组织奥利奥党的真面目吗?"阿呱问,"我懂了,难怪要叫'奥利奥党',真的很讽刺啊!"

阿呱这才想起,奥利奥是一种黑白两色的巧克力夹心饼干,无论是人类还是动物,全世界都爱吃的明星饼干。

"哇,怪不得阿宝说不让我加入。呃,我也不想加入,感觉好傻哦。"阿呱撇了撇嘴,"那灵长类失踪案件和奥利奥党又有什么关系呢?塞拉囧大人为什么要和阿宝调查灵长类动物失踪的事情呢?"

"你看了灵长类失踪的报告吗?"不来梅说,"在失踪的灵长类中,有一种名叫黑白桎柳猴的猴子,这种猴子的样子……"

"既然叫黑白桎柳猴,那一定是黑白两色的啦!"阿呱抢着说,"黑白桎柳猴是奥利奥党的成员,所以塞拉囧大人要调查他们为何失踪!"

"哎,"沉默许久的塞拉囧开口了,"奥利奥党和大使的死没有任何关系。"

"暂时还不能确认,"不来梅说,"大使的案件仍然悬而未决,好在我们总算厘清了几个问题。发现奥利奥党的真面目算是意外收获,有一只熊猫出现在芝华士大酒店的事也有了合理的解释。"

"奥利奥党是我建立的私人组织,你也看到了,我们只是一个有着比较独特入会门槛的组织罢了,并没有什么特别出格的行径。"塞拉囧解释道。

"奥利奥党——也就是您本人,对于人类是什么态度呢?是一味地憎恶排斥还是希望和平共处呢?奥利奥党建立的宗旨又是什么?"

"我对于人类并无特殊的感情,我既不讨厌也不喜欢他们,我尊重人类对于建立文明做出的贡献,向往他们的文化艺术,我相信大部分动物也是这样的……"

"没错,我看到您床头柜上放着的《周易参同契》和《道德真经》,这两本书都是人类世界中一个拥有五千多年文明的古老国家留下的经典。"

"没错,看来你也很了解。"塞拉囧称赞道。

"我对这两本书的了解都只是皮毛,并没有深入研读过。但就我对它们支离破碎的了解,《周易参同契》脱胎于一本叫作《周易》的古老经书,被儒家尊为六经之首;但《周易参同契》却是一本道家的经典,这一点和你看的另一本书《道德真经》是一样的。"

"侦探先生,在我看来,你知道的已经不是皮毛了。对人类的文化能有如此深入的了解,很了不起。"

"谢谢夸奖,"不来梅说,"表面上看,塞拉囧先生感兴趣的是道家的思想,但实际上并非如此,这点我有没有说错?"

塞拉囧默默不语,不来梅也没有等待塞拉囧的回答,而是自顾自继续说了下去。

"道家思想的鼻祖是老子,也叫李耳,其思想归纳起来就是道法自然,即与自然和谐相处。也许您在读过一些典籍后被道家思想影响了,但我一开始没有明白为什么您这么痴迷于自己身体的颜色,直到刚才我才想通了,其实您唯一在意的是'阴阳'。"

当不来梅说到"阴阳"的时候,塞拉囧的鬃毛仿佛都竖了起来。

"阴阳是一种抽象的概念,泛指事物两种相反的性质。天为阳、地为阴,日为阳、月为阴,热为阳、寒为阴……"

"我明白了,"阿呱抢着说,"黑为阳,白为阴,所以塞拉囧大人只招收黑白两色的动物加入他的组织!"

"错啦阿呱,是白为阳、黑为阴。我猜测,塞拉囧先生相信'一阴一阳之谓道',搞不好,他觉得黑白两色的动物——"不来梅停顿了一下,"是和其他动物不同的存在。"

"不,不,我从来没有这么想过……"塞拉囧摇着头否认。

"我只是胡乱假设罢了,没有任何证据。塞拉囧先生,我对您的组织并不感兴趣,而且我相信,就像您说的,它仅仅是一个兴趣使然的私人组织罢了,并不会在其他地方另有所图。"

"没错没错,"塞拉囧擦了擦头上的汗,"我也正在考虑,放宽招收成员的条件,吸纳各种类型的人才加入,以免组织由于内部构成过于单一而走向偏执。"

"这就是您自己的事情啦,塞拉囧先生,我们可管不着。"不来梅说道,"对了,您的妻子去哪儿了?"

"怎么?你们要找我妻子问话吗?"塞拉囧巴不得不来梅赶快离开,"她现在应该在酒店的餐厅喝下午茶。"

"是的,我们有一些问题想请教您太太。"

"我太太是个特别单纯的好动物,她肯定不是杀害大使的凶手,这点你们可以放心。而且,我听说杀害大使的嫌疑犯已经找到了?"

"您是说比尔大臣吗?"

"唔……我听说好像是他……"

"比尔最大的嫌疑就是因为布丁医生在大使房间里看到了牛脚。"

"是的,所以……"

"对于这点,我猜想塞拉囧大人是不是也有什么想说的?"不来梅朝塞拉囧眨了眨眼睛。

塞拉囧确实欲言又止,他摇摇头:"没有……"

"好吧,那我们就不继续打扰您了,我们要去找您太太了。"

不来梅和阿呱走后,塞拉囧独自在房间里踱来踱去。

说心里不慌乱那是假的,他心里有一扇门,里面藏着不可告人的秘密,而那个叫不来梅的侦探已经站在门外了,似乎随时都能够破门而入。

塞拉囧走到了穿衣镜前,镜子里那只斑马依旧风度翩翩,但他清楚地知道,自己已经不再年轻了。

从政这么久,他经历了太多的风浪,这些事情改变了他的容貌、习惯,唯一没有改变的是他身体里某种滚烫的东西。

这个东西伴随他而生,却不会因为他而死去。

曾经那么热血,那么干劲十足,那么充满期待,对于动物王国的未来,塞拉囧怀有无限美好的憧憬。

但曾几何时,塞拉囧发现动物也渐渐变得和人类没什么不同了。

动物也开始变得自私、贪婪，变得善于欺骗，变得追逐名和利。塞拉囧有了危机感，这些危机感渐渐又变成了失望，对于整个动物王国的失望。

正在这个时候，塞拉囧碰巧阅读了一些人类哲学的书籍，里面深入探讨的"阴阳"学说令他茅塞顿开。动物之所以沾染上了人类的种种恶习，是因为他们不"纯粹"！

塞拉囧确信，只有像自己这样黑白两色的动物才是最"纯粹"的动物！

于是乎，他开始筹划属于自己的组织，筹备独一无二、只有最最"纯粹"的动物能够加入的组织——奥利奥党。

而这个奥利奥党的最终目标，塞拉囧心里很清楚。他会慢慢壮大组织的力量，等待羽翼丰满、时机成熟的时候，再来掀起一场惊天动地的革命风暴，让动物王国脱胎换骨。他将带领动物王国走向崭新的辉煌。

但是，塞拉囧这些美好的期望和雄阔的野心，在组织成立的初期阶段，就已经被不来梅扼杀于摇篮中了。

塞拉囧叹了口气，走到阳台边。

他熟练地点起一根烟，忽然想到了阿宝。那是个不太聪明的家伙，塞拉囧确信阿宝的血液里也有和他一样的东西，那是比头脑、比力量还要珍贵得多的东西。

但已经没有什么用处了……

14

2333年10月17日，1∶00pm

"阿坚，能不能麻烦你帮我调查一下保镖吉伯？"从塞拉囧处离开后，不来梅拨通了电话。

"好的。请问您想调查什么？"

"调查一下他在军队期间发生过什么事，如果可以的话，也顺便查一查他的家庭和经济情况。"

"没问题。"阿坚愉快地接受了任务。

"我们去找纯子吧。"不来梅对阿呱说。

纯子小姐正在餐厅里独自喝着下午茶。她穿着一条得体的法式茶歇长裙，裙摆能够很巧妙地遮掩住肚子和小腿上的赘肉。当然，纯子小姐是不需要遮掩赘肉的。

阿呱和不来梅来到餐厅的时候，纯子正用银勺子轻轻在一块红丝绒蛋糕上舀下一小勺，放到嘴里品尝。

纯子一直喜欢红丝绒蛋糕，它是一款谁都可以制作，却能真正体现甜点师技术的蛋糕。

芝华士大酒店的这款蛋糕，和平常街边小店随便可以买到的完全不一样。

在软度和甜度上都比街边小店买到的完美得多。

纯子的舌头就能分辨出这恰到好处的软，味蕾能分辨出恰到好处的甜，这是一种高级的味道，也是上流社会的味道。

关于红丝绒蛋糕，有一个小故事。

传说在一九五九年，一家豪华酒店的红丝绒蛋糕极其出名，一位人类女性在这家酒店用餐后，非常喜欢这家酒店红丝绒蛋糕的味道，就向酒店要了它的配方。酒店没有拒绝这位客人，慷慨地给了她配方，但没过多久这位女客人就收到了一张巨额账单。原来，酒店的配方是收费的。女客人觉得你要么一开始就不给配方说秘不外传，要么就明码标价出售配方，什么都不说就发来账单，并不是说这个账单有多么昂贵，而是这种做法令人不快。一气之下她就把这张配方公开了，因此所有人都知道了红丝绒蛋糕的做法。

之后，红丝绒蛋糕就由酒店秘制的招牌甜品，变成了人人都可以制作的大众甜品。

那家酒店有没有因此而影响到生意纯子并不在意，她只是单纯地喜欢这个故事。

这个故事里面充斥着反抗精神，那名公开蛋糕配方的女性，用自己的方式向着霸道的酒店宣战。

纯子觉得，这和自己的某项特质是一样的。

如果是纯子遇到了这种事情，应该也会和故事中的人类女性一样选择公开配方吧，但她也依旧会去那家酒店享用红丝绒蛋糕。

这样的做法似乎显得有些矛盾，但这就是纯子想做的。

她很有反抗精神，对于权力和规定就爱说不，但同时也享受那种上流社会站在高处的生活。大家都是如此不是吗？

红丝绒蛋糕和她很像。

纯子出身平民,没有任何背景,只是一个普通的修理工的女儿,住在老旧的公寓房里,父母在她四岁的时候就离异了。

但纯子一直深信自己的不平凡,她在很小的时候就察觉到自己的得天独厚之处。

虽然她是一只小麋鹿,但五官之美、身材之匀称、皮毛之顺滑让她意识到自己就是个美人坯子。

别的孩子放学后有父母来接,纯子放学后则要去打工赚钱,补贴自己的学费和生活费,有时候还会做一些小偷小摸的事情。

纯子除了上学,在快餐店、超市打工外,还会去铃铛区的垃圾场捡垃圾。

有一次,纯子在垃圾堆里发现了一个八音盒,打开之后里面竟然还能传出音乐。

一个跳芭蕾舞的瓷娃娃正在转动,那一瞬间,纯子的眼前出现了自己在聚光灯下跳舞的样子,有舞台、有灯光、有掌声。

纯子把八音盒带回了家。她觉得这个八音盒就像自己,是被埋没在垃圾堆里的宝贝。

直到现在,这个八音盒还放在她的床头。

没有这个八音盒,就没有现在的纯子。

没有当年的纯子,就没有现在的纯子。

缺少父母的关爱,完全没有外部支持的纯子只能咬牙坚持,为自己提供条件。

纯子明白,掌握那些中产阶级花费时间和精力学习的技能,对于自己的美貌无疑是加分项,如果想要摆脱现在的生活环境,向更上一个阶层迈进,这都是非常值得的投资。

因此,她节省下生活费为自己报了芭蕾舞班,努力练习后发现自己有了脱胎换骨的变化，整个鹿的气质都改变了。

纯子还发现，她不用再去打工了。学习芭蕾带给她的不仅仅是外形上的提升，也让她有机会参加一些表演。通过商业演出来给自己赚取报酬，比她之前打工赚得多。

当然，她也不用再去翻垃圾堆了。

之后，纯子不仅学习芭蕾，还学习了钢琴、绘画、茶道等。

她彻底摆脱了自己与生俱来的那些东西，模糊了自己的过去，淡化了原生家庭。在见到塞拉囮后，纯子完全达成了自己设定的目标。一路走来虽然很艰辛，但她的努力并没有白费，她终于挤进了上流社会。

但她有一个习惯似乎难以改变，已经根深蒂固。

"纯子小姐，我们有点事情想要向你咨询一下。"一个声音打乱了纯子的思绪，将她从回忆中拉了出来。

来的正是不来梅，身后还跟着一只不起眼的小青蛙。

纯子的眉毛轻轻地挑了一下，看起来并没有因为不来梅的突然出现而惊慌失措，依然从容地回答道："你好呀，侦探先生。"

"你好，纯子小姐。打扰了。"不知为什么，不来梅看到纯子总是会脸红。她的眼睛像是贝加尔湖一般深不见底，纯粹又危险，一不留神便会沉醉其中。

但不来梅此次可是有备而来，所以他准备开门见山，速战速决。

"案发当天下午你都在干什么？"

"我记得和你讲过，当时我在房间里看电视。"

"那可以给我看看你的脚吗？"不来梅仔细地观察着纯子的表情。

"啊？"纯子面露惊讶，完全没有想到侦探会问这样的问题，

"你不会是恋足癖吧?"

"不来梅,原来你是恋足癖啊?"阿呱蹦到了纯子小姐的身边,看上去像是把不来梅视作敌人一般。

"什么恋足癖,我是为了调查案件。"不来梅白了阿呱一眼。

"调查案件就调查案件,为什么要看我的脚呢?"纯子小姐似乎收起了刚才的惊讶,波澜不惊地说。

"有目击者说,曾在案发现场看见过一只牛脚。"不来梅继续盯着纯子的脸。

"那不是安全大臣水牛比尔的脚吗?"阿呱问道。

"水牛比尔是有不在场证明的,案发当天下午他和怀特在聊天。"不来梅说。

"如果不是水牛比尔,那牛脚又是谁的呢?"阿呱继续刨根问底。

纯子的脸色刹那间变得苍白。她故作镇定地端起红丝绒蛋糕边上的卡布基诺,但咖啡在手中微微颤抖:"这和我有什么关系。"

纯子知道,这个年轻的侦探一定已经发现了。

"是啊。"阿呱附和道,"我还觉得肯定是比尔耍了什么花招。不来梅,虽然你认为比尔说的是实话,还推理了他和怀特证词矛盾的原因,但我觉得还是应该再去调查一下比尔……"

纯子小姐看看手边的烟盒,想点一支烟来缓解自己紧张的情绪,但恰巧烟盒空空,一支烟都没有了。

不来梅看出了纯子的窘迫,便对阿呱说:"阿呱,纯子小姐的烟没了,你去买一包吧。"

阿呱看了看不来梅,又看了看纯子。纯子大概知道了不来梅是想支开阿呱,便温柔地对阿呱说:"小青蛙,能麻烦你给我去买包烟吗？"

被纯子小姐委以重任的阿呱非常高兴："当然好，买哪种牌子的？"

"如果有动嘴牌的就给我买那种好了。"

阿呱蹦跳着走开了。

"侦探先生，他已经走了，现在你可以说了。"

"麋鹿又被称为'四不像'，"不来梅看着阿呱远去的身影说，"因为头和脸像马，头上的角像鹿，尾巴像驴……"

不来梅一边说一边瞥向纯子小姐。纯子的脸色更差了。

"最重要的是，麋鹿的蹄子——也就是脚，像牛。"

不来梅下意识地看了一眼纯子小姐的脚，但今天纯子小姐穿的是一条长裙，脚被遮得严严实实。

"布丁医生说自己看到了一对牛脚，因此所有人都专注在牛脚上，认为潜入大使房间的动物一定是一头牛，而忽略了有另一种可能性。这个可能性，现在就在我们的眼皮子底下。"不来梅说。

"说不定是除了比尔之外其他的牛去了大使的房间呢？"纯子瞬间恢复了镇定。

"没有这个可能，因为大使来访，所有的外来人员必须有许可证，不然都会被拦在外面。就现在的情况来看，只有三个不参与会议的动物来过酒店，一个是棕熊医生布丁，一个是狼博士，还有一个我们也已经找到了，是一只叫阿宝的熊猫。他们哪一个都不像是长了牛脚的动物吧？"不来梅的声音提高了，这引起了侍者的注目。

"你的声音太大了。"纯子看了看空空的烟盒和打火机，"别告诉我先生，他不知道我抽烟。"

在丈夫塞拉囧眼里，纯子永远是纯洁而又不谙世事的女孩。

"你这算是承认那天确实是去过大使的房间了吧？"

"没错，我是去了。"纯子优雅地吐了一个烟圈，"我想去找大使聊聊，但她当时可能在洗澡，我就走了。"

"你是几点去的？"

"应该是四点半吧。"纯子回答道。

"大使在洗澡？"不来梅沉吟道，"你看到她了吗？"

"没有，但大使的衣物都放在卧室的床上，房间里又没有人，我想她应该在洗澡吧，所以我就离开了。"

"那么，最后一个问题，纯子小姐，如果像你所说的那样，你是想找大使聊天，那为什么要偷东西呢？"不来梅问。

"偷、偷、偷东西？"纯子眼神闪烁，"侦探先生，我承认自己进过大使的房间，但你不能因为这个就污蔑我是小偷啊！"

"纯子小姐，是不是污蔑你，你心里应该非常清楚吧？"

"我作为堂堂外交大臣的太太，怎么可能是小偷？你这样说我非常生气，我会考虑告诉我先生你对我的诽谤。"

"动物坟场这个地方你熟悉吗？"不来梅甩出自己的调查成果。

"我从来没有去过那个地方。"

"但我在动物坟场打听到，你去过不止一次，主要是去一个叫什么来着——灰老爷的店。要是我记得没错的话，那家店是一家旧货商店，你是去那里贩卖赃物的吧？"

"什么灰老爷，我从未听说过。"

"那有一只猫头鹰占卜师你总记得吧？你还向她请教关于自己婚姻的问题呢……"

"够了够了，我确实去过动物坟场，你大概也猜到了我的一些过去……"

买烟的阿呱拿着一包"动嘴"蹦蹦跳跳地回来了,他正好听到了纯子小姐说"猜到了过去"这几个字。

"怎么回事?纯子小姐有什么不可告人的过去?"阿呱焦急地问。在阿呱心目中,纯子小姐是天底下最优雅、最漂亮、最温柔的动物了。

不来梅看着纯子,不想将真相就这样说出口。在这个场合,在这个时间,他需要维护纯子小姐在粉丝心目中的形象,至少不要让阿呱那些美好的幻想都成为泡影。

"阿呱,纯子小姐说,她想喝鲜榨的石榴汁,这儿的服务生说没有,你能不能去厨房或者别的什么地方看看,弄来一点?"不来梅又生一计,支走阿呱。

"我想和纯子小姐在一起多待一会儿,不过……好吧……我去找石榴汁,你们在这里等我啊。"老实巴交的阿呱对不来梅几乎言听计从,不来梅轻而易举就让他又离开了。

"你已经是外交大臣的太太了,为何还要做这种偷鸡摸狗的事情呢?"

"小侦探,你应该能够理解,过去的生活对一只动物的影响有多大,不管他后来成了什么样子的动物。"

"如果我没有猜错的话,纯子小姐,你大概有盗窃癖。"不来梅说道。

"这你就想多了,我并非盗窃成瘾,只是有时间见到特别好看的珠宝首饰,会情不自禁……"

"那能否请你将偷走的大使的珠宝还回来呢?"

"我可没有拿过什么大使的珠宝哦。"

不来梅皱了皱眉头说:"我可是有真凭实据的。"

"哦,什么证据?说来听听?"

不来梅从衣服里取出一张照片,放在茶几上纯子小姐能看到的地方,纯子小姐低下头凝神看着这些照片。

这是一张大使和参会官员在一起的合照,大使站在正中间,宽大的裙摆一直垂到地上。其他与会者包括外交大臣塞拉囧、防卫大臣铁头、安全大臣比尔、财政大臣斑斑、文化大臣怀特、尼罗将军、王老铁将军等,一大批政府官员以大使为中心分两边列队。

可能因为大使是一名女性,所以纯子小姐作为外交大臣的太太也拍了照片。

"这张照片是大使来的第一天我们一块儿拍的,怎么了?"

"请仔细看大使的脖子。"

虽然照片上大使的脖子可能只有一厘米左右宽,但也可以清楚地看到,她纤细白皙的脖子上面戴着一条珍珠项链。

这是一颗有枇杷那么大的珍珠,仅仅从大小就可以看出来,是非常稀罕的宝物。

"大使的脖子怎么了?我没有看出来有什么不对劲的地方。"纯子说道。

"哎,这可就不太好了。"不来梅撇了撇嘴,"你也看到了,大使照相时佩戴了一条珍珠项链,项链上是一颗世间罕见的大珍珠,没有女人会不动心的。但是在案发现场,这条珍珠项链消失了!"

"也许是被警方作为证据取走了呢?"

"就算警方作为证据取走了,也会出现在物证照片里的,但是根本没有这张证据的照片。你觉得这条项链去哪儿了呢?"

纯子默不作声。

"我们第一次见面的时候,你跟我说了一大段关于大使着装和时尚的话,唯独没有提到这条珍珠项链。这就很奇怪了,如果你这么注意观察大使,应该能发现这条珍珠项链,如此罕见的宝物,你却没有提到,我认为你很有可能是心虚了。既然你进过大使的房间,又有顺手牵羊的习惯,我觉得,说不定你知道项链在哪儿?"

"我要说我不知道呢?"

"那我也没办法了。不过有一件事情可以确定……"

"什么事情?"

"大使的死事关重大,事后封锁很严格,不管是谁偷了项链,都不容易带出去。从案发到现在,你还没有出过酒店,所以项链可能还没有被带出去,不管在什么地方——在你身上也好,被你藏到什么地方也好,只要派挠挠警长认真搜查,我想一定能够找到的。"

"侦探先生,你现在就要去找项链吗?"

"这个……"不来梅看到阿呱渐渐从远处蹦来,"我暂时还不打算去找,因为我觉得大使可能将项链落在了酒店的某个地方,比如餐厅的厕所,又或者是大堂的休息区。晚一点我可以去那里找找看……"

"这是个不错的主意,"纯子小姐点点头,"小侦探,你完全可以去那里找找看,说不定真的就找到了。"

"是啊,我得抓紧时间了,纯子小姐,你说对吗?"

这时,阿呱已经来到了不来梅和纯子身边。他气喘吁吁,捧着一杯石榴汁伸手递到纯子小姐跟前:"阿呱回来了。"

"谢谢你,小青蛙。"纯子接过石榴汁,摸了摸阿呱的脑袋。

"好啦阿呱,我们向纯子小姐道别吧。"不来梅说道。

"什么？不来梅，我们才和纯子小姐聊了没几句话……你不想再和她多聊几句吗？"

"阿呱，纯子小姐已经没有什么能告诉我们的了，我们不打扰她了。"

说罢，不来梅转身准备离开，阿呱悻悻地看着纯子小姐，有一种依依不舍的感觉。

"小侦探，"不来梅正要离去时，纯子叫住了他，"关于大使的案件，我可是有你不知道的事情可以告诉你哦！"

不来梅回过头，看着纯子。

纯子的眼神异常深邃，是一种不来梅完全捉摸不透的深邃。

"别这样看着我嘛，侦探先生。当我进大使的房间时，浴室里其实是没有水声的，而且从浴室门到客房门口的通道上，有一瓶指甲油被打翻了。"

"什么，指甲油？"不来梅惊讶地反问。

"什么？纯子小姐进过大使的房间？"阿呱惊讶地说。

"嗯，你们没有发现那瓶打翻的指甲油，可能是因为我把它捡起来放回床头柜上了。"

"但是地上并没有指甲油的痕迹。"不来梅说。

"你忘啦，大使涂的是透明的指甲油。"

15

2333年10月17日，2：00pm

  不来梅回到大使的房间，他对自己调查不彻底、漏掉了有价值的线索感到懊恼。

  其实他完全没有必要自责，因为无论是不来梅，还是挠挠警长、波奇侦探，只要是动物都会犯错误，都会有疏忽的地方。

  不来梅在烧得焦黑的床头柜上看到了指甲油。

  这是一瓶看上去稀松平常的指甲油，任何一位女性都会涂指甲油来装点自己，唯一不同的是，这瓶指甲油是无色透明的。

  但确实有的动物喜欢涂无色透明的指甲油，除了作为底油、亮油、强化油之外，平时不显山露水，偶尔亮闪闪的透明指甲油也非常可爱。

  "阿呱，纯子小姐说，指甲油打翻在从浴室到客房门口的途中，你还记得吗？"

  "哎，不来梅，我还是不能相信，纯子小姐居然有盗窃癖。"

  阿呱愁眉苦脸地说。

  刚才纯子小姐已经在阿呱面前毫不遮掩地将自己隐藏的秘密暴露了。

"但我还是很喜欢她,不管她有没有盗窃癖。"阿呱坚定地说道。

"好了好了,你对纯子小姐的感情非常专一、亘古不变,我们都知道了,现在能麻烦你帮我找一找指甲油到底打翻在什么地方吗?"

"这怎么找呀,这里已经被烧得一塌糊涂了!"

"没错,大部分的地方都已经被烧毁了,但还是有一些区域,比如说从客房门口通向房间里的通道、墙角这种离起火点比较远的地方,都还没有被彻底烧毁。"

不来梅将指甲油倒在一块平整的、没有被烧焦的地毯上。

地毯表面的绒毛在沾上指甲油后起了化学反应,绒毛的末端微微地卷了起来。

"就是这个痕迹,"不来梅说,"阿呱,你负责从房门口到屋子里,我负责墙角,沿着这条路径,在地毯上一寸一寸查看,总能找到一些痕迹的。"不来梅说着已经趴在了地毯上,用他的驴蹄拨弄着地毯表面上的短绒。

见不来梅这么卖力,阿呱不好再怨天尤人下去,也趴在地上查看起来。

过了没一会儿,阿呱就发现了线索,他叫出了声。

"不来梅,我发现了痕迹,你快过来。"

阿呱给不来梅看了他的发现,从客房门口一直延伸到房间里,这段足足有五米长的通道中,有许多不来梅要找的痕迹。这些细微的痕迹让地毯的绒毛有些翻卷,哪怕之前挠挠警长的手下趴在地毯上进行地毯式搜索也看不出来,必须得像不来梅一样,从一开始就有参照物,才能发现这部分地毯是沾上了指甲油的。

房间内大部分的地方都已经被烈火侵袭过，所以阿呱和不来梅在房门口这片小小的空间里找到的痕迹就显得难能可贵了。

这些痕迹看起来非常凌乱，像朝空中扔了一把花生后在地上砸出的散兵坑。

不来梅站起身来，做了几下扩胸运动，刚才在地下蹲了很长时间，让他感到全身有些酸麻。

"不来梅，我有个想法，"阿呱兴奋地说，"我们不是还没有搞清楚究竟为什么会起火吗？起火的原因会不会是为了掩盖这些个地毯上散落的指甲油痕迹呢？"

"我觉得不是。"不来梅毫不客气地将阿呱的猜测否定，"如果我们相信纯子小姐所说，那么这个指甲油的痕迹出现在四点半之前，而根据警报响起的时间判断，火灾发生是在七点无疑，这期间相隔的时间实在是太长了。而且，如果纯子小姐没有告诉我们，这个指甲油的痕迹根本就不可能被发现，为什么还要用放火这么费劲的方式去掩盖呢？"

"唉，那我就不知道了。"阿呱挠挠头，"人都已经杀了，还有什么放火的必要呢？我能想到的无非就是通过放火来掩盖什么。"

"是啊，从逻辑上来说，放火唯一的可能性就是为了破坏现场。但除了放火之外，我们还要思考大使为什么会被分尸。"

"我有一个可怕的想法。"阿呱说着，浑身颤抖了一下，"大使被分尸的原因会不会像波奇侦探说的那样，是为了采集器官呢？我记得布丁医生说，大使的血型很罕见，叫作……叫作什么来着？"

"熊猫血。"

"对，熊猫血。"

"但是大使是人类，她的器官并没有用处……哦，不对……"不来梅突然望向远方，神色凝重，"灵长类的失踪，也许真的不是什么巧合！"

"不来梅，你也想到啦！人类的血应该是可以输给灵长类的，毕竟人类据说就是从猴子进化来的……"

"阿呱，这样的话，灵长类失踪之谜可能就有解释了。某个一直在绑架灵长类的家伙，就是为了寻找合适的器官，但一直没有成功，因为他要找的是非常罕见的Rh阴性熊猫血。但是大使的突然出现解决了这个问题，所以这个家伙将大使的器官劫取，以达到他的目的。为了掩盖大使死亡的真正原因，他放了一把火，本打算将现场的一切烧成灰烬，但是并没有如愿以偿，大使的尸体也只是烧得焦黑，还是可以看出死状的。阿呱，你觉得这个推理怎么样？"

"不来梅，我不知道这个推理怎么样。听上去像那么回事儿，但是仔细想想，还是有很多地方说不通。比如地上的指甲油是怎么回事，还有那家伙是怎么知道大使是熊猫血的……"

听到这儿，不来梅跳了起来："阿呱，你说得很有道理，这就是关键。他得知道大使是熊猫血的事情！我知道他是谁了！阿呱，我们赶紧去找他！"

布丁医生此时正端坐在自己的办公室里。

办公室进门左手是一排立柜。靠窗是两个木质的书架，上半截带着玻璃门，能看到里面都是一些各科的医学专业书籍，下半截是封闭柜门，看不到里面是什么。

除了木质的书架以外，还有两只铁质的文件柜，里面装满了整齐划一的文件夹，文件夹的背脊上写着年份和月份。这些文件夹按照年月整齐地排列着。

进门右手边有一张双座沙发和一张单座沙发,沙发前面是一个茶几,茶几上摆放着一套木质的茶具。茶具被倒扣着,用的时候才会翻过来。

沙发的旁边是一个展示柜,上面放着一排五个熊头的模型,这些模型一个个被安放在特制的固定好的底座上,展示柜上的牛眼灯将光打在上面,仔细看能发现是不同种类的熊,有些早就灭绝了。这些熊头看上去都差不多大小,应该是按照比例调整过。

进门正对面是一张宽大的书桌,布丁医生正坐在书桌后面的高背转椅上。书桌上摆放着一个相框,里面有一张照片,照片上是一只小熊和两只大熊,其中一只大熊正将小熊举过头顶。看得出来,照片上的三只熊都非常快乐。

太阳还没有落山,蜜糖罐医院还有许多繁忙的事务在等待布丁医生去处理。

布丁医生突然有一种不太好的预感,她想到了前几天见过的那个侦探,那个叫不来梅的侦探,总给她一种奇怪的压迫感。

这些年来,布丁医生从一名普通的医生一路晋升,成为知名私立医院蜜糖罐医院的院长,见过的上层阶级车载斗量,达官显贵、社会名流,这些动物都不是省油的灯,一举手一投足莫不带着威严,她救过他们的命,有些动物和她甚至不仅仅是点头之交。

但不来梅却是一只她从未见过的动物。

不来梅令她捉摸不透。看似漫不经心,看似漏洞百出,但他会咬住不放,每一个毛孔都散发出死磕到底的气息,让她不寒而栗。

不来梅的眼神和其他食草动物都不一样，更像冷血动物。他看你的时候可能身体和颈部都不会移动，眼睛直勾勾地盯着你，随着你移动，一副不探究到底不罢休的模样。

真的不是一名简单的侦探，不能轻视，要认真对待，否则很有可能在他这里翻船。

布丁医生想到这里，深深地吸了口气。她已经做了自己能够做的一切，剩下的就只能听天由命了。

外面响起了急促的敲门声，听得出来者的焦虑。

"是谁？我正忙……"布丁医生说道。

"院长……我、我是黛比，有两、两位先生要见您……"

"黛比。"布丁医生想起，黛比是蜜糖罐医院咨询处的兔子接待员，平时总是给人稳稳当当的感觉，今天听语气似乎有些慌乱了。"我今天应该没有见面的预约了，这两位先生你还是请他们回去吧。"

"院长……我也是这么说的，但他们有……"黛比顿了一顿，用好像不敢相信的语气说道，"他们有尼罗之印！"

好吧，该来的总是会来的。布丁医生想道。

不来梅和阿呱在办公室里见到了布丁医生。

布丁医生面色从容地坐在茶几前，喝着黛比刚刚倒上的红茶。

黛比也给不来梅和阿呱倒上了茶。她看了看阿呱，完全没有料到这只之前打过照面的小青蛙居然能够拿出尼罗之印。

虽然见过尼罗将军本人，但黛比这辈子都没想过自己能看到货真价实的尼罗之印。

黛比离开办公室后，不来梅率先向布丁医生打了招呼："哈啰，又见面了，布丁医生。"

"你好，不来梅。"布丁医生向不来梅点了点头，"你的气色看起来不是很好，查案也要注意身体。你要不要到我医院来进行一次体检，我给你安排，免费的。"

"那我呢？"阿呱指了指自己的脸。

"小青蛙，你的脸色还是一如既往地绿。"布丁医生说。

"太好啦！不来梅，听到没有，我的身体比你好噢！"阿呱得到了不来梅的一个白眼。

"谢谢你，布丁医生，也许等大使的案子了结了，我会做一次全身体检的。但眼下，我们要抓紧时间调查。"

"两位这么忙还上我这儿来，一定是有事要找我啦！"布丁医生问道。

"没错，无事不登三宝殿。"不来梅说，"我们开门见山吧——布丁医生，是不是你杀死了大使？"

"哦？"布丁医生眉毛一挑，"侦探先生何出此言？"

"布丁医生，你每天要看多少个病人？"不来梅问。

布丁医生被问得愣住了。这种奇怪的问题让她不知道如何回答是好，她捉摸不透为何不来梅要问这个问题，但转念一想，这也不是什么不可告人的事情吧。

"以前我还坐门诊的时候，一天要看几十个病人，自从当上院长之后，基本就只看那些找我预约的病人，每天具体的数量视预约而定吧，一般最多也就三五个。"

"都有哪些动物来找你看病呢？"不来梅问。

"那就多了，各种各样的动物都有。"布丁医生摸不清不来梅的葫芦里究竟卖的什么药。

"你的病人一般是兽类吗？"

"大多数都是，偶尔也会有一些冷血动物。比如尼罗将军，他还找我看过病呢！"布丁医生的算盘是，现在抬出尼罗将军，让不来梅和阿呱觉得自己和尼罗将军有交情，或许会忌惮三分，不敢轻举妄动。

"那么灵长类动物呢？"不来梅看着布丁医生的眼睛，"比如说，黑白桎柳猴？"

不来梅单刀直入。他发现在听到灵长类三个字时，布丁医生的眼皮子很快地挤了一下。这如果不是紧张的缘故，就一定是因为焦虑了。

"你这个问题我不明白。"布丁医生说。

"我只不过是问问你有没有给黑白桎柳猴看过病罢了。"不来梅回答。

"没有，我从来没有给这种猴子看过病。"布丁医生回答道。

"那么金丝猴呢？"不来梅问。

"没有。"

"猕猴呢？"

"没有。"

"长臂猿呢？"

"没有。"

"那白头叶猴呢？"

"都说了没有了！你有完没完啊！我从来没有给猴子们看过病！"布丁医生提高了嗓门，明显是动怒了。

"布丁医生，你居然从来没有给灵长类看过病？这可是一件奇事啊！动物城里有一千一百万只动物，灵长类少说也有三十多万只，你看病这么多年，居然一只猴子都没有看过？"

"我为什么一定要看猴子啊！"布丁医生愤怒地说道，她已经忍耐很久了。

"别动怒啊，布丁医生，犯不着因为我这些个问题就这么怒气冲天。"不来梅似乎完全没有在意她的怒气，"我来之前调查了一下，你这周内好像给一只猕猴看过病，我让阿坚——我不知道你记得不，就是一只狐狸——去联系猕猴，现在还没有给我回音，不过我想过一会儿他就会有消息了。"

布丁医生的脸色愈发阴沉，她觉得自己几乎无法呼吸，这个侦探实在太讨厌了，难道他知道了什么秘密吗？

不过只要不来梅没有发现这个房间的秘密，无论什么猜测什么假设都是没有用的，因为没有证据，毕竟没有谁能够找到那个地方……

不来梅和阿呱就这么坐着，一言不发，布丁医生也不想主动开口。就这样过了几分钟，不来梅的移动电话响了，他接起电话，听着里面传来的话语，一边点头一边露出满意的笑容。

这个笑容可太讨厌了，布丁医生想。

很快，不来梅挂断了电话。

"抱歉，刚才接了个电话。"

装模作样的家伙，布丁医生冲不来梅翻了个白眼。

"阿坚说，你确实给一只猕猴看了病，他现在身体恢复得不错，你知道我说的是谁——整个动物城没有人不认识的明星阿六。这样你就无法抵赖了吧？"

布丁医生一言不发。

"居然如此在意自己见过灵长类，布丁医生，你真的有点矫枉过正了。一开始我还只是猜测，并没有实际证据，但现在你的表现，我几乎可以确认——你和近期发生的灵长类失踪案件有直接的联系。"

"不来梅,我看到布丁医生在办公室里不见了。"阿呱按捺不住说道。

"布丁医生,你知道阿呱曾经到过你的医院,偷偷调查过你吗?"

"我怎么会知道。"

"阿呱发现了一件非常了不得的事情,"不来梅顿了一顿,"你在办公室里会突然消失。"

"没错,不来梅!我发誓,当时我一直在门外待着,哪儿都没有去,布丁医生就突然消失在办公室里了。"

"我推测,在你的办公室里有一间密室。"不来梅说。

就算猜到有密室,他也不可能找到打开密室的方法。布丁医生想。

"我们要找到进入密室的方法,阿呱。"

"让她交出密室的钥匙!"

"不,阿呱,像布丁医生这么聪明的人,是不会用钥匙来开密室的。"

"不是钥匙?那是什么呢,不来梅?"

不来梅站起身,环视这间办公室。他离开沙发,走到对面的书架边上,摸了摸书架,又摸了摸书架旁边的文件柜,转身朝房间另一边走去。

不来梅来到展示柜前面,看着放在底座上的五个熊头模型。

"阿呱,你知道这是什么吗?"

"熊头?"

"废话,这是什么熊头?"

"这我就不知道了,看上去好像不太一样,又好像都是熊头。"

"一只是短面熊,熊如其名,头骨比较短;一只是洞熊,洞熊的头骨特点是宽而圆，前额陡峭；一只是印度熊，印度熊的枕骨很高，外耳道很长，内鼻孔特别窄长；一只是郊熊，郊熊的牙齿比较锐利，更像猫科动物；最后一只是草原棕熊，就是布丁医生的种类。"

"不来梅，你居然能通过这些熊头模型分别认出是什么熊，真有你的。不过这有什么用呢？"

"以上几种熊类，除了棕熊以外都已经灭绝了。他们的灭绝年代分别是：短面熊，十点八万年前；洞熊，二点五万年前；印度熊，五百万年前；郊熊，二百五十万年前。我想，如果把他们的灭绝时间按照从远到近来排列的话……"

不来梅将这些熊头挪来挪去，按照印度熊、郊熊、短面熊、洞熊和棕熊的顺序从左到右在底座上重新放好——

什么事情也没有发生。

"不来梅，怎么回事？你想做什么？"

"哎……奇怪，如果我猜得没错的话，照这样摆好应该会有什么事情发生啊……"不来梅挠着脖子，显得有些困惑。

"反过来，不是从左到右，要从右到左放。"布丁医生突然开口了。

不来梅吃了一惊，他看到布丁医生站起身朝自己走来，心里咯噔一下。布丁医生该不会是要把他咬死吧！

布丁医生走到不来梅身边，将他刚刚摆好的熊头三下五除二从右到左换了位置，当最后一个熊头模型放上去时，牛眼灯灭了。

"往后一步，小心一点。"布丁医生说道。

不来梅和阿呱看到，柜子缓缓地向后移动了。

等柜子彻底后退到墙壁内，又向旁边移动，缩进了墙壁里。

后面露出了一扇门,漆黑的通道里有一段向下的台阶。

"你真的很有头脑,侦探。"布丁医生由衷地称赞道,"事到如今,我也没法瞒你了。请跟我来。"

布丁医生一边说一边在通道入口某处按了一下,黑漆漆的通道瞬间被照亮,可以清楚地看到通往地下的木质楼梯。

要不要下去呢?下面究竟有什么?布丁医生是否会打算在这个神鬼莫测的地方暗算自己呢?不来梅有些犹豫。

"请进。你们不用担心,我并不打算加害你们。"布丁医生看出了不来梅和阿呱心有余悸,"其实一直以来我都睡不好觉,整夜整夜地失眠。我已经快坚持不住了。"

说着,布丁医生走下了通道。不来梅和阿呱对视一眼,跟了上去。

朝下走了十几级台阶后,楼梯转向相反的方向,又走了十几级台阶,眼前出现了一扇金属大门。门已经锈迹斑斑,但上面有一道电子密码锁,锁倒是颇新。

布丁医生熟练地按下六位密码,电子锁发出"哔"的一声。随着弹簧撞针跳动的声音,大铁门徐徐打开了一道缝。

布丁医生推开门,里面亮着灯,不来梅和阿呱还没有进入,就已经察觉这是一个巨大的空间了。

不来梅已经嗅到了一种动物长期居于封闭环境才会产生的刺鼻的体味。这种体味让不来梅打了一个激灵——是灵长类的气味。

"这里,就是你们一直在找的地方了。"布丁医生转过身,对两只动物说道。

"这是……"阿呱惊讶得合不拢嘴。

这是一间足有两百平方米的密室,天花板上镶满了日光灯管，几台巨大的排风扇仍然没有办法将房间里刺鼻的气味清除干净，更令他们心神不宁的是连绵不绝的叫声。

房间中央有一张硕大的金属手术台，上面用尼龙绳捆着一只黑白柽柳猴。他一动不动，眼睛倒是睁得圆圆的，看样子已经没命了。

除了铁门这堵墙以外，其他三面墙前立满了大铁笼，每个笼子里都关着灵长类，总数有几十只。

他们有些处于亢奋状态，从布丁医生进门就开始喊叫，但可能是因为在这里被关得太久，喊叫的内容已经难以听清；有些已经瘦成了皮包骨，缩在笼子一角，整只猴子都失去了生机，仿佛一具僵尸；只有很少的几只，看到不来梅和阿呱后大呼"救命"。

"失踪的灵长类都是我抓的，"布丁医生缓缓走到手术台前，解开黑白柽柳猴四肢上捆着的尼龙绳，"我将他们抓来是为了做实验。"

"你为什么要这么做？"阿呱大声嘶喊道。

布丁医生没有回答，她的手在微微颤抖。手术台上的黑白柽柳猴确实已经死了，布丁医生替他合上双眼。

"我恨人类。"半晌，布丁医生吐出这几个字。

不来梅看着满房间的猴子，心情非常复杂，但他还是对阿呱比了一个"OK"的手势。

"在我还是个孩子的时候，有一次和父母一起旅行途中被人类抓住了。醒来后，我发现被关在一个黑暗潮湿的地方，还有很多穿军装的人类走来走去。我们被抓到了一个军营里，那里有许多我的同类，他们被关在笼子里，人类经常用一根金属管插进他们的身体，他们因此发出痛苦的哀号。那时候我还小，逃过一劫。军营里有一名医生见我长得可爱就把我当作宠物养着，久而久之我就从他那里学到了医术。我经常溜去看父母，他们痛苦不堪，奄奄一息。有一次我去探望父亲时，发现他因为忍受不了抽胆汁的疼痛，抓出了自己的内脏自杀。而我的母亲因为精神错乱，很快衰弱而死。自此以后，我就恨透了人类，下定决心要报复他们。"

"后来你从那里逃了出来，是吗？"不来梅问道。

"没错，我尽量装出讨喜的样子，在人类放松警惕的时候逃回了动物王国。经过学习，我成为一名医生，我永远不会忘记自己父母和其他同类的惨状，我发誓要报复人类，让他们也饱经痛苦而死。我努力提高医术，终于不负众望，成了一名非常优秀的名医，还拥有了自己的医院。多年来，我一直在研究新型病毒，目的只有一个——让人类也痛苦而死。"

"所以你就绑架了灵长类做实验，因为他们和人类最为接近？"不来梅说。

"没错，虽然这对灵长类非常不公平，但谁让他们是人类的近亲呢！我的实验进展得非常顺利，病毒研制成功，具有极强的传染性，在灵长类身上可以完美地发挥作用，但对其他动物没有毒性。这种病毒有一定的潜伏期，传播迅速，人类一经感染，最终一定会全部灭亡。"

"你的实验成功了，大使一定是你的传染对象！"

"是的，我听说人类大使到访，住在芝华士大酒店，这可是千载难逢的好机会啊，只要让大使感染上病毒，再把病毒带回人类世界，就可以达到我的目的了。正在我苦苦寻找机会接近大使的时候，塞拉囧先生通知我，说大使生病了，让我给她看病，这可是千载难逢的好机会啊。我借着看病的由头，上午到她房间替她注射了病毒！本来我寄希望于她将病毒带回人类世界，这样人类就会经历前所未有的痛苦，但结果她就这么死了。真的是很可惜啊，这样的机会以后恐怕是不会再有了！"

布丁医生说完，长长地叹了一口气。

"所以说，你只是给大使注射了病毒，并没有取走她的器官，也没有把她切成两段，并且放火烧毁现场？"不来梅问。

"当然，我怎么会做那么暴力的事情？"

"那你下午去芝华士大酒店做什么呢？"

"好奇心作祟，我想去看看大使有没有出其他状况，病毒有没有起效得太急。"

"你的病毒潜伏期有多长？"

"一周左右。"

"哎，那这么说的话，"不来梅面向阿呱，"大使一定不是死于病毒，杀死大使的不是布丁医生，而是另有其人！"

16

2333年10月17日，4:20pm

最后一只金丝猴被送上了救护车。

随着警笛和救护车的"呜呜"声渐行渐远，不来梅终于从沉默中苏醒。

"阿呱，我们回酒店去吧。"不来梅说。

"不来梅，你为什么不跟挠挠警长的警车一起回去？"

"我想走一走，静一静，思考一下。"

"不来梅，我能理解布丁医生报复人类的心情。"

"阿呱，如果我是布丁医生，可能也会把自己困在复仇的行动里。但是布丁医生绑架这么多的灵长类做实验，实在是太残忍了。"

"是啊，我可做不出来这种事。我爷爷说过，仇恨是双刃剑，伤人伤己。"

不来梅没有作声，对阿呱爷爷的看法不置可否。

布丁医生被带走了。可能是仇恨驱动她的时间太久了，已经将她的身心全都拖垮了。

失去了目标的布丁医生像卸下了包袱,在被押上警车之前,她向不来梅致谢,这让不来梅感到十分别扭。

"我再告诉你一件事吧小侦探,"布丁医生抬了抬下巴,示意不来梅靠近一点,"虽然人类非常可恶,但有的动物更是恶魔。我亲眼见过恶魔,你信吗?我在军营里的时候,有一天深夜听到发动机的声音,就溜出去看,发现非常奇怪的、恐怖的现象。人类对着空气——那里什么都没有——在说话。我听到了对话,没错,那绝对是人类和动物在说话,那只动物向人类提供其他动物的行踪情报,让人类去捕捉这些动物。当时我明白了,我和父母就是被这样捕捉到的。那真的是一只动物,虽然我什么也没有看见,但确实是动物,一只恶魔一样的动物,他让人类去猎杀自己的同胞……"

"阿呱,你刚才也听到了布丁医生所说的吧?"沉默许久后,不来梅开口问。

"你是说恶魔动物?"

"是的。你怎么看?"

"布丁医生一定是记错了,也有可能是她在做梦。"

"可能是吧……"

不来梅咬咬嘴唇,他并不相信布丁医生说的只是纯粹的臆想。

两只动物从闹中取静的蜜糖罐医院来到了泰坦区的核心地段,不来梅突然问:"好得快医院是不是在这附近?"

好得快医院是阿呱昨天去的第一家医院,他在那里看到吉伯探望一只小象,但因为阿呱没有携带尼罗之印,被护士当作闲杂人等赶了出来。

"是在附近,应该再走两个街区就到了。你要过去吗?"

"嗯，来都来了，去看看。"

好得快医院仍旧是那么繁忙。不来梅没有直接去阿呱看到小象的病房，而是找到这片病区的护士长，向她打听情况。

护士长是一只袋鼠，她正在病房里给两只犀牛打点滴。打完点滴后，她从腹部的育儿袋里掏出一串葡萄给他们，笑眯眯地看着他们狼吞虎咽地吃下后才离开病房。

不来梅迎了上去。袋鼠护士长非常反感有人在工作时间打扰自己，但不来梅非常有礼貌地向她出示了尼罗之印。

袋鼠护士长接过尼罗之印看了半天，似乎不知道这是什么，直到一名穿着白大褂的马医生来查房，袋鼠护士长询问他后才知道，尼罗之印代表了一把通行无阻的万能钥匙。

"你们想知道些什么？"回到休息室后，袋鼠护士长连口水都顾不上喝，就开始在一块大白板前安排轮班护士的值班表。值班表是用黑色马克笔画出的横竖线条，护士的名字都被做成了带有磁性的小方片，用来贴在当值的时间段。

"我们想知道病房里那只小象的情况。"不来梅说。

"哦，你们是说吉利吧？"

大象吉伯的妹妹原来叫吉利啊，不来梅想。

"是的，就是吉利。"不来梅回答道。

"吉利、吉利……是个可怜的孩子。她有个哥哥叫吉伯，父母亲全都去世了，兄妹两个人相依为命。"

"我们知道吉伯，他是做保镖的，对吗？"

"应该是的，反正我知道，他们家的经济状况并不十分乐观。"

"吉利和吉伯的父母是怎么去世的，你知道吗？"

"据说是在上一次和人类的战争中去世的。吉伯本人也参加了上一次战争，战争结束后退役了。听说他在部队里还是一名军医呢！"

上一次战争中失去生命的动物实在是太多了。除了在战场上牺牲的以外，死于各种非军事目标打击的也不在少数。不来梅的父母也是死于某一次针对居民区的轰炸，虽然事后人类声称，轰炸的目标原本是一处弹药仓库，只是因为武器的制导出现了问题，才错炸了原本不该轰炸的地方。

"吉伯为什么不在军队继续服役，而是要选择退役做保镖呢？"不来梅问。

"这我就不知道了，是他个人的选择吧。我只是个护士，对于打探私事并无兴趣。"

不来梅对吉伯和吉利产生了异样的情感，这对兄妹和他一样在战争中痛失亲人。不仅如此，卧病在床的吉利让他想起了自己小的时候……

但他同时也很奇怪，吉伯为何要放弃军队的职务，干起了既辛苦又不能带来大量财富的保镖工作。从之前和吉伯的交谈中，不来梅获悉他与外交大臣塞拉囧有一定的交情，那从资历来看，他肯定也是一名战功赫赫的老兵了，实在是猜不透他离开军队的原因。

"吉利患的是什么病？这个能不能说？"

"在她还是个孩子的时候，患了一种难以治疗的疾病，当时国内似乎有不少动物都得了这种病。后来经过一轮又一轮的药物试验，终于研制出了能够治疗这种疾病的特效药，但不幸的是，吉利参与的是早期的药物试验环节，那个时候不会引起不良反应的特效药还没有被研发出来，因此吉利虽然治好了那种难治的疾病，接下来的岁月却一直被后遗症所折磨。她的消化系统和呼吸系统都有一些问题，最要命的是肾功能衰竭……"

说到这儿，袋鼠护士长露出悲伤的表情。不来梅推测，吉利在好得快医院已经住了些年头了，无论是这里的医生还是护士，都对她产生了感情。

"吉伯也不容易啊。"不来梅叹了一口气，"家家有本难念的经。我能去看看吉利吗？"

"很抱歉，你们不是亲属，哪怕有尼罗之印，我也不能让你们去看她。"

"为什么？"

"她不久前刚做完手术，现在非常虚弱，我不想她被打扰。"

不来梅与阿呱对视了一下，阿呱耸了耸肩。

"那我们就不去看她了，请向她送上我的祝福，希望她能早日康复。"不来梅说。

"我替她谢谢你们。"袋鼠护士长看了看手表，"和你们聊了不少时间，我得继续工作了。"

不来梅再次向护士长表示感谢后，识相地离开了病房区域。在住院大楼的门口，他们意外地遇到了前来看望妹妹的吉伯。

吉伯手中提着一大罐富有营养的食物汤汁，眉头紧锁，脚步沉重，他和不来梅擦身而过，似乎没有看到不来梅和阿呱。

"不来梅，是吉伯……"阿呱说道。

不来梅望着吉伯巨大的背影："让他去吧，我们回酒店。"

回到芝华士大酒店后，不来梅先来到酒店前台，询问是否有人报失物招领，在得知没有之后，眼神有些失望。

坐电梯来到三楼，走廊里的感应灯应蹄而亮，他们一路走到大使的房间。不来梅立在门口发呆，然后又趴下身子匍匐在地上，凑近门边，试图从门缝底下看房间内的情况。

过了一会儿，不来梅拍着身子站起来，取出房卡开了门。

但奇怪的是，他并没有径直走进房间，而是在门口做了几次开关门的动作，仿佛在脑海中演练着某些场景。

"不来梅，你在干吗呀？"阿呱忍不住问道。

"布丁医生不是凶手，她没有对大使动手，不对，准确地说她给大使注射了病毒，却并未做其他事情。所以我得换个思路了。"不来梅回答道。

随后他停止了自己的实验，推开门进了房间，阿呱也跟了进来。

"火灾的源头是微波炉，"不来梅说，"微波炉是可以定时的，只要通过某种手法就能让微波炉爆炸，但我还未想清楚这么做的原因是什么。就算失火，很快也会被扑灭的，大使不会被烧成灰，因此无论如何，大使的尸体都会被发现有破坏的痕迹，毁灭证据有什么意义呢？"

"放火可以抹去很多痕迹呢，"阿呱说，"除了尸体以外，其他地方的指纹、血迹、毛发这些带DNA的线索都会被抹除。甚至可以说，大使是因为电器故障引起失火而意外身亡的。"

"居然可以这样？"

"我听阿坚说，这样总比说大使被人杀害要好，或许可以防止和人类的冲突。倒也不失为一个好方法。"

"虽然狡猾，但也不失为一种智慧啊。"不来梅感叹道。

不来梅来到微波炉边，打开炉门查看了一番。但微波炉已经被炸成了一堆废铁，他按铃让服务生从其他房间搬了另一台过来——每个房间的微波炉都是一模一样的。

在摆弄了一会儿微波炉之后，不来梅突然有了新发现。

"这个微波炉的定时装置最多控制在一小时之内，也就是说，做延时放火的动物，在六点之后才能做这件事。我现在更加倾向于放火和残害大使的是不同的动物。"

"这就让事情更加复杂了啊!"阿呱说。

"也不一定,我想去找一些主和派聊聊。把你的侦探笔记给我看看。"

在每起案件的调查过程中,不来梅都会让阿呱将调查的内容事无巨细地记录在案,这就是他所说的侦探笔记。

在看过侦探笔记之后,不来梅来到防卫大臣铁头所在的房间。

阿呱对铁头的印象不错。第一次见面的时候铁头虽然喝得醉醺醺的,但对阿呱颇为友好,虽然不像塞拉囧那样令他如沐春风,却更加真实。

不来梅也对铁头挺有兴趣,他原先以为官员要不就是像比尔那样趾高气扬,要不就是像塞拉囧那样风度翩翩。像铁头这样接地气的官员,他着实没有想到。

铁头坐在靠窗的一张茶几旁,一如既往,正在饮酒。

茶几上放着一瓶魅力牌威士忌和一个酒杯,威士忌瓶口开着,大概已经少了四分之一,看来铁头喝了没多久。不过前提是这是他的第一瓶酒。

铁头热情地招呼两个人:"嘿,侦探们,你们好呀!"他举起酒杯,"要不要来一点威士忌?"

铁头说话的时候还是很清醒的,应该没喝多。

"这个时候你还有心情喝酒啊。"阿呱说,"外面都乱作一团啦。"

"小青蛙,你是叫阿呱吧?人生苦短,要珍惜当下。就是这种时刻,才是最需要喝酒的啊!"铁头说道。

"铁头大人,你酗酒吗?"不来梅皱了皱眉头。他并不反感喝酒，但铁头无时无刻不在喝酒，就有点说不过去了。

"不是酗酒，只是欣赏酒、享受酒。"铁头打了个嗝，"你们不觉得，酒是世界上最美好的东西吗？它能让你忘记烦恼。"

"但这是逃避现实啊……"阿呱说道。

"只是暂时的。现实哪儿那么容易逃避啊，只是短暂找个地方让脑子放放空，让心头压着的大石头先挪个位置，等清醒了之后，该解决问题解决问题，该面对现实面对现实。可就算面对现实，也不能解决所有的问题，世界有它的规律，我们只需要等着它运行就行了。"铁头喝了一大口酒，"顺其自然。"

这番奇奇怪怪的言论本不该出自一名防卫大臣之口，但听起来却还挺有道理的呢。

"大使没死之前，你还没有喝得这么厉害吧？"不来梅说。

"可不是嘛，"铁头仰头又喝下了一大口酒，苦笑了一声，"还不是因为搞砸了，才只能借酒消愁了。和谈什么的，也许本来就不可能吧。"

"我记得你是主张和平的吧？"

"没错。"铁头躺在靠背椅子上，"我是彻彻底底的主和派。那些狮子老虎金钱豹什么的，总是嘲笑我这么大的个头儿却全无气魄，像个胆小鬼，你们也是这样想的吧？"

"战争并不代表勇气，和平更不代表懦弱。"不来梅说。

铁头叹了口气："你虽然年纪轻轻，却也还算懂道理。我们这批官员，好些个都是扛过枪上过战场、经历过大大小小战役的，后来因功授勋，一步一步坐上这个位置的。你就说我和塞拉囧吧，曾经在一支部队里服役，是老战友了。但也有一些官员则是名校毕业，没打过仗没摸过枪，可能对于战争的了解纯粹是从文字和影视里获取的，我真担心他们把战争当作儿戏。

对于塞拉囧，我不知道他是怎么想的，但至少我是再也不想看到尸横遍野的惨状了。"

不来梅非常惊讶，铁头刚才所言全然不像他之前一次谈话时所表现得那般轻松愉快，他还以为铁头就是个只会插科打诨的酒桶呢。

"铁头大人，能再给我们说说你当年上战场的事儿吗？"阿呱听得入迷，央求铁头再讲一点。

"刚开始的时候，每只动物都是豪情万丈的，我也不例外，誓死也要和人类战斗到底，让他们血债血偿。但是到了后面就只剩下厌恶和疲惫了。我们所经之处满目疮痍，你知道我最怕的事情是什么吗，不是上战场，而是清理同伴的尸体。每当清理尸体的时候，我就觉得提前看到了地狱，我在涉过用血汇集成的冥河。"

阿呱听得全身颤抖。

"我还记得一同入伍的有一只叫坦坦的河马。我当时年轻气盛，脾气也不太好，经常跟别人顶牛，但坦坦的性格就特别好，对每个人都很温和。你知道，大多数河马脾气暴躁，但坦坦从来不会生气，当时就数我和他关系最好。曾经有一段时间，我们的营地附近有一条河，他去打水的时候就经常会带一些花啊草啊回来，然后编出各种各样的手工艺品，就因为这个，坦坦被其他动物嘲笑成娘娘腔。"

"你和坦坦现在还联系吗？"阿呱问。

"他早就死了。有一次空袭，他躲到一个散兵坑里，结果没有被炸弹炸到，却被一棵倒下来的红杉树砸死了。那棵红杉树得有六十多米高，那么巨大的树砸下来，大象也扛不住的。坦坦被硬生生砸成了两半，连句临终遗言都没有。当时他身上还带着一个正在编织的小玩意儿,是一个草扎的小犀牛,还配了一朵小白花。他是打算送给我的,只不过到我手里的时候,小白花已经变成小红花了——"铁头的声音有些沙哑,"被血浸透了。"

不来梅和阿呱从铁头的话语中感受到了深深的悲伤。虽然他俩没有经历过战争,并没办法感受到同样的痛苦,但刚才的故事,哪怕只是听也会觉得难受吧。

"所以我不想再打仗了,也许就是胆小吧,我不想再经历那些事情了。我选择做一头快乐的牛。我就做个懦弱的主和派好了。"铁头说道。

"铁头大人,你才不是懦弱的主和派呢。"阿呱说。

"无所谓了。"铁头说道。

"很抱歉,勾起你这么难过的回忆。"不来梅说。

他有些理解铁头所说的和平。和平的代价是什么,战争的代价又是什么。不来梅发觉,自己对人类的那些仇恨,好像没有之前那么强烈了。

"没关系,都是老皇历了,只有我这种喜欢絮絮叨叨的老头子才喜欢讲。对了,你们要吃水果吗?"铁头又热情起来,"有很多噢。"

铁头起身走到冰箱旁边,打开冰箱,从里面掏出一茬又一茬的水果。

红得恰到好处的苹果、黄澄澄的橙子、香气扑鼻的牛油果、软硬适中的猕猴桃、颜色各异的葡萄……这简直可以开一个水果派对了。

阿呱的口水不受控制地流了下来。

"我很喜欢吃水果,对身体有好处。"见不来梅和阿呱目瞪口呆,铁头不好意思地搓了搓手,"要好好享受生活嘛!"

不来梅挑了一小串葡萄吃了起来,阿呱则拿了一个最大的橘子,这个橘子几乎和阿呱的个头一样大。

"对了铁头大人,大使遇害那天,你真的没有去过她的房间吗?"不来梅一边将葡萄连皮吞下,一边问了至关重要的问题。

"没有。"铁头回答道,但眼神却有些闪烁。

不来梅捕捉到了这稍纵即逝的闪烁,确信铁头一定有所隐瞒,因此发起了攻势:"六点以后你在哪儿?"

"我和贝拉教授在谈关于超级武器的事情。"铁头略作停顿,想了想说。

"可是我记得上次你说贝拉教授没聊多久,她早早地就回去了。"

"我记不清楚了,贝拉教授是待了没一会儿就走了,她说她暂时也帮不上忙,让我不要着急。但你说我能不急吗,大使都死了!"

"不对吧,"不来梅听出铁头话中矛盾之处,"当时你已经知道大使死了?"

铁头似乎也发现自己说漏了嘴,身上冒出一阵冷汗,就这一下子酒全醒了。

"不是不是,"铁头解释道,"我是说大使后来也死了,当时我是为了武器的事情发愁。"

"武器的事情对你一定影响很大吧?如果没有了武器,和大使的谈判是不是会很被动?"

"那是当然,虽然谈判桌上大家都是言语交锋,但桌子下面还是要比谁的拳头硬。"

"大使的死和武器被摧毁相比,哪个更严重呢?"

"那当然是大使的死了！这可是能够直接引发人类和动物战争的导火索啊！"

"如果大使是被谋杀的，那人类肯定会宣战了；如果大使的死是意外，兴许还能打打马虎眼吧。"不来梅说。

"你说得倒也颇有几分道理。"铁头点头表示同意。

"我仔细研究了大使房间失火的原因，发现是电路短路引起的。"不来梅说。

"是啊，没想到微波炉也这么不安全。"

不来梅愣了一下，然后他默默地点了点头，现在已经胸有成竹了。

"铁头大人，如果我没记错的话，微波炉是起火原因这件事警方并没有公布，请问你是怎么知道短路的电器是微波炉的呢？房间里还有电灯、冰箱、电视机和电熨斗这些电器，怎么看电熨斗都更容易引起火灾吧？"

"这……我只是随口一说，我下意识觉得微波炉的可能性比较大……"

"嗯，确实是下意识。我一直在想凶手是怎么通过微波炉来定时的，刚才我想明白了，有一种方法可以引起微波炉爆炸，"不来梅顿了一顿，现在是走近科学时间，"就是在微波炉里加热两个相互接触的水球，产生高温的等离子体，这些等离子体会产生巨大的能量，引起爆炸。"

"不来梅，什么是等离子体？"阿呱问道。

不来梅耐心地向阿呱解释："等离子体是物体除了固态、液态和气态之外的第四种形态，火焰就是一种等离子体。"

"对哦，火确实既不是固体也不是液体，我还一直以为火是气体呢……"阿呱喃喃道。

"想到这个手法，我确定凶手是在微波炉里放了两颗水球，然后通过定时装置引起了爆炸。但是这两个水球究竟是什么东西呢？"不来梅开始环视铁头的房间，"大人你这儿有没有水球呢？"

"我哪里来的这种东西！"铁头使劲地摇头。

"对了，这个就是水球哦！"不来梅拿起眼前桌子上的葡萄，"把葡萄这样的水果放进微波炉中，葡萄内部水分中的电解质电位将会提高，引发两颗葡萄之间的能量流动，而中间靠在一起的葡萄皮就会在瞬间产生高温的等离子体……"

"怎么可能？小小的葡萄……"铁头的声音高了起来，"你这是在公然污蔑我了！"

"那我们要不要试试看，反正你房间中也有微波炉，正好可以做个实验。"不来梅将葡萄扔给阿呱，"阿呱，把葡萄放到微波炉里去吧。"

"呱，不来梅，我今天就舍命陪君子，跟你一起做这个试验吧。"阿呱接过葡萄，"铁头大人，微波炉在哪儿呀？算了，我自己找吧……"

阿呱开始装模作样地找起微波炉来。

"行了，别装腔作势了。就算葡萄可以产生什么等离子体引起爆炸，也没有证据说明是我房间里的葡萄啊？其他动物房间里就没有葡萄了吗？"

不来梅正了正嗓子说："我查看了所有宾客的行程和他们让服务员在会议期间送的餐食，案发那天六点到七点之间，没有不在场证明的动物中，只有你是要了水果的。"

"这倒真是个证据……"铁头尴尬地说道。

"大人，"不来梅站起了身，靠近了铁头，脸上露出诚恳的表情,"如果你六点之后去过大使的房间,但说无妨,因为我已经调查过了,大使的死亡时间有极大概率在四点半之前,所以我认为,就算你去了大使的房间,也不会是凶手。因此我希望你能够开诚布公,将你见到的和做的事告诉我,这对我们找出大使死亡的真相是最大的帮助。"

说完这些之后,不来梅看着铁头。

不来梅的眼神既深邃又锐利,让铁头心里的防线动摇了。他终于愿意说出自己所看到的景象了。

"好吧,你说得很中肯,很有道理。我确实进过大使的房间,那是六点多一点,我跟贝拉教授分开没多久。她离开酒店之后我就一直在喝酒,后来我想到大使不是生病了嘛,我可以去慰问她一下,一方面是表达我们动物的友好,另一方面也想观察一下武器被毁这件事是不是和大使有关……"

"请继续说。"

"我来到大使房间,敲了几下门,里面没有任何反应。我想大使可能在睡觉或者出去了,下意识推了一下门,却发现门没有锁,我鬼使神差就进去了。进去之后,我发现阳台前面的窗帘飘了起来,一道身影从阳台上跳了下去,应该是一只动物。我追到阳台往下看的时候,发现下面已经空无一物,什么都看不见了。我在房间里扫视了一圈,想找找大使,然后就看到了大使的尸体!"

"你是说在进屋之前里面就有动物了,你进屋的时候他从阳台上跳下去了?"不来梅问,"果然很奇怪。"

"这还不是最奇怪的事情,"铁头激动地搓着手,"我扫视房间发现了大使的尸体,尸体就在床上躺着。你们猜怎么着,大使的尸体就只剩上半身了!"

17

2333年10月17日，6:20pm

夜幕渐渐降临，一轮明月升上树梢。

比起前两日的圆月，现在的月亮有那么一点"变瘦"，而且这种变瘦的趋势还将继续下去，直到成为一条细细的弧线，然后又开始渐渐"发福"。

这种从"变瘦"到"发福"的过程周而复始，亿万年来从不间断，仿佛拥有神秘的力量。

离开铁头的房间后，阿呱感叹道："想不到他放火居然是为了和平……"

"是啊，感觉还挺黑色幽默的。"不来梅说。

"这样的话，大使的死和他就没有任何关系了。"

不来梅没有说话，也许他对阿呱的想法不置可否。

"不来梅，我们现在做什么？"阿呱问。

"如果铁头没有说谎，那么我们得去找到那个他进入房间时跳窗离开的动物了。"

"你觉得铁头有没有说谎呢？"

"铁头没有必要说谎，"不来梅说，"就像他说的，这里恐怕没有其他动物比他更期待和平了，因此他不可能做出杀死大使的事。"

不久之前，防卫大臣铁头在不来梅的重压之下，承认是自己放火烧毁了大使的房间。

铁头采用的手法是在微波炉里放入两个紧靠在一起的水球，微波炉加热后产生了等离子体引发爆炸。他这么做的原因是发现大使已经死了，而且从死状看明显就是被杀害的。担心引起外交争端的铁头自作聪明，伪造了一出大使房间因电路故障引发火灾的戏码。

现在这场闹剧已经被不来梅识破，可以收场了。

让不来梅在意的，反而是在铁头纵火之前发生的事情。

铁头房间里的超级武器自毁了。

这是因为不明身份的家伙试图启动超级武器，却因为不知道密码、没有启动权限造成了武器自毁。

这个毁坏武器的家伙，动机究竟是什么？

不来梅能想到几个。

第一，销毁武器，阻止谈判。这很像间谍做的事情，不来梅想不出主战派和主和派谁会这么做。如果是主战派的话，销毁迄今为止最棒的武器实在不是明智之举；而主和派没有阻止谈判的必要。

第二，销毁武器，向动物王国施压。这很像大使会做的事情，毕竟在谈判期间，对方手握能够一触即发的武器不啻一个重要筹码，一旦把这个武器毁坏，势必可以在谈判上更占有主动权。但从铁头后来的陈述来看，大使并不知道有超级武器存在这件事。

第三，在启动武器时因为不知道密码使得武器自毁了。这是不来梅看来最丧心病狂的动机了，启动武器的目的是什么？引爆这个会场，还是向人类宣战？什么样子的动物才会有这种想法？人类大使也没有必要做这种事啊！

铁头声称，案发那天自己四点二十从一楼的吧台回到房间，之后在房间里待了一小会儿后去了健身房。本来准备去那里挥洒汗水，但刚开始硬拉一千五百公斤时发觉没有穿保护关节的装备，有点担心自己会因此受伤，又回了房间取护具。

回到房间后他下意识地感觉房间里有些不对劲，马上查看超级武器，发现武器已经自毁了。

铁头离开房间也就是二十分钟的光景，如此短的时间内发生了这种事让他一时手足无措。他不记得自己离开房间时门有没有关严，尽管他觉得自己出去时关严实了。

于是铁头找来贝拉教授。贝拉教授到了之后和铁头聊了没多久就离开了，铁头就独自在房间里喝闷酒，一不小心喝高了，想到要去慰问大使，便有了后面的事。

"关于超级武器，与会的官员们并没有毁坏它的动机，会不会是外来的动物呢？"阿呱问道。

"这个问题很好，如果是外来的动物，那他是怎么知道超级武器在芝华士大酒店的呢？"

"对啊，连大使都不知道，外来的动物更不可能知道了。而且外来动物也不可能随便进入芝华士大酒店吧？"

"有动物知道这件事。"不来梅说。

"谁？"

"我们现在就去见她。"

"你说的是谁啊，不来梅？"

"贝拉教授。"

如果说达尔文区白天给人的感受是毫无烟火气息，那么晚上就是不像阳间了。

路边树影重重，阴风阵阵，风带动枝干乱颤，好像后面潜藏的致命杀手即将要扑向过路者。

那些高耸的围墙顶端不乏石刻的异兽，留下狭长的影子随着月光投射在路面上，张牙舞爪，咄咄逼人。

这幽深的道路上只有一辆电动车在贴着地面行驶。

"不来梅，我害怕，这条路太恐怖了！"阿呱在后座紧紧地抱住不来梅，生怕藏在树枝后头或影子暗处的猛兽冲出来把自己吃掉，"贝拉教授为什么要住在这么偏远的地方。"

"阿呱，不要害怕，你看这个地方多么安静，多么适合潜心进行科学研究呀！"不来梅给阿呱壮胆。

经历过动物坟场之行后，不来梅觉得自己已经没有什么可害怕的了。

电动车晃晃悠悠来到贝拉教授的避世堡垒外。如果说白天粉饰了它的面孔，那么夜晚彻底将它真实的一面暴露了出来。

那高耸尖锐的塔尖、幽暗的长廊、雕刻着各种狰狞的五脊六兽的外墙，让这座哥特式的城堡散发着一种死亡气息。

它就像一个深不见底的黑洞，要将一切鲜活的事物吸进去。

阿呱的下肢像在做膝跳反应一样抖个不停。他拉了拉不来梅的衣角："我们真的要进去吗？"

"不入虎穴，焉得虎子。"不来梅肯定地点了点头。

"这里不是虎穴是狼窝哎……"阿呱说道。

不来梅不禁打了一个寒战，他想起了那只硕大的狼爪。

又来到黑色大铁门前，不来梅没有第一时间停下车去按门铃，而是载着阿呱开始绕着贝拉教授的宅邸兜圈子。

"不来梅,你怎么不进去呢?"阿呱焦急地问。

不来梅没有搭茬,直到他在一棵歪脖树前停下。

"就这儿了。"不来梅一边将车锁好一边说。

阿呱明白了,不来梅并不打算大大方方从正门进入贝拉教授家,而是想偷偷溜进去。

"不来梅,你这是非法入侵啊……"

"怕什么,我们有尼罗之印。"

"尼罗之印可以这样用吗?"

"当然了,不然怎么叫尼罗之印呢?"

"但你为什么要偷偷进去呢?我们难道不是来找贝拉教授的吗?"

"我们是来找贝拉教授的,但是我对贝拉教授日常的情况更感兴趣,想看看她平时都在干什么。所以要偷偷进去啦,不能让她知道,免得打草惊蛇……"

对不来梅无限信任的阿呱不假思索地跟着他爬上了歪脖树,顺着伸进围墙的树枝攀进了贝拉教授家的庭院。

他们悄无声息地穿过庭院,将自己隐藏在灌木丛下,一路小跑来到了城堡脚下。但怎么进去呢?

不来梅又开始琢磨了。

他围着城堡转了一圈,发现二楼的窗户没有关,但那个窗台距离地面很高,墙壁又非常光滑,没有藤蔓之类可以借力的植物,因此难以攀爬。

不来梅决定让阿呱踩在自己头顶上,跳上二楼,然后再下来给自己开门。

从小学到大学,阿呱一直是学校的跳高冠军,这个高度对他来说应该没有问题。

阿呱哭丧着脸,却连一个拒绝的字也说不出口。

他只能乖乖爬上不来梅的肩膀,接过不来梅递给他的手电,再跳到不来梅脑袋上,拼命控制住自己颤抖的双腿,嘴里还在碎碎念着:"就当是比赛,就当是比赛……我要加油,加油……金美在看,金美在看。"

说完之后,阿呱奋力一跃,不偏不倚,擦着窗框跳进了窗户。

眼下金美不在这里,当然看不见阿呱英武的表现,但黑暗中确实有另一双眼睛在盯着他。

阿呱跳进二楼窗户之后,不来梅在墙根来回踱步,已经过去了将近半个小时,阿呱都没有来给他开门,不来梅不禁担心起来,难道是阿呱出什么事情了?

不来梅有些焦急,这时他也顾不上之前的战术策略了。他们的突袭恐怕已经失败了,眼下阿呱的安全才是最重要的。

想到这儿,不来梅绕到了城堡的正门口。他将驴耳朵凑近大门,想要听清里面的动静,听到有细碎的脚步声,觉得可能是阿呱终于找到下楼的路来开门,便对着里面轻声地问:"阿呱,阿呱你在吗?"

阿呱没有回答,不来梅还想再问,手搭在门上微微一用力,竟然被他推开了。

黑暗中响起"嘎"的一声,仿佛平地惊雷,怕是连冬眠的熊也能吵醒。

不来梅呆呆地站在门前,任凭这声音蔓延开。要是管家这个时候出现,用枪指着不来梅,然后以非法入侵为由将他当场击毙,恐怕他也无处申冤。

想到这里,不来梅身体一哆嗦,打了个冷战。

但在原地等了一会儿,并没有举着枪的管家出现,事到如今,他只能硬着头皮走了进去。

空旷的大厅里异常安静,一根针掉在地下也能有响声。不来梅亮起了手电筒,朝四周都照了一圈,一边观察周边环境,一边寻找阿呱。

这时,手电筒突然暗了下来,不来梅心说不好,一定是阿呱忘记充电了。

手电筒的光越来越暗,最后变成了细若游丝的一个黄点,完全没有办法照明,不来梅干脆把它关上了。

他摸着墙壁,一点一点地向前移动。他的目标是先到二楼去找阿呱。

不来梅手扶墙壁缓缓前进,触到一个硬物,就在这时,一楼的灯竟然前赴后继地亮了起来。突如其来的光线照得不来梅睁不开眼。

难道贝拉教授已经发现他了?

不来梅赶紧藏在了一个柜子后面。

等了半晌,不来梅也没有听到任何动静,便又走了出来。他回身看自己刚才摸过的地方,那个硬物只是一个开关罢了,也许是自己触动了一楼灯的开关。

一个开关就能控制这么多盏灯,这座城堡还真是古怪。

不来梅沿着走廊来到之前品茶的起居室,不知怎的,这里好像在召唤他。于是不来梅推门进了房间。

在起居室里边转了一圈,不来梅没有发现任何有用的线索,也没有找到阿呱。

就在他准备离开起居室的时候,突然感觉有些不对劲。

前几天刚来过这里,但现在似乎有点不一样了。不来梅抬头又仔细扫视了一圈四周,突然感到脊背发凉。

那些圆圆的相框还在,但相框里的动物却不见了。

不来梅记得,那是管家捷克的爸爸、爷爷、爷爷的爸爸、爷爷的爷爷……

但现在捷克的祖先们似乎集体消失了。

这是怎么回事?难道这里闹鬼了?

不来梅觉得一时半会儿也想不透,于是走出起居室往楼梯走去。他隐隐觉得这里不太安全,但是也得先找到阿呱才能再做下一步打算。

就在他快走到楼梯跟前时,走廊里的灯仿佛一声号令似的全都灭了。

黑暗中,似乎有什么东西正在向他步步逼近。

不来梅的心跳开始加速,他快步往二楼跑去,尽管二楼也是一片漆黑,但一楼的黑暗并未将他吞噬。

不来梅拼命晃动着已经没法再发光的手电筒,在彻底绝望之前,手电筒居然又发出了一点光芒。

这一点救命的微光可能是临死之前的回光返照,但已经帮助不来梅找到了可能是阿呱跳窗进来的那个房间。

令不来梅惊喜的是,房门虚掩着,从门缝里隐约可见一些亮光透出来。

有光线,就说明阿呱很可能在里面!

"阿呱?"不来梅一边小声呼唤着阿呱的名字,一边推开了门。

但是房间里哪有阿呱的影子,只有一束光从窗户前的地上像探照灯一般对着不来梅。

不来梅走上前去,发现这探照灯的光源是一个眼熟的手电筒,和自己的手电筒是一样的款式。这个手电筒的电力倒是很充沛。

这是阿呱的手电筒,难道他进来后遇到了不测?

不来梅感到惴惴不安,他后悔自己大意了,不该让阿呱这么一只小动物单枪匹马闯入龙潭虎穴。

这个房间面积不小,有三四十平方米,但几乎没有什么家具,只有一张单人床和一个衣柜,地上放置着一台老旧的电视,连桌子和椅子都没有。可能是一间临时的客房吧。

不来梅仔细地观察着地面,发现了阿呱带着泥土的脚印从窗台一直延伸到床下。

阿呱怎么会跑到床底下去呢?

不来梅弯下腰打算查看床底,没料到床底一双血红的眼睛直愣愣地瞪着他。

不来梅吓了一跳,往后倒退几步跌坐在地。

太吓人了!床底下怎么会有血红的眼睛呢?不来梅不相信鬼怪一说,定了定神再看过去,才发现是个有着一双恐怖的红眼睛的洋娃娃。

就在这时,背后突然传来了一阵"刺啦刺啦"的声音。不来梅回过头去,发现电视突然被打开了,屏幕上闪动着灰白的雪花。突然,一个娃娃出现在电视里,它一边扭动身体,一边唱着怪异的童谣:

"大兔子病了,二兔子瞧,三兔子买药,四兔子熬,五兔子死了,六兔子抬,七兔子挖坑,八兔子埋,九兔子坐在地上哭起来,十兔子问它为什么哭?九兔子说,五兔子一去不回来!"

不来梅记得,这是动物王国赫赫有名的兔子童谣,看似荒诞不经的唱词,其实背后是一个毛骨悚然的恐怖故事。

眼下没有工夫去琢磨这首童谣到底讲的是什么了，为什么会突然响起这样诡异的童谣啊！不来梅匍匐在地，想要过去关上电视。

当他爬到电视机旁边时，发现这台电视机没有开关，一着急，只能把电源线给拔了。

电视机屏幕瞬间暗下来了，不来梅刚喘了口气，身后又传来了童谣的声音，还是刚才那段"大兔子二兔子"。

不来梅回过头去，发现刚才还在床底下的娃娃，居然"嘎吱嘎吱"地向他走来，一边走还一边唱着兔子童谣，与刚才电视里的娃娃如出一辙，只是这个娃娃嘴里的童谣更加可怕。它似乎有些卡壳，唱到五兔子死的时候一直卡在死字上，红色的眼睛空洞可怖。

"你别过来啊，不然我就把你粉碎了！"不来梅摆出一副血战到底的姿态，不料背后的电视机亮了起来，又开始播放兔子童谣。

刚才明明已经将电视机的电源线拔掉了，这是怎么回事啊！

不来梅无暇思考，赶紧爬起身跑出了房间。走廊里几近漆黑，但比起刚才那个房间来还是更有安全感。

唱着兔子童谣的娃娃没有跟上来。不来梅长长地舒了一口气，眼睛也渐渐适应了黑暗。

前面似乎有什么东西？不来梅揉揉眼睛，凝神望去，看见不远处有四个小小的黑影正一动不动地站着。

不来梅感觉这四个小小的黑影和阿呱的身材差不多，也许就是阿呱。只不过自己长时间处在黑暗中，眼睛有点重影？

"喂，阿呱，是你吗？"不来梅壮着胆子上前几步，"你到哪儿去了，怎么不说……"

不来梅站住了，他的"话"还没发出声儿来，硬生生被卡在了喉咙里。

因为他看到，这四个黑影是四只鼹鼠，和楼下起居室照片上消失的鼹鼠几乎是一模一样。

他们手上好像都拿着东西。不来梅凝神细看，他们拿的分明是明晃晃的刀！这四只眼神空洞的鼹鼠正直勾勾地看着不来梅。

突然，他们向不来梅冲了过来，吓得不来梅掉头就跑。

冲到楼梯口，突然一股温热的东西浇了不来梅一身，浓烈的腥味扑鼻而来。狼狈的不来梅从口袋里掏出手帕擦拭眼睛，直到能够看见东西。他发现自己的浑身上下都沾满了液体，而且散发着臭气。他仔细嗅了嗅，惊讶地发现这是血的味道。

不来梅想起后面的鼹鼠还在举着刀追赶他，回头一看，意外的是，那些拿刀的影子不见了。

这座房子弥漫着诡异和恐怖，不知哪儿就会冒出来古怪的机关，也许这就是用来对付非法入侵者的陷阱吧。

现在危机四伏，而阿呱又不见了。不来梅思索是去搬救兵，还是继续找阿呱呢？

一楼亮起了灯，不来梅在经过短暂的犹豫后，立马做出了决定。

发生了这么多稀奇古怪的事情，说明这里一定有鬼。

探索这座城堡的秘密和找到失踪的阿呱一样重要。让他不来梅退缩，想都不要想！

不来梅决定继续探索。

他稍稍整理了衣服，清理了被泼洒得满头满脸的血污，深吸了一口气，往塔楼的方向跑去。

第一次来到这里时,他就感觉塔楼上藏着惊天大秘密。贝拉教授的实验室一定会让他大开眼界。

不来梅已决定,无论接下来再发生什么奇怪的事情,都不能阻止他去塔楼。

出人意料的是,登塔的过程异常顺利,一路上再没有碰到怪异的事情。直到不来梅沿着螺旋楼梯爬到顶部,看见一扇神秘而厚重的门。

不来梅推算,这扇门后应该就是塔楼。

他仔细打量着门,发现门上装着一个老式的罗马榫槽锁。不来梅觉得很好笑,恐怕只有最怀旧的收藏家才会用这种锁作为防盗装置吧,因为罗马榫槽锁非常酷,钥匙可以被做成戒指戴在手上,但这种锁太容易被撬开了,大部分的万能钥匙都能打开它,提供的安全保障非常有限。

不来梅开这种锁都不用万能钥匙,仅仅靠一条细长的金属片滑过榫槽,就将它轻巧地打开了。

房间里很昏暗,不来梅沿着进门处的墙边摸索了一番,顺利地找到了照明开关。灯光照亮了塔楼。

这里与其说像实验室,倒不如说像炼金术士的家。

不来梅甚至怀疑,贝拉教授并不是科学家,而是个神棍。

房间中央摆放着许多奇怪的器具,有的像炉子,有的像烤架,上面放着坩埚、蒸馏壶以及各式各样的瓶瓶罐罐。一些罐子形状奇特,有火烈鸟脖子一样的瓶颈和河豚胀气一般的瓶肚,五颜六色,好像天主教堂里的彩窗一样。

不来梅从来没有见过这么奇特的地方。

他一会儿翻翻这里,一会儿看看那里。桌子上有一本台历,他拿起来想看看上面会不会记载了一些重要的文字内容。

台历上并没有文字，只是在每个月都有那么一天会用红色的笔圈出来。不来梅看了一会儿，觉得这些日子没有什么特别的规律，有的在月头，有的在月中。他放下台历，开始摆弄一个会连续不断摆动的小球。

房间四周毫无规律地放置着摆满了书的书架，这些书架大多积了一层厚厚的灰，有个别已经挂上了蜘蛛网，而上面的书都有着烫金的封皮。不来梅走近一个书架，取下一本书翻看，书页上画着许多奇特的符号，六个小圆像花瓣一样围绕着中间的大圆，旁边伴有太阳、月亮、星星，都长着眼睛，密密麻麻的文字不可辨认，既不是英文字母也不是汉字，或许是拉丁文，远远超出了不来梅的认知范围。

不来梅又翻了几页书，全是这种看不懂的东西，他将书放回书架上，随即又被一件神奇的物件吸引住了。

这件东西他从未见过！

在一个长方形的柳条箱上，摆放着一个马的头骨。

但是和不来梅见过的所有马不一样的是，这个头骨的额头部位有一只一尺来长的犄角。不来梅一度以为这是犀牛的头骨，但犀牛的角既没有那么长，也不会长在额头上。会不会是独角鲸的头骨呢？也不是独角鲸，因为不来梅确信这种动物和他一样属于哺乳纲马科马属。

正在不来梅聚精会神地看着头骨的时候，突然看到两个书架中间有一双眼睛自上而下凝视着他，免不了吓了一大跳。等他恢复镇定再看过去的时候，发现这双眼睛并无生气，只是一只北极熊标本上的眼睛。

仔细看看，却又不是北极熊，这让不来梅好生奇怪，丢下马头开始研究起似熊非熊的巨大标本。这具标本高度几近三米，周身长着白色厚实的毛发，完全呈现站姿。有一些熊在攻击时会采用站姿，但北极熊很少那样。比起熊来，这具标本更像是只猩猩，但世界上怎么可能存在这么巨大的猩猩呢……

这里不可思议的东西实在是太多了。不来梅正感觉恍若隔世时，听到隐隐约约传来摩挲绳索的声音。他怀疑自己听错了，屏息凝神，竖直了耳朵又听了听，这个声音果然还在，另伴有轻微的喘息声。

声音在哪儿？不来梅开始寻找声音的出处，听到声音来自一处木头地板下方。

不来梅蹲在地上摸索，发现地板上有缝隙。他又找到了一个金属拉环，应该是一个把手。拉动拉环，一块一米见方的地板被掀了起来。

借着灯光，不来梅看到地板下面竟然有个巨大的牢笼，笼子里正有东西在蠕动。

难道又是绑架案？布丁医生绑架灵长类闹得动物城里风声鹤唳，现在看来贝拉教授也是绑架爱好者？

不来梅尝试着将笼子提到地板上来，但笼子里面被塞得满满的，纹丝不动。

笼子里究竟是什么？不来梅凑得更近了，脸贴到笼子的铁栏杆上，驴唇甚至穿过了铁栏杆。

令不来梅没有想到的是，笼子里装着的是人类！

是两个男性人类，他们的手脚都被捆得紧紧的，全身赤裸，嘴里塞了布条。看到了不来梅从上方俯视，他们露出了惊恐的表情。

"你们是什么人？怎么会在贝拉教授的实验室里？"不来梅问道。

惊恐的人类除了瞪大了眼睛发呆，什么也做不了。

"你们说不了话是吗？需要我把你们弄出来吗？"

这两个人类见不来梅似乎没有恶意，只是一名意外的闯入者，觉得自己看到了希望，赶紧捣蒜似的点头。

他们嘴里塞着布条，没有办法说话。尽管这样，不来梅也可以看出他们见到他，就像饥渴的旅人见到清澈的泉水一样。

"你们等一下，我看看有什么方法能打开这个笼子把你们放出来。"

不来梅看到笼子上方有一个小小的挂锁，有挂锁就一定有相对应的钥匙。他花了一点时间，在一个书桌的抽屉里找到了一串叮当作响的钥匙，回到笼子那里开始一把一把地试。

在下面见不来梅找到了钥匙，这两个人类哼唧得更厉害了。

不来梅终于找到了正确的钥匙，打开了笼子顶部的挂锁。他将上方的笼门掀起，用一把椅子支撑着，然后又在某个柳条筐里找到一根麻绳，将麻绳放下去，示意下面的人类可以爬上来。

但不来梅很快又发现，光将麻绳放下去毫无用处，因为下面的两个人手脚都被捆着，像两只粽子，根本不可能顺着绳子攀上来。

不来梅想了想，将绳子系在一张厚重结实的实木桌子腿上，顺着绳子爬进了地板下的笼子里。

笼子里的空间实在是很小，不来梅前蹄架在一个人的背部，后蹄撅在另一个人的头上，用这种古怪的姿势，替其中一人先解开了绳子，取出了他嘴里塞着的布条。

"你还有力气吗？"不来梅问，"如果你还有力气的话，就顺着绳子爬上去。"

这个男人用仅剩的力气艰难地抓着绳子，一点一点爬到了地板上面。

不来梅又解开另一个人的绳子，取出他嘴里的布条。这个家伙来了一阵猛烈的咳嗽，飞沫喷了不来梅一脸，他不得不擦拭自己的脸。

"你能爬上去吗？"不来梅问。

看到对方比第一个人似乎更加虚弱，不来梅在下面托着他，把他托到了笼子外面。外面的人伸手将这个人拉了上去。

"好了，现在轮到我上来了。"不来梅一边说着，一边抓住绳子。

但他没有爬上来。

"你这只畜生！"上面的人叫道，语气穷凶极恶。

他们一个将笼门关上，一个将挂锁锁了上去。

"你们！我可是救了你们啊！"不来梅嗷嗷叫着。

"畜生，你就在这里等死吧！"其中一个人将系在桌子腿上的绳子松开，抽去了整条绳子。

不来梅还想再说些什么，头顶上的地板已经关上了。

黑暗中，不来梅想到了他曾经读过的人类寓言故事——《农夫与蛇》《东郭先生与狼》……现在又多了一个《蠢驴与人》。

18

2333年10月18日，7：15am

天气非常好，太阳肆意地挥洒着金色，连角落里的一簇雏菊都没有忘记。

一只蜜蜂忙着采蜜，它已经采得够多了，摇摇晃晃地飞起来，结果却飞错了方向，误入了一个窗口。

昆虫是动物中没有进化的一类，这只蜜蜂有些晕头转向，在一间屋子里横冲直撞，然后停在了一只灰褐色的动物身上。

突然，这只灰褐色的动物鼻子动了动，蜜蜂惊慌失措，正在考虑要不要一屁股蜇下去。就在这时，蜜蜂被窗外一片郁金香吸引，离开了这个庞然大物，从窗口飞了出去。不来梅也因此逃过一劫，不然他的鼻子上会多出一个大包。

不来梅睁开眼睛，发现自己正躺在一张床上。他浑身上下都酸痛无比，昨天晚上在一个狭小的囚笼里被困了一整夜，整个身子都要散架子了。

昨天晚上发生了什么，不来梅有些迷迷糊糊，只记得自己被关进了暗无天日的地牢，后来因为缺氧晕了过去。

现在是在哪里，不来梅一时半会儿反应不过来，他打量了一下周围的环境，发现这是一个欧式装修的房间，很空旷，还有点熟悉。

一张单人床，离床不远处的衣柜，房间对角方向的角落里有一台电视机……

这不是阿呱进来的那个房间吗？不来梅想起来了，这也正是自己昨晚遭遇爱唱兔子童谣的鬼娃娃的地方。

自己怎么会在这里呢？不来梅想起来了，那些恩将仇报、在塔楼上将他关进笼子中的人类上哪儿去了？

就在这时，不来梅的肚子突然被重重地一击，好像有个篮球掉在他身上，他伸手一摸，是一个黏糊糊的东西。

"阿呱？"不来梅试探性地问。

"不来梅！"阿呱兴奋地叫着，"你终于醒啦？太好啦！"

阿呱一边说着一边从不来梅的肚子蹦到了他的脑袋上，并在他的眼前来回横跳。

"你怎么在这里？"不来梅看着阿呱活力四射地站在他面前，没缺胳膊没少腿，又开心又疑惑。

"说来话长啦。我昨天跳进这间屋子之后本来是想马上去接应你的，但走着走着就迷路了，后来我也不知道触动了什么机关，闻到一种很香的气味就昏睡过去了。等我醒来看到你就睡在我的旁边。这里实在是太可怕了。不来梅，你有没有遇到会在黑暗中盯着你看的画儿和怎么走都走不完的楼梯？"

"没有。"不来梅想到床底下的鬼娃娃和会自动打开的电视，"但我也碰上怪事了。"

"这座房子不对劲。"

"我也发现了，但为时已晚。"

"不来梅，你遇到什么事情了，能说给我听听吗？"

晚上的事儿不来梅也有些模糊，他一边回忆细节一边告诉阿呱，阿呱听着听着不禁张大了嘴。在不来梅说到一些恐怖的时刻，诸如房间里唱着诡异童谣的娃娃和四只持刀的鼹鼠时，阿呱大气都不敢喘一口。

而当不来梅讲到自己开锁进了塔楼，发现一屋子稀奇古怪的玩意儿，又在塔楼的木头地板下面发现了人类的时候，一个带有磁性的女声响起。

"很抱歉，让你们俩受惊了。"

不来梅和阿呱不约而同地转过头向门口看去。

贝拉教授走了进来。

这一次，不来梅和阿呱终于看清了贝拉教授的真容。

贝拉教授真的可以称得上是一位非常有魅力的雌性动物了，如果不说，你根本想不到她是一名科学家。

不同于纯子的绝色倾城，也不同于布丁医生的干练知性，贝拉教授周身散发着一种神秘莫测的美。她穿着一件宽大的、带有复杂装饰图案的长袍，披着一条紫罗兰色的围巾，随着她的到来，一股不可名状的幽香飘近。贝拉教授的眼睛是森林最幽深的颜色，似乎能看透对方的内心。

"小伙子们，看来你们精神不错啊。"贝拉教授笑了笑，"在我这儿总能睡个好觉。"

"贝拉教授……"不来梅有很多问题想问，但话到嘴边倒是不知道先问哪一句了。

"您的香水味道好特别啊！"阿呱一边抽着鼻子一边说。

"你挺敏锐的呀，"贝拉教授走到床前，拍了拍阿呱的脑袋，"这是一种调制香水的秘方，用的是一大捧深沉如血的土耳其玫瑰和永不凋零的苦艾，有龙涎香的味道呢！"

贝拉教授又朝不来梅笑了笑："侦探先生，首先我要和你道个歉，为昨天的事情。"

"道歉？"不来梅有些吃惊，"难道说我碰到的那些事情，都是您……"

"也不完全是。"贝拉教授说，"但是你看，毕竟没有谁希望自己的家中有不速之客，所以准备一些防护措施也没有错吧？希望你能理解。"

不来梅不好意思地挠了挠头。昨天晚上自己确实是受了很大的惊吓，还遇到了袭击，但如果他和阿呱不私自闯入贝拉教授的家，也不会发生这些事情，自己也不会落到现在这个下场。

"那个电视还有娃娃，都是机关吧？"不来梅问。

"没错，包括那些会忽明忽暗的灯，"贝拉教授笑眯眯地说，"还有小青蛙遇到的楼梯和画，其实都是这栋房子的自动预警装置。"

"哦，原来是这样……但是那些从照片上走下来的鼹鼠好像是真的呀？我记得捷克对我说照片里都是他的祖先，照片上的鼹鼠消失了，后来就出现在了二楼，还拿着刀想要砍我……"

"照片上确实是捷克的祖先没错，但他们没有从照片上走下来。这里有个小诡计……"贝拉教授拍了拍手，"进来吧。"

随着贝拉教授的拍手声，四只长得一模一样的鼹鼠列队走进了屋子。和昨晚相比，他们摘掉了胡子，现在看起来和捷克一模一样。

"我们是捷克一族。"四只鼹鼠说道。

看到这么多捷克，不来梅和阿呱揉了揉眼睛，怀疑自己看错了。

"其实捷克是四胞胎。"贝拉教授说，"起居室的照片是机关，预警装置启动后，就会变成四幅没有人物的肖像画。然后捷克四兄弟就会出来查看情况，同时起到吓唬入侵者的作用。你昨天晚上看到的那四只鼹鼠都是他们乔装打扮的。"

"你还是来偷东西了啊。"四只鼹鼠中的一只开口了，他鄙夷地看了不来梅一眼，不来梅知道这一定是管家捷克。

"不是的，我是来……我就想……"不来梅想解释，却发现说不清楚自己前来的目的，只能露出苦笑作罢。

"捷克，不来梅是非常有名的侦探，他肯定不是来偷东西的。你们先出去吧，我们还有点事情要聊。"贝拉教授对四胞胎说道。

"好的主人。"捷克一族对着贝拉深深地鞠躬示意，转身排着队整齐一致地走出了房间，对不来梅和阿呱则不屑一顾。

"不用在意，捷克就是这样，对除我之外的人都很警惕。"贝拉替捷克的不礼貌解释了一下。

"贝拉教授，我有个问题不知当讲不当讲……"不来梅有些犹豫。

"请说吧。不过你不说我也知道，是不是关于人类的事情？"不来梅点点头。

"人类？"阿呱疑惑地问。

不来梅看了阿呱一眼："具体情况我一会儿再和你详细说。"

"为什么在我家里会有人类，其实也不是什么大不了的事情，你们真要想知道，我也可以告诉你们。"贝拉教授回过头看了看房门，捷克一族离开时将房门关上了。

"囚禁人类，您是主战派吗？"不来梅问，"您和人类有什么深仇大恨吗？"

"其实呢……"贝拉教授略显尴尬地说，"我和人类什么仇恨都没有，单纯就是——爱好。"

"爱好？什么爱好？"不来梅不解地问。

"就是爱好呀，你有什么爱好吗？"

"我喜欢看书，喜欢解谜。"不来梅说，"对了，还喜欢打游戏。"

"我喜欢美食。"贝拉教授说。

"美食？难道说……您把这些人类关在这里是……"

不来梅愣了一愣，随后就明白了贝拉所指的爱好是什么。

那些人类是她的食物。

就像人类会食用动物一样，有些动物也会以人类为食物。

虽然动物们在进化且获得了智慧后，绝大多数食肉动物开始以有机合成的肉类和那些未获得进化的动物为食，并不愿意去吃人。因为人类既危险又不好吃，谁会愿意冒着生命危险去吃他们呢？

不来梅感到疑惑。

"您为什么要吃人呢？人类并不好吃啊！"他问。

"好吃？"贝拉教授笑了，但马上她的脸色阴沉下来，"多少年来，人类从来不会因为某种动物'好吃'而吃它。鱼翅是鲨鱼的鳍，味如嚼蜡，并不好吃，依然会有大量的人类为了这种既无口感又无营养的'珍贵烹饪材料'而捕杀鲨鱼。穿山甲身上带有大量的病毒和寄生虫，还有大量的鳞片，论好吃程度实在不敢恭维，哪怕是这样也快被吃灭绝了。你说人类是不是丧心病狂？熊掌被称作山珍，是极其珍贵的食材，说白了就是一块腥气扑鼻的大肥肉，又难处理又不好吃，吃熊掌除了病态的猎奇和虚荣外全无道理。'由来隽味在翘肖，何用猩唇獾炙熊蹯胹。'就算吃荤，那些最常见的鸡鸭鱼肉才是最好吃的吧？人类并不是不知道这个道理,可知道了又有什么用呢?"

贝拉教授的一番话,竟然将她扭曲的爱好说得头头是道,不来梅一时竟不知道怎么反驳她。

"也许您说得对……但是食草动物吃草、阿呱吃虫子这都是必需的,而食肉动物吃人这件事完全没有必要呀!"

"所以说,这是我的一个爱好。"

"您这个爱好未免也太……"不来梅想用邪恶这个词,但是他突然想到,自己昨晚将那两个人类放出来后,他们恩将仇报将他关在笼子里的事情。

"动物王国的律法,并没有任何一条规定动物不能吃人。"

不来梅震惊了。

他使劲回想动物王国的律法,确实像贝拉教授所说,没有任何条文规定禁止吃人。

"而且,"贝拉教授颇为得意地说,"我吃的人也不是什么好人,都是一些作奸犯科的坏人!"

"坏人?"不来梅颇为惊讶。

"是的,都是些猎杀动物的恶徒。你昨天应该见识过了吧?才过了没多久,你是不是已经忘了他们对你所做的事?"

才没有呢,对此不来梅记得清清楚楚。他摇摇头。

"不来梅,他们对你做了什么事?"阿呱关切地问。

"我被他们关在笼子里了。"不来梅说,"当时我把这两个人类从地板下面的笼子里救出来,没想到他们反而把我关进去了。"

"可恶的人类,他们就该被吃掉!"阿呱恨恨地说道。

"这些作为食物的人类,您是从哪里弄来的呢?"

"简单,"贝拉教授说,"你知不知道动物坟场?"

不来梅点点头。对于动物坟场，他印象可太深了。

"既然你知道，那就好办了。在动物坟场，能够搞到一切你想要的东西，区区个把人类，不是什么问题。"

受动物们敬仰的贝拉教授，居然会去动物坟场这种地方偷偷购买人类回来当作食物，如果不来梅不是亲耳所闻，打死他怕是都不相信。

"现在那两个人怎么样了？"不来梅问道。

"他们将你关在笼子里以后，打算逃出去，但实在是太愚蠢了，又触动了其他机关。这次他们的运气就没有你那么好咯，那个机关要了他们的命。现在我已经没有必要再关着他们了，这两个人已经是两具尸体了。"贝拉教授说。

这倒是不来梅没有想到的。他深深地吸了一口冷气，阿呱则一边咬牙切齿一边说着"活该，活该"。

"好了，不提那两个人了，不过是些食物罢了，没有讨论的价值。"贝拉教授轻描淡写地说，"现在你们谁能告诉我，不请自来闯进我家，目的是什么？"

不来梅朝阿呱看了一眼，说："我是为了您研制的新式武器来的。"

"我给防卫大臣铁头的新式武器？"

"是的。"

"你们如果想了解新式武器的情况，完全可以在大白天来访，为什么要半夜偷偷溜进来呢？"

"说老实话，"不来梅也觉得自己的行为过于唐突，"也许是上次来访给我留下的印象过于深刻了，总觉得有很多神秘的地方没有解释，我想暗访可能会获得更多有价值的线索吧。"

贝拉教授耸了耸肩膀："想不到我这条深居简出，几乎与世隔绝的老狼会这么吸引你。看来我还蛮有魅力的嘛。"

不来梅本来想说"确实如此",但把话憋回去了。

"那你的暗访有何收获?"贝拉教授进一步问。

不来梅心中浮现出更多的谜团。

两个被囚禁在地牢里的人类,尽管贝拉教授声称这是她为了满足口腹之欲而准备的"点心",但不来梅并不完全相信。塔楼上那些稀奇古怪的物件究竟是什么来头?还有不来梅上一次来的那天贝拉教授为何不敢露出真身,今天却又大大方方地出现了?

这些都是不来梅心中的疑团,但他并不打算现在问。

重点还是武器!

"除了受到惊吓,没有任何收获。"不来梅说,"从我在铁头大人那里了解到的线索,找不到谁是将超级武器毁坏的动物。那里的动物都没有动机,而大使也没有动机,只有外来的动物有可能做这件事,我说得对吗?"

"听你这么说,是在怀疑我咯?"

"很抱歉,我的推理只能进行到这个程度。"

"那我可以告诉你,我是天底下最不会做这件事的动物了。如果我要做,也不用去酒店,因为我在这里就可以通过无线电波操控武器。"

"您是说远程操控?"

"是的。毕竟那件武器是我制造的,要做到这点还是很容易的。"

"铁头大人说,那件武器在他离开的短短二十分钟内就完成了自毁,而这段时间里并没有其他动物有时机进入他的房间……我知道了,"不来梅兴奋地说,"那不正好说明,只有贝拉教授您能够远程操控武器使它自毁吗？"

"但我为什么要这么做呢？实在是太可笑了。"

"您这么做，为的就是能有个理由去芝华士大酒店啊！"

"哼，我为什么要去芝华士大酒店呢？"

"为了杀死大使。"不来梅说。

"我不得不说，你的想象力还真是丰富，这个推理也挺像那么回事儿。但这只是你的推测，没有任何证据哦！"贝拉教授用挑衅的口吻说道。

一瞬间，不来梅甚至认为，贝拉教授已经承认了自己的所作所为。

"太有趣了，"贝拉笑着说，"你认为我通过远程遥控让武器自毁，然后铁头就会召唤我去酒店，我可以趁机杀死大使，是这样吗？"

"没错，合情合理的推断。"

"那你能告诉我，我杀死大使的动机是什么呢？"

这下不来梅被问傻了。

确实，他根本想象不出，贝拉教授有杀死大使的动机。

"说呀，我为什么要这么做？"

"我不知道……可能有某种理由，这还需要更深一步的调查……"

"侦探先生，这样吧，"贝拉教授突然把脸凑近不来梅，鼻尖简直要戳到不来梅的眼睛上了，"我告诉你一个天大的秘密。"

"什么秘密？"

"这个秘密，你能保证不对任何人说吗？"

"如果是您杀了大使，那无论如何我肯定是要说的。"

"我可以明确地告诉你，大使的死和我一点关系都没有，这样的话你还愿意保证吗？"

不来梅陷入了短暂的沉思。沉思结束后，他点点头："如果是这样的话，我愿意替您保守秘密。"

"那就一言为定哦，小侦探。"贝拉教授的身子迅速地向后移动，和不来梅拉开了距离，"那边的小青蛙，你也要保证哦！"

不来梅看了看阿呱，点了点头。

"我也保证，不告诉其他动物。"阿呱肯定地说。

"替我保密。"贝拉教授冲阿呱眨了眨眼睛，"我也希望你们能够找到杀死大使的动物，但前提是，对我的一些小小的不合适的行为予以包容，千万不要因此而为难我……"

在不来梅和阿呱又一轮的再三保证之下，贝拉教授终于将她在案发那天所做的事向他们和盘托出。

"超级武器自毁的事情，与我确实没有关系。我大约是五点不到接到了铁头的电话。我意识到事情的严重性，火速赶往芝华士大酒店。到了酒店，铁头向我展示自毁的武器，我可以确定，这是多次输错密码后引起的武器自毁，一定是有人尝试启动武器造成的。我告诉铁头，短时间内没有办法将武器的问题处理好，但是我完全可以重新制作一台给他，支援他与大使进行谈判。他也觉得这是当下最好的办法。之后我就离开了铁头的房间，去了大使的房间……"

"您去过大使的房间？"不来梅吃惊地说。

"你这么大惊小怪做什么？难道这不就是你希望得到的答案吗？"

"您去那里做什么呢……"

"你不要急啊，我会告诉你的。我从铁头的房间出来后，也想过会不会是大使将武器破坏的，如果是这样的话，我倒不如去大使那儿打探个究竟。我来到大使的房间,很有礼貌地敲了几下门,发现没有动静。我转了一下门把手发现可以进去,当时没多想就进去了。我进去之后没有看到大使,但有一种她在这里的感觉,于是就查看了一下浴室。你们知道怎么着了吗?大使的尸体在浴缸里,已经死啦!"

"什么!"不来梅和阿呱同时惊呼。

"这么重要的事情,你为什么不告诉警方呢?"不来梅略带气愤地说。

"因为我有不能告诉他们的理由。"

"好吧……大使的尸体当时是在浴缸里?铁头说在床上发现了尸体,这么说,尸体是您搬到床上去的?"

"嗯,尸体是我搬的,"贝拉教授点点头,"不仅如此,我必须承认,尸体是我切断的。"

不来梅和阿呱的眼睛几乎像卡通片里的动物一样跳了出来。

"这……实在是太……太荒谬了……"不来梅一边摇头一边说,"您为什么要把她的尸体切成两段呢?还有,既然切成了两段,那她的下半身到哪里去了呢?"

贝拉教授做了一个令不来梅倒吸一口冷气的动作,她指了指自己的嘴巴:"被我吃了。"

"吃……了?"不来梅和阿呱都露出惊恐的表情。

"是啊,没吃完的部分,我就扔在酒店的垃圾桶里了。"

贝拉教授抹了抹嘴,不来梅一时半会儿分辨不出她是在开玩笑还是认真的。

19

2333 年 10 月 18 日，10∶30am

从贝拉教授的家出来时，阿呱整只青蛙都是恍恍惚惚的。

不来梅紧锁眉头，陷入了查案以来最深刻的沉思。

贝拉教授向他们讲述的实在是匪夷所思的故事。

原来一直被大家认为是案件关键的分尸动机，仅仅只是贝拉教授这只爱好将人类当作食物的狼的临时起意。

谁也不会想到，贝拉教授和铁头大臣这一对儿，相继给侦探大使的死增添了难题。

这些自作聪明的家伙。

"不来梅，你相信她说的话吗？"阿呱问道。

"我相信贝拉教授的一部分说辞，但不相信她所有的话。我认为她对我们还有保留，她百分之百撒了谎，一定还有隐瞒的事情。"

"她连吃了大使下半身这种事情都承认了，还有什么可隐瞒的？"阿呱问，"难道说，就是她杀了大使，然后谎称不是她干的？"

不来梅摇了摇头。"我似乎遗漏了一些非常重要的东西，"

他说,"现在珍珠撒得满地都是,但穿不起一串项链。"

"哦,对了,说到珍珠,"阿呱提醒不来梅,"我们去酒店看一看纯子小姐有没有把珍珠项链交出来吧。"

在贝拉教授的豪宅待了一宿,酒店说不定已经乱成一锅粥了,不来梅赶紧来到昨天停靠电动车的地方。车还和昨晚一样靠在歪脖树下,不来梅和阿呱风驰电掣地赶回了酒店。

回到芝华士大酒店已经快中午了。

酒店大堂广播正播放着舒缓的音乐,这支乐队的风格如流淌的泉水,主唱歌声悠扬动听,像在给耳朵按摩一样舒服。

不来梅在前台如愿以偿地得到了大使的珍珠项链。

真的非常稀罕,不来梅从来没有见过这么大的珍珠。他将珍珠举向天空,阳光滑过纯白的珍珠,透出五色斑斓的光芒。

"是我在厕所发现的。"背后响起一个尖尖的声音。

不来梅转过头,看到一只草原沙蜥正冲他吐舌头。

"你是?"

"我叫梅梅,是这里的清洁工。"梅梅一边说,一边用前肢将地上的垃圾归拢在身旁。

"谢谢你啊梅梅,你真是一名称职的清洁工。"不来梅尬聊道。

"是啊,我很称职……但我不太想在这里继续干下去了……"梅梅有些沮丧地说。

"为什么呢,这里不好吗?这可是动物城最好的酒店啊!"

"这里挺好的,但最近……"梅梅凑得离不来梅近了一点,似乎是在努力不让别人听到自己正在说芝华士大酒店的坏话,"最近这里闹鬼!"

"什么?闹鬼?"不来梅还没作声,阿呱的反应倒是很大。

他顿时打了一个激灵，之前在贝拉教授城堡里受到各种惊吓的后遗症还没过去。阴森恐怖的城堡也就算了，这家明亮、宽敞的超级大酒店怎么会闹鬼呢？

"啊！"梅梅尖叫道，将两只动物吓了一跳，"你居然不相信我说的话？你知道吗，也就是这些天，太吓人了，我经常打扫的时候听到脚步声，但一回头，却什么动物都没有！"

"会不会又是塞拉囧那样的隐身术？"不来梅半开玩笑地说。

"你以为我是傻瓜吗？如果是塞拉囧那么大一个活生生的动物杵在那儿，怎么会看不见啊！还有呢，有一次我刚打扫完卫生，打算去休息一会儿，刚一转身脚下一软，就摔倒了，真是活见鬼了，我本来以为是我打扫卫生不彻底，踩到垃圾上了，但我又查看了一番，明明已经把所有垃圾都放在垃圾桶里了。"梅梅颤抖着说，"太吓人了。"

"听着是挺邪乎的。"阿呱说，"我最怕鬼了。"

"那闹鬼是从什么时候开始的？"不来梅问。

"我刚才不是说了吗？也就是这些天，更确切地说，就是大使来访时开始的。"梅梅回答道。

不来梅苦笑道："大使看来还是个会招来鬼的体质啊……"

"对了对了，我刚才说的话，你可千万不要告诉我的领导，否则他准保会觉得我是在没事儿找事儿，传播迷信思想了。"梅梅说。

不来梅和阿呱向梅梅保证，一定不把这件事说出去。

"谢谢你，梅梅，谢谢你回答了我们这么多问题。"不来梅说，"打扰你的工作了。"

"不客气。要是所有客人都像你们一样有教养就好了，"临走时梅梅称赞道，"住了那么多达官显贵，从来不拿正眼看我，跟我说过谢谢的一只手都数得过来。还总是有不守规矩的动物，要么躲在厕所里抽烟，弄得警报大响，要么乱丢垃圾，把香蕉皮扔在送货的桶里；要么就是在走廊里乱跳，弄得感应灯一下亮一下暗的，迟早有一天坏掉！"

伴随着抱怨声，梅梅走远了。

"闹鬼的酒店，你说是怎么回事？"清洁工走远后，阿呱小声问道。

"我一点都不觉得奇怪。种种迹象使我隐约有种感觉，这里确实存在看不见的鬼。"不来梅说。

"不来梅，你不要吓唬我了。"阿呱颤抖了一下。

正在这时，阿坚风风火火地跑来，上气不接下气。

"报、报告，总算找到二位了，我有非常重要的事情要对你们说。"

"什么事，阿坚？你先喝口水，喘喘气。"不来梅说。

"报告，首先是不来梅侦探让我调查的，关于吉伯的情况。"

"怎么样？"

"吉伯在军队服役期间犯下过严重的错误，差点儿被军事法庭制裁，这件事情直接导致他不得不退役。"

"哦！那他犯的是什么错误呢？"

"一次执行任务时，他和另外三名战友被困在海上，漂流了二十多天后才获救。包括吉伯在内的三只动物奄奄一息，另一只则已经死亡，而死因被认为是在极度恶劣环境下为了节约食物进行的安乐死……"

"这么说来安乐死是吉伯执行的，毕竟他是一名军医？"

"没错，吉伯因此上了军事法庭。但其他几位战友做证说，当时那名战友已经快死了，安乐死只是为了让他走得舒服一点，所以军方最后并没有对吉伯判罪,只是将他开除出了军队。"

"那也是够倒霉的。"

"而且,塞拉囧大人当时也在那条船上。"

"原来如此,难怪他不愿意提起这件事……"

"吉伯退伍后的生活状况不是很好,家中父母都已死亡,有一名重病的妹妹,吉伯一直在抚养她。"

"嗯,这些情况我也都了解到了。"

"这是关于吉伯的情况,另外还有一件更重要的事情……"

"是什么事?"

"刚才我们收到一条人类发来的电报,电报上说……说出来你们肯定不会相信!"

"电报说了什么?我们为什么不会相信?"不来梅被阿坚吊起了胃口。

"电报上说,人类大使在来这里的路上,遇到我国西南海域的强热带气旋,整艘船都沉没了,船上所有人似乎都遇难了!"

"啊?怎么会这样?"阿呱惊呼,"那死在酒店的大使是假的大使?"

这个消息真的非常令人意外。阿坚继续解释,现在高层已经全部炸了。有些动物认为这是好事,起码死在芝华士大酒店的大使不是真的大使,她的死不会引起战争了;还有些动物认为这是人类的骗局,他们已经知道大使死了,现在想来测试动物们会不会说谎。

总之,这件事情无论是谁都没有想到,实在太富有戏剧性了。

不来梅又陷入了思索中。

"能替我问一下气象台吗?我想了解一下西南海域的真实天

气情况。"他对阿坚说。

阿坚很快联系到了气象局,他将电话交给不来梅,不来梅问了几个问题,听语气是从气象局那边获得了答案。

"是这样的,"不来梅挂了电话后说,"气象局那边明确表示确实有一股强热带气旋刚刚离开我国西南海域。五六天前,是热带气旋最为强烈的时间段,那片海域几乎是无法航行的。"

"这么说,在酒店的大使,真的不可能是人类世界派来谈判的大使?"阿呱惊讶地大叫。

"嘘!"不来梅做了一个噤声的手势,"轻一点,你实在太大声了。"

"那她究竟是什么人,为何要冒充大使呢?"

不来梅耸了耸肩膀说:"谜团越来越大了,我们再去大使的房间搜查一下吧。"

"不来梅,我们已经去了好多次了,挖地三尺也找不出东西了。"

不来梅示意阿呱闭嘴,而阿坚已经非常识相地为不来梅开路了。

又一次回到熟悉的房间,不来梅居然感到前所未有的陌生。

"阿呱,大使是伪装的大使这件事,不可能有其他动物知道,凶手一定是把她当作真的大使了,你说是吗?"

"但为什么有人会冒充人类大使呢?这样做有什么目的?难道说是想引起外交事件吗?"阿呱说道。

"阿坚,对于遭受海难这件事,人类那边的态度是怎样的?"不来梅问。

"报告,人类那边似乎不太满意。他们认为这是天意,老天爷不想让人类和动物坐下来安安静静地进行和平谈判。"

"也许这就是天意难违吧。"不来梅一边说,一边打开柜子开始翻看大使的衣物。

他们发现,爱丽丝几乎没有什么换洗衣物,这是一件非常奇怪的事情。照理说一名女性出门在外,会随身携带多套换洗衣物,但大使仿佛只带了两套衣服,还都是应对正式场合的长裙礼服。爱丽丝的随身行李也很少,行李箱大概只有二十升的容积,现在已经被烧得焦透,但还是可以看出她是轻装上阵的。

不来梅又拿起之前研究过的指甲油来,这一次,他将指甲油放到鼻子前闻了闻,然后在自己的左手手腕处抹了一点。

指甲油是透明的,涂在手腕上之后也看不出什么。

"不来梅,你对这个指甲油还是很在意啊!"阿呱说道。

"你记不记得保镖吉伯说,案发前一天晚上,大使房间的红外线警报器无缘无故响了?"

"记得。吉伯说警报器坏了,房间里当时没有入侵者,所以后来爱丽丝让他把警报器关了。"

"正因为警报器关了,案发那天才能有很多动物毫无阻拦地进出大使的房间。"

"这确实太巧了,早不坏晚不坏,偏偏那一天坏了。"

"不,我认为不是巧合,而且警报器其实没有坏。"

"那它为什么会胡乱报警呢?"

"只能说,它可能真的发现了什么东西。"

"不来梅,我看你有点糊涂了。也许是冒牌大使的事儿把你搅晕了。"

不来梅不置可否地点点头,转身走进厕所,关上了门。

厕所里传来细细的水流声,后来安静下来,不来梅一直没有出来。阿呱觉得奇怪,上个厕所怎么时间那么长呢?

正在阿呱纳闷的时候，不来梅从厕所里冲出来，三步并作两步地跑到阳台边上，一边将窗帘拉上，一边对阿呱说："你快去把灯关上。"

阿呱一时间没有反应过来，阿坚倒是很迅速地滚到了门口，将廊灯、镜前灯、壁灯、床头灯等一堆灯控开关统统关上。

不来梅也将窗帘全部拉上了，房间里顿时暗了下来。虽然称不上漆黑一片，但也像极了电影院里放映电影时的状态。

不来梅走到房门前的通道口，盯着地毯，嘴里念念有词："没错，是这样……"

阿呱和阿坚都很奇怪，他们来到不来梅跟前，也看向地毯，这下他们终于看清了，地毯上那些绒毛翻起的地方，像用画笔将颜料甩在地上一样，形成一堆微微发光的小点。

"咦？这些发光的小点是什么？"阿呱问。

"指甲油。"不来梅说道，"是你之前发现的滴在地上的指甲油。这瓶指甲油是夜光的，就像纯子说的一样。我竟然忘了这件事情，我真是个笨蛋啊！"

不来梅将自己的手腕展示给阿呱，果然，手腕上有几条发光的痕迹，是他刚才将指甲油涂在手腕上留下的。

这种指甲油，也是现在动物城女孩子中特别流行的款式。她们喜欢在酒吧、迪厅和演唱会上涂这种指甲油，在黑暗中闪闪发光，带有神秘感。

阿呱正想说些什么，不来梅猛地拉开门，来到走廊里。

走廊里灯火通明，不来梅将大使房间的门关上。

"阿坚，能帮我关掉走廊里的灯吗？"不来梅问。

"报告，走廊里的灯是重力感应的，没有开关，我去把这一层的电闸关掉。"阿坚说完滚着就走了。

不来梅焦急地在大使的房间门口摇晃着腿，过了一会儿，走廊里的灯灭了。

阿呱和不来梅看到，以大使房间的门口为起点，发光的小点形成一条微微带有弧度的曲线，沿着门口向房间右侧延伸，随后光点沿墙壁而上，在一米五的高度处消失了。

"我觉得这是关键！"不来梅下意识地握紧了拳头，"如果能想明白这些光点是什么，大使的案件就清楚了！"

"不来梅，为啥这是关键？"阿呱使劲蹭不来梅的腿，"这些发光的小点都是指甲油？"

"没错，是指甲油。阿呱，你先不要和我说话，让我安静一下，我需要认真思考。有一些之前感到疑惑的问题有了答案，但我需要厘清整件事……我大概明白了……"

不来梅有一句没一句地说着。

"能不能先把灯打开呀？漆黑一片的，什么都看不见了。"阿呱说。

"阿呱，你记不记得我们第一天来的时候，铁头说你个头很小，连重力感应灯都不一定能感应到你。"

"我已经记不得了，可能他说过吧，我当时想他大概是在开玩笑。"

"我们做一下实验吧。"

不来梅摸黑来到这一层的变电间，让阿坚把电闸推上去。走廊里又重回光明。

他们开始测试重力感应灯是否能感应到阿呱，测试的结果确实像铁头所说，阿呱这样的小不点，是无法触发感应的。

"阿呱，你再帮我做个实验。"

"好嘞不来梅。什么实验？"

"我回大使房间把门关上,你站在走廊里。"

阿呱呆呆地站在走廊里,不来梅回到大使房间,砰的一声关上了门。

走廊里的灯全暗了。

"怎么样,"不来梅打开门走了出来,"外面灯是不是都暗了?"

"是的。"

"原来如此……"不来梅摩挲着下巴,"在这件事情后面捣鬼的动物,我大概知道是谁了。"

"谁?你知道了?那你快说吧!"阿呱蹦到不来梅的身上,揪住他的腰带,几乎将他的裤子拽下来。

"这么看来,大使的死跟他有关?但是他又有什么动机呢?"

"你别不理人家呀……"

不来梅在酒店的通道里来回走动,仿佛听不到阿呱的叫唤。案子的脉络在他脑海里越来越清晰,拼图一块接一块地合拢,只有少数几个连接处还没有嵌合上。现在随着新线索的不断发现,这些连接处也渐渐被填补,形成闭环。

"不来梅,你说的他是谁?是凶手吗?这和指甲油有什么关系?"

"阿呱,拼图,我还缺少一块拼图。也许我应该出去走走。"

不来梅走到了电梯口,停了下来,回过头向阿呱招招手。

"快来,陪我去转转。"

正因不来梅无视自己而烦恼的阿呱听到之后,赶紧跟了上去。

两只动物来到大堂,看到梅梅正在忙碌地擦玻璃窗,就没有打扰她,去了庭院。

芝华士大酒店的庭院分为前庭和后庭。

前庭的草坪被一条笔直的车道一分为二，车道中间有一个巨大的喷水池，喷水池的正中央有一座雕塑，用石头和金属雕刻而成，是一条准备起飞的中国龙。龙这种动物是存在于这个古老国家神话传说中的动物，有蛇身、驼首、鹿角、牛耳、兔眼、羊须、鱼鳞、鹰爪。因为混合了多种动物，所以被动物王国视为所有动物团结一致、和平相处的象征。

不来梅顺着工作车辆通行的车道来到后庭。

后庭是一座花园，种着好多常绿乔木，有马尾松、白皮松、桧柏、香樟等，为了营造高低错落的层次感，还种了椰子树和槟榔树。

这些树下都摆放着石桌石凳，可以让来花园溜达的动物临时坐着歇息。

不来梅在一个石凳上坐下，从衣服里取出笔记本和笔，开始把自己脑海中的问题一条一条罗列出来。他看过一本推理小说，书中的侦探总是在推理之前列出数量庞大的问题，却能用最最简单的方式，只要一个关键点，便能够一下解答这些问题。每次都令不来梅看得五体投地。

"这些问题大多数并不需要回答，只是有助于我们看清真相，"不来梅边写边说，"为什么要事无巨细地写下来，是因为你没有办法分辨什么是重要的问题什么是不重要的问题。有时候数个问题可能只需要一个答案，也有的时候，一个问题会有不同的答案。"

写完这些问题花了一些时间，不来梅在小小的笔记本上密密麻麻地写了两页。

阿呱接过笔记本，看到上面写的是：

一、爱丽丝是假的大使吗？

二、如果是假的，她为什么要假装大使？

三、她怎么知道人类派出的使船遇难了？

四、爱丽丝为什么这么冷漠且难以接近？

五、爱丽丝为什么要指定房间？

六、爱丽丝的行李箱中为什么只有两套裙子？

七、爱丽丝为什么不喜欢这几天的食物？

八、爱丽丝为什么不让吉伯贴身保护？

九、为什么吉伯说爱丽丝看上去冷漠却感觉她是很好的人？

十、十四日晚上大使房间的红外线警报装置为什么会响？

十一、爱丽丝为什么让吉伯关掉红外线警报装置？

十二、爱丽丝为什么会感冒？

十三、爱丽丝戴的珍珠项链上的珍珠为什么这么大？

十四、布丁医生对爱丽丝下毒成功了没有？

十五、十五日下午大使房间究竟发生了什么事？

十六、大使房间床后面的熨斗是怎么回事？

十七、大使房间的指甲油怎么会打翻？

十八、指甲油在地毯上造成的痕迹是怎么形成的？

十九、大使房间外走廊墙上的痕迹是怎么形成的？

二十、是谁杀死了爱丽丝？

二十一、杀死爱丽丝的动机是什么？

二十二、为什么爱丽丝的腹腔被捣烂了？

二十三、为什么要将爱丽丝分尸？

二十四、爱丽丝的半个身体到哪里去了？

二十五、芝华士大酒店的闹鬼是怎么回事？

二十六、是谁动了铁头的超级武器导致其自毁？

二十七、他为什么要动超级武器？

二十八、贝拉教授为什么要吃人？

二十九、贝拉教授为什么和铁头谈了一会儿就走了？

三十、贝拉教授为什么突然想吃大使？

三十一、贝拉教授是不是真的吃了大使的下半身？

三十二、为什么十六日去贝拉教授家时她怪怪的？

三十三、贝拉教授的管家为什么是一群鼹鼠？

三十四、贝拉教授家塔楼里有什么秘密？

三十五、布丁医生看到的恶魔是什么？

看到这些问题，阿呱目瞪口呆。

"有些问题好奇怪啊，"阿呱说，"爱丽丝不喜欢这几天的食物，爱丽丝有一串价值连城的珍珠项链……这都算是问题吗？"

"你说对了阿呱，"不来梅合上笔记本，"虽然我认为还有被遗漏的问题，但如果能解答这些问题，我们基本上就能还原此次案件的真相了。而且……我认为还会有一些意料之外的巨大收获。"

不来梅站起身，走到一棵椰子树下，抬起头就能够看到芝华士大酒店客房的阳台。

大使所住房间的阳台正好也在这一边，楼层不是很高，不来梅觉得那些有攀爬能力的动物似乎都可以从外墙爬上去。

正在不来梅抬头观望的时候，一辆橙黄色的小货车沿着车道从前庭开来，停在了酒店的后门前。

酒店的后门是一扇厚重的铁门，类似于冷库那种门，如果没有门禁卡会很难打开。这扇门通向酒店的工作区域,厨房、员工就餐区、仓库、办公室都在那里。

从小货车上下来两只戴棒球帽、穿橙色背心的松鼠,他们下车后打开货车后面的车门,吭哧吭哧地卸下一个又一个橙色的圆桶。

"需要帮忙吗?"不来梅走上前去问道。

两只松鼠从上到下打量了一下不来梅,咯咯咯笑了起来。

"您好大人,谢谢您的关心,我们完成自己的工作,不劳您费心了。"其中一只肚子很大、毛色很亮的松鼠说道。

"你可真是辛苦,怀孕了还要工作。"阿呱同情地看着她。

"这位大人,我只是肚子大,并没有怀孕,而且我是一只雄性松鼠。"大肚子松鼠冲着阿呱翻了个白眼。

"对、对不起。"阿呱不好意思地躲到了不来梅身后。

"你们这是在做什么工作?"不来梅问。

"这位大人管得还挺多啊……"另一只肚子没那么大的松鼠说,"你看看也知道,我们是在送货啦!"

不来梅看到他们卸下的桶身上都用黑色的文字写着"奇奇蒂蒂食品公司"。

"不是什么危险物品啦,大人。"奇奇说道。他是肚子较大的那只。

"能打开让我看看吗?"不来梅问,同时将兜里的尼罗之印掏了出来。

"既然您说要看,想必一定有充分的理由,不用给我们展示什么高端物件,反正我们也不知道您展示的是什么。"蒂蒂说着打开了桶上面的盖子。

圆桶里面放着南瓜、西红柿、芹菜、土豆、茄子、空心菜、蚕豆等蔬菜。

蒂蒂又打开另一个桶，不来梅的脑袋探过去，看到了桶里袋装的面粉、玉米、黄豆等粮食。

"还要看吗？"蒂蒂问道。比起他的同伴，他更有耐心。

不来梅点点头，又自己打开了一个桶，这个桶里装的是鱼肉，整条大麻哈鱼已经死了，被冻了起来。

这是三个已经从货车上搬下来的桶，另外几个桶还没有搬，不来梅猜里面装的也都是食物。

"辛苦你们了。"不来梅说道。

"不辛苦。"蒂蒂边说边和奇奇一起将车上剩下的桶搬了下来，然后一个一个抬到酒店的后门边。

等这些桶全都被抬到后门口后，奇奇和蒂蒂就上了车。

"你们不把桶抬进去吗？"不来梅问。

"不用。酒店工作人员过会儿自己会来取的。"蒂蒂说。

两只松鼠朝不来梅和阿呱打了个招呼后，驾车离开了这里。

不来梅仍然站在原地不动，没有任何想离开的意思。

阿呱也不好说啥，就在边上默默地陪着不来梅。

过了没多久，铁门打开了，一只水獭探出头来。

"你好。"不来梅说。

"您……好？我是来搬食物的，可……可以吗？"水獭怯生生地说。

"当然可以了。不过，我有几个问题想问你。你们每天都是这个时间取食物吗？"

"不是啦，每天食物送来的时间不定，但一般都是下午，从两点到六点不等，"水獭看了一眼手表，"现在刚过两点，今天送得比较早。"

"只有你单独搬货吗？"

"轮到我当班的时候就我自己搬，不是我当班就是其他动物搬，也是单独搬。经理觉得这么点活儿没有必要让两只动物做。"

"这么多桶，你自己怎么搬？"

"一只桶一只桶地搬。把一只桶搬到厨房再回来取另一只。"

"那要花不少时间吧？"

"还好，最多二十分钟。"

"你把桶留在这里不怕被偷走吗？"

"这座酒店里不会有谁要偷这些食物啦。"

"有没有可能，趁你离开的间隙，有动物钻到桶里躲起来进到酒店呢？"

"没可能吧，有什么必要呢？能钻到桶里的动物，直接从大堂正门走不就好啦？"

"也许他不想被正门的保安、酒店前台等看见呢？"

"就这么跟你说吧，我搬进去之前，会打开桶看一看，里面如果有古怪的东西，我一定会发现的。"说完水獭又补充了一句，"其他当班的动物也会这样的。"

"你记不记得大使房间起火那天的情况？"

"抱歉，那天不是我当班，不过你要查什么，我可以帮忙查一下。"

不来梅很高兴水獭能够主动向他提供线索，于是他让水獭去厨房拿一下这些天的轮班表、货车送货的时间表还有每天酒店准备的菜单。

水獭离开一会儿后，拿回了一本厚厚的黑色大册子。

"您是不来梅侦探吧？我刚才问了我们领班，他说一定要配合您调查。这是这个月酒店厨房的各种记录，都写在上面。"

不来梅接过大册子，对水獭说了声谢谢。

"您慢慢看，没什么事儿的话，我继续搬货去了。"水獭说。

不来梅示意这里暂时没其他事儿了。他走到花园的香樟树下，坐在石凳子上翻看这本册子。

阿呱凑上前去，和不来梅一起看起了每日菜单。

"每天的食物都不一样啊，不愧是为了招待大使而准备的。"阿呱感慨道。

不来梅没有作声，一条一条地查看。

十月十三日（大使来的第一天），食物是奶酪蕨根菜、红椒菌菇、烤鳕鱼、有机火腿、鳄梨、松茸汤、起泡酒和红酒。

十月十四日，食物是红酒酱汁烤有机肋排、金枪鱼通心粉、松露、龙虾土豆百里香、千层酥、溏心蛋浇芦笋、瑞纳特香槟。

十月十五日（大使死亡当日），食物是牛油果火炙三文鱼、龙井蒸饺、生鱼片拼盘、有机鸡肉、温泉蛋、巧克力熔岩蛋糕、水果茶。

从时间上来看，十月十三日"奇奇和蒂蒂"送货的时间是下午四点十五，十四日是下午六点，十五日也是下午六点。

不来梅将册子合上，闭上了眼睛，嘴里念念有词。

"阿呱，你相信神明吗？"他突然没头没脑地冒出这么一句。

"我、我、我有时候相信，有时候不相信……"阿呱的回答等于没有说。

"这次的案件和我们以前遇到的案子都不一样。"不来梅仿佛在回答阿呱，又像是在自言自语，"如果世界上有神明的话，想必也不奇怪。我们过去不知道的事情实在是太多了。"

"不来梅，你又知道什么了？"

"我想我都知道了。"令人奇怪的是，不来梅并没有因为破解出了真相而显得兴奋，"比起真相来，我们的努力是不是渺小而又微不足道呢？"

不来梅双手合十，向着太阳的方向拜了又拜。

"阿呱，你能不能帮我个忙？"

20

2333年10月18日，7:30pm

  芝华士大酒店一楼的会议厅内坐满了身形巨大的重要官员。
  尼罗将军，王老铁将军，外交大臣塞拉囧，防卫大臣铁头，安全大臣比尔，文化大臣怀特，财政大臣斑斑，司法大臣嗷嗷，挠挠警长……还有大使曾经的保镖吉伯也坐在墙边旁听。
  几天前，动物们还在这里同人类大使吹胡子瞪眼，目的不外乎是让这个外来者感受到空前的压力，对动物王国心存畏惧。
  但现在不一样，如果连大使都是假冒的，那根本就不必在乎她的死了吧？
  至少王老铁将军是这么想的吧，现在不止一只动物有这种想法。
  他们都对被召集到这间会议室来感到厌烦。
  有的动物可能还能做一些表面功夫，以掩盖自己的不满情绪，也有的动物根本就按捺不住了。
  "嘿，你这只蠢驴，为什么还要叫我们到这儿来？被你盘问、听你指令、受你摆布？"金钱豹斑斑不客气地说道。
  "不要无礼，客气一点儿吧，就当给尼罗将军个面子。"兔子怀特阴阳怪气地说,"这位侦探,是叫布莱恩对吗?也辛苦好几天了,东奔西走南辕北辙,没有功劳也有苦劳,没有苦劳还有疲劳呢!"

说完这话,怀特还不怀好意地看了一眼尼罗将军。

坐在桌子尽头的尼罗将军完全没有反应,专心摆弄手上的尼罗之印。这是不来梅刚还给他的。

"大家都很忙,既然死的不是大使,还在这儿浪费时间,我实在不知道有什么意义!我们的时间可是非常宝贵的——"海象嗷嗷叫道,"你说是不是,比尔?"

之前比尔因为波奇侦探的一番推理被囚禁起来,现在因为其案发时间的不在场证明有效,已经被放了出来。

安全大臣水牛比尔双手环抱在胸前,呼吸沉重,一团团牛气从他的鼻子里往外猛烈地喷射。

他突然双手拍在桌子上,"啪"——

巨大的声响让其他动物都吃了一惊。

"说的什么屁话!你们这些令人讨厌的老油条,我被冤枉关起来的时候,哪个不是在看好戏?要不是这位侦探小兄弟没日没夜地调查,谁还我清白?你们今天谁要再为难他,就是看不起我老牛!"

比尔这么一发飙,有的动物老实了,也有的动物并不买账,同样一拍桌子打算拼个你死我活,

正在这当口,外面传来"国王来了"的通报声。

听到国王来了,原本那些坐着的、剑拔弩张的、等着看好戏的、漠不关心的动物都站了起来。

会议室的门被推开了,在两名凶猛的袋獾的护卫下,一只水豚慢悠悠地走了进来。

看到水豚进来，原本坐在首席的尼罗将军忙不迭地让出了自己的位置。眼疾手快的服务生立即将一把宽大的扶手椅摆到了边上，让尼罗将军不至于没有地方可坐。

这只水豚就是动物王国地位最高、受到所有人爱戴的国王卡普巴拉六世。

他的父亲是卡普巴拉五世，再往上倒推四代人，就是动物王国第一任最高领袖卡普巴拉。

卡普巴拉成为动物王国国王是一件非常有趣的事，并不是因为他有多么惊人的不世之功，也不是说他在进化上领先其他动物几个级别，而是因为那些威风凛凛的猛兽彼此不服，那些智力卓越的灵长类和海豚互不相让。最后大家达成了国王只是一个"吉祥物"的共识，就推选卡普巴拉做了第一任国王。

没有比卡普巴拉动物缘更好的了。

早在动物还没有获得智慧的时代，那些大小动物就喜欢跟在卡普巴拉这只特大号的老鼠屁股后面转悠。卡普巴拉从不吝啬自己的食物，非常乐于与他们分享，久而久之他就成了南美洲大陆上无动物不知无动物不晓的团宠了。

卡普巴拉并不在意自己的国王只是个逢年过节被拿出来博君一笑的吉祥物，他很清楚自己这个位置的重要性。虽然在政治、军事、科技、经济等领域，他起不到任何帮助，但确实是保证动物王国稳固和平的重要棋子。因此，他和他的后代们恪守职责做好"吉祥物"，从来没有想过要扩大自己哪怕一丁点儿的权力。

其他动物也很喜欢卡普巴拉国王和他的后代，对他们尊敬有加，这也是当一个并无实权的国王进门后，所有动物都会肃立并为他让出位置的原因。

卡普巴拉六世坐下后,其他动物也一一坐下。

"大家随意一点,不用过于拘束。"卡普巴拉六世说着转过头看向不来梅,"你就是那位传说中的侦探吗?"

"是的陛下,在下不来梅,见到您非常荣幸。"

卡普巴拉点点头:"这几天辛苦你了,尼罗将军已经和我说过你们的工作了。你还有一位助手呢?"

阿呱此时正蹲在不来梅面前的桌子上,因为颜色和茶杯差不多,国王没有一眼看到他。

"陛、陛、陛下,我、我叫阿、阿、阿呱……"阿呱看到国王后,胆怯得说话都有些结巴了。

"阿呱你好,你不用紧张,你们的工作成果是有目共睹的。"不愧是被选出的团宠国王,一句话就让阿呱喜欢上了他。

不来梅轻轻拍了拍阿呱的脑袋,示意他不要紧张。

"好了,既然卡普巴拉国王已经到了,你们是不是可以开始了呢?"尼罗将军一边说,一边扫视了一下房间里其他的动物们,"各位,我们今天在这里,是要给大使的事情做一个了结。不管她是真的大使也好,假的大使也好。不来梅侦探,就请你来说明吧。"

"遵命,陛下。"不来梅站起身举了个躬,"但我现在还需要等一只动物的到来才能向您作解释。"

"是贝拉教授吗?"卡普巴拉六世问。

"是的陛下,您也知道这件事吗?"

"嗯,我也听说了。这几天贝拉教授马不停蹄地将超级武器进行了改良升级,但我不太明白的是,这和大使的死有什么关系吗?"国王问。

"您一会儿就知道了。"

在场的动物们窃窃私语。这件事情他们都有耳闻,之前不来梅已经告诉过他们。

谁都不知道不来梅葫芦里卖的什么药。

过了没多久,贝拉教授带着武器出现了。

"太好了,您终于来了。"不来梅说道,"武器已经改造好了?"

"是的,国王您好,"贝拉教授没有忘记向卡普巴拉国王致敬,"请原谅我来晚了,时间仓促,我总算赶在不来梅侦探要求的期限内完成了武器的改造。我去掉了它的指纹解锁和自毁装置,只要正确输入四位密码就可以启动武器。"

"太棒了,您果然是天才。如果可以的话,请您将武器先放到二〇二房,挠挠警长会带您去的。不过把武器放到那儿之后,请您和挠挠警长到大堂等候,我会叫你们的。"不来梅一边说,一边示意挠挠警长带着贝拉教授离开。

贝拉教授刚离开会议厅,几位性子急的大臣就忍不住了,纷纷向不来梅抛出问题,如果不是因为国王在这儿,他们恐怕都要跳到桌子上大叫了。

"这究竟是怎么回事?你在玩什么游戏呢?"嗷嗷大臣努力克制着自己的暴脾气。

"超级武器和大使的死有关系吗?如果有关系,麻烦你解释一下。"王老铁也问。

"侦探先生,我也不太明白。"卡普巴拉六世说。

"好的。诸位大人,武器和大使的死之间关系非常紧密。你们都知道,超级武器一直放在防卫大臣铁头手中,但在大使死亡的那天,超级武器自毁了……"

"什么?自毁了?"王老铁惊讶地一边说一边看向铁头。

铁头不好意思地把大脑袋转了过去。

"铁头,你是不是又喝多了,怎么连超级武器自毁这种事情都会发生?"尼罗将军呵斥道。

"非、非常抱歉……是我的疏忽,我的错……我坦白,我疏忽了……我这就引咎辞职……"

大臣们唉声叹气的声音此起彼伏。

"虽说确实是因为铁头的疏忽,超级武器才自毁,但实际原因是有谁多次尝试解锁、输入了错误的密码次数过多。那究竟是谁做的呢?"

"是谁?"

"我认为很有可能是大使。"不来梅说道。

"大使?"铁头听到这话一脸的疑惑,"大使她应该不可能……因为当时我在房间里并没有……"

眼看铁头就要说漏嘴了,不来梅对他做了一个闭嘴的手势。

这次铁头倒挺机灵,识相地闭嘴了。

"你们都知道,死去的大使是假冒的,真正的人类大使所乘的船在前来动物王国的途中遭遇了罕见的风暴,船只沉没了。这个假冒的大使实际上是一名人类间谍,她并不是来谈判的,目的是扰乱动物城!"不来梅接着说。

"太可恶了,可恶的人类,恐怕他们所谓谈判也是一个幌子吧,一开始就是打算借着谈判的名头来搞破坏!"王老铁将军紧紧地捏住拳头,愤愤地说。

"冒牌大使趁铁头喝多了,潜入他的房间想启动超级武器。如果她能成功,就仅仅用自己生命的代价,在动物城中引爆了核武器,在座的诸位都将被炸成灰烬!"

不来梅发现,听到这儿,那些大臣几乎个个颤抖了一下。

"命大。"怀特拍着胸口说道。

"是啊,命大。动物城命不该绝,冒牌大使的诡计没有成功。铁头大人发现超级武器自毁了,便找来贝拉教授,他俩一合计——推理出是大使做的!"

"我没……"铁头刚想说,看到不来梅正在使劲朝他使眼色,只得将后面的话吞进肚子里了。铁头迷茫了,不明白不来梅为什么要把这些脏水泼在他身上。

"他们真的很棒,能够想到是大使做的。于是乎,铁头和贝拉教授带着无法抑制的愤怒上门和大使理论,在这个过程中间,他们和大使发生了争执,失手杀死了大使!"

听到这儿,铁头快要哭出来了。

"原来是你啊铁头!"比尔惊呼,"没想到啊没想到,我一直以为主和派的你是最不可能的!"

"放火的也是你咯?"塞拉囧问。

"火确实是我放的……"铁头哭丧着脸说,"但杀人……"他看了一眼不来梅,不来梅冲他做了个鬼脸。"我也不知道,我不知道!"

"铁头,别难过,你做得好!"嗷嗷突然兴奋起来,"我以前一直以为你是个尿包,没想到这次你这么男子汉,真令我刮目相看啊!"

大臣们你一言我一语地说着,大部分都在感慨,没想到铁头会做这种事。还有安慰他的,认为他是为了动物王国杀死了冒牌大使,应该是大功一件而不是犯罪。

要说眼下最晕的,就是铁头了。

他完全不明白不来梅为什么要这么说,也不知道是不是自己当时喝多了,在半梦半醒的状态下,做出了自己都会忘记的举动。

看着乱成一团的大臣们,不来梅在阿呱耳边轻轻地说了几句话,阿呱点点头,从身上拿出一个对讲机,对着对讲机说"可以行动了"。

过了几秒,对讲机里传出一句"收到",便没有声音了。

不来梅和阿呱焦急地等待着,对正在激烈讨论的大臣们一点兴趣都没有。

终于,阿呱的对讲机里发出"沙沙"的声音,随后一个冰冷但又富有磁性的声音说:"成功逮到了!"

不来梅和阿呱激动地击掌庆祝,口中发出欢呼声。

在场其他动物被这突如其来的欢呼吓了一跳,转过头诧异地看着他们。

"好了,"不来梅松开阿呱,"我承认,刚才讲的那些都是胡说八道。对不起铁头……"

铁头的下巴已经快要落地生根了。

其他动物也和他差不多。

"这到底是怎么回事?"尼罗将军问道。

"是啊,一会儿说是这样,一会儿又说那样,我看你们真是胡说八道。你们两个刁民,也太不把我们放在眼里了吧?"斑斑吼道。

"一两句话说不清楚,但请各位千万不要生气,我这样做也是为了揭开真相。我向国王发誓,完全没有愚弄各位大人的意思。"

"那你赶紧解释一下吧。"尼罗将军说。

"当然,我会的。这里我想问各位一个问题,大家知不知道芝华士大酒店有闹鬼的情况?"

官员们交头接耳，大多数都表示没有听说过，只有怀特说，他听几个服务员悄悄讨论过。他自己有一天坐电梯，到了三楼，突然电梯门就开了，可他住在四楼，依稀记得自己并没有按三楼的按钮，外面也没有其他动物。当时他没有多想，觉得可能是有动物按错了，现在回想起来，这是一件有点古怪的事情。

"调查过程中，酒店大堂有一位叫梅梅的工作人员告诉我，她在工作时曾经好几次遇到怪事儿。有的时候是听到怪异的脚步声却没有看到任何动物，有的时候是莫名其妙地滑倒，这些情况都是在大使到来后发生的。"

"你的意思是大使是个鬼？"怀特问。

"大使当然不是鬼了，但这个鬼确实是存在的，而试图启动铁头掌管的超级武器导致其自毁的，也是这个鬼。"

"鬼怎么会想要启动武器呢？"铁头问。

"这个鬼可不是普通的鬼哦！你们很多人都认识布丁医生吧？布丁医生现在已经被挠挠警长逮捕，她之前犯下了绑架并残害灵长类的罪行……"

由于布丁医生在动物城具有非比寻常的地位，所以她绑架灵长类的真相并未完全公开。但眼下这间会议厅内的官员们都是知道的，因此在不来梅提及布丁医生的时候，大家纷纷点头。

"布丁医生有着悲惨的童年经历，这也是导致她犯罪的根本原因。她在交代罪行时告诉我，当年她被人类关押在军营里时，曾经见过一只神秘的恶魔般的动物向人类提供动物的情报，帮助人类残害动物。而最古怪的是，她只能看见人类对着空气讲话，看不见这只恶魔动物长得什么样子。"

"看不见的动物？你是说有一只看不见的动物？"尼罗将军问道。

"某种意义上说，是的。我认为在芝华士大酒店里发生的怪事和布丁医生看见的恶魔动物很有可能关系不小。铁头说过，他离开房间去健身，出门的时候应该是上了锁的，但为何二十分钟后回来就发现武器自毁，房门也没有被暴力破坏的痕迹，这令他百思不得其解，只能认为是自己忘记关门了。但实际上铁头没有想到的是，有一只看不见的动物趁他进去的时候跟了进去。"

"他为何要让超级武器自毁呢？"卡普巴拉国王问，"难道因为他是一只爱好和平的动物，要把具有致命杀伤力的武器破坏？"

"一定是这样的。"铁头也同意国王的猜测。

"很抱歉陛下，正相反，我认为他不仅不是一只爱好和平的动物，更有可能是一个丧心病狂的疯子。"

"你为何这么说呢？"

"因为我大概猜到他是谁了……"说到这儿不来梅的脸色有些难看。

"是谁？能快点告诉我吗？"卡普巴拉六世焦急地说。

"现在他在二〇二房间，中了我和阿呱设下的陷阱。陛下可以和各位大人一起随我前去看看。"

在场的诸位躁动起来。

一只突如其来的，看不见的动物？他是谁，是从哪儿来的？实在太令他们震惊了！

大家从一楼搭乘三部电梯到了二楼。不来梅、阿呱和尼罗将军陪同卡普巴拉六世同乘一部电梯，卡普巴拉六世似乎对案件表现出前所未有的兴趣，迫不及待地想从不来梅的表情里看出些端倪，好抢在其他臣子之前对案件有更进一步了解。

但实际上他什么也没有发现。

一行动物来到二〇二房间门口，不来梅一边敲门一边说"是我"，里面传出窸窸窣窣的声音。很快，门打开了，大家看到一条黄金蟒盘在屋子中间。

阿呱飞奔到黄金蟒身边，一头扎进蟒蛇的怀里。

"金美，你还好吗？没什么事儿吧？"

这条黄金蟒是ASD（动物安全管理部门）的特工，同时也是阿呱的女朋友。

"放心吧，我当然不会有事的。"金美酷酷地说，"倒是你，这几天不见，又变瘦了啊，看起来挺辛苦的嘛。"

"好了，狗粮还是过会儿再撒吧。"不来梅有些酸溜溜地说，"我向陛下和各位介绍一下，这位金美小姐是我找来的特别帮手，专门为了抓捕这次的危险动物。之所以没有从挠挠警长或是尼罗将军那里请求援助，是想让行动在绝密状态下进行。"

"金美小姐，你好。"卡普巴拉六世说，"我就不和你握手了，我看你现在也没工夫和我握手。"

"您好国王，很荣幸能见到您。"金美并没有因为见到国王而乱了方寸，从这点上可以看出，她是一条见过大场面的蛇。

"好了，不来梅，你让金美到这儿来做什么呢？你说的看不见的动物在哪儿呢？"尼罗将军问。

"在这儿，"不来梅指着金美盘成一团的身子，"金美现在把他抓住了。"

"他在哪儿？我什么都没看见。"

"您忘了，他是一只看不见的动物，不过我认为，现在他也没必要再隐藏了，"不来梅走到金美身边，"我说，你已经逃不掉了，可以现出原形了，契诃夫。"

在金美的身子中间渐渐显现出一个绿色的、小小的、带着鳞片的动物。

一只变色龙出现了。

"请允许我向各位介绍芝华士大酒店的鬼,看不见的恶魔动物——契诃夫。"不来梅说。

"居然是他!被称作冷血阴谋家、十年前已经覆灭的叛乱组织神龙教第五号人物契诃夫!"安全大臣比尔认出了变色龙。

变色龙能够根据环境改变自己身体的颜色和纹理,即使变不成透明的,也可以达到令外界难以看见的效果。

"契诃夫居然没有死?"

"当时他一定是用了别的尸体做了伪装!"

"契诃夫是最危险的罪犯!"

房间内的讨论声此起彼伏,契诃夫的出现显然让所有动物都感到很意外。

契诃夫冰霜一般的眼睛从前到后一百八十度转动着,冷冷地看着房间里的所有动物。

"没想到,你这个小侦探脑子倒还不赖,居然能够想到让蛇来抓我。蛇通过红外线来判断物体,我的变色本领对她不起作用。"

"既然你们都知道契诃夫,对于他我就不多做介绍了吧。"不来梅说道,"我让阿呱递话给金美,来芝华士大酒店帮我抓契诃夫,而他果然中了我设下的陷阱。能抓住动物城最最危险的罪犯,证明这一切努力没有白费。我相信你们都很奇怪,为什么契诃夫会在这里,他到这里来做什么,现在我就一一向你们说明。还是说,契诃夫你自己和他们说?"

变色龙没有作声,不来梅继续说:"多年以前,契诃夫所在的组织神龙教以爬行动物和两栖动物在动物王国中受到歧视为由发动叛乱,遭到镇压后大部分神龙教的成员死的死抓的抓,契诃夫当时却装死逃脱。他是一个真正的疯子。当年在调查神龙教的成员时,警方对他们的主要干部都做了心理画像,契诃夫是高度危险的具有强烈反社会倾向的罪犯。在逃脱之后他隐姓埋名,用保护色把自己伪装起来,混迹于世,时不时做一些迫害动物的事情,比如向人类出卖珍稀动物的情报,导致那些动物被猎杀、捕捉,布丁医生看到的在人类军营与人类做交易的恶魔动物就是他。"

"真是丧心病狂!"有动物说。

"契诃夫,"尼罗将军压抑着自己的愤怒,"你我同为爬行类,你就不感到羞愧吗?"

契诃夫上下打量了一番尼罗将军,轻蔑地说:"像你这种巨物,怎么能体会到我们的痛苦呢?我送你一句老话——何不食肉糜?"

尼罗将军一时间竟然没有反应过来,而金美听懂了,她将契诃夫缠得更紧了。契诃夫晕了过去。

"契诃夫一直在民间从事残害其他动物的运动,他觉得这是在向哺乳动物复仇,向动物王国复仇,向整个世界复仇。"不来梅看了一眼晕过去的契诃夫,"这些个复仇行动对他来说还只是小打小闹,他一直在等待机会,等待一个可以将世界搅得天翻地覆的机会。这次大使的到来,让他看到了这个机会。他运用自己可以隐藏身体的本事潜入会场,四处打探消息,果然发现了能够引起巨大混乱的方法——引爆铁头的超级武器。我还不太清楚他打算如何运用超级武器,是就地引爆将动物城和你们都化为灰烬,还是把核武器射到人类世界,引起人类和动物的大战——我倾向于后者，因为前者会让他丧命，而他是个疯子，不是个死士。无论是哪种方式，他都想办法潜入了铁头大臣的房间，但是在密码那一关就遇到了麻烦，几次输错密码，导致超级武器自毁了。"

"原来是这样！"铁头恍然大悟，"我一直想不通，无论是想要启动还是破坏武器，都没有合适的人选，确实，如果是他就说得通了！"

"当然，武器自毁让契诃夫的阴谋泡汤了。我发现了他的存在之后，设计了一个圈套让他钻。我四处散布消息，让贝拉教授重新改良武器，特意带回芝华士大酒店，放到无人的二〇二房间里，就是引契诃夫上钩。而且我特意强调，改良过的武器不会自毁，密码也只有四位，所以只要有耐心不停地试，这一万种组合是完全可能试得出来的。这样的机会对契诃夫来说是千载难逢的，他肯定不会错过能够引爆核武器的机会。而我呢，则安排金美潜伏在房间里，等契诃夫进入之后就将他抓住！契诃夫非常难抓，他会让你看不见，但如果是金美就没有这种问题了！"

不来梅说完，看了一眼金美，冲她比了个真棒的手势。阿呱在一边得意地跳来跳去。

官员们全神贯注地听不来梅说明，也不知道是谁说了一句"该死的家伙"，其他动物纷纷表示赞同。

"我知道了！"阿呱突然兴奋地说，"大使死亡前一天晚上，房间里的红外线警报莫名其妙响了起来，保镖吉伯进去什么也没有看到，我们都以为是大使在浴室里偷偷和人见面，或是红外线警报器坏了，实际上是契诃夫在房间里！"

"是的。"

"这就能解释大使房间警报器响的问题了。"阿呱说,"也能证明契诃夫进过大使房间。对了,他一定想到了,如果杀死大使嫁祸给动物王国,就能引起人类和动物的战争,达到他搅乱世界的目的了!"

"真是个疯狂的家伙,杀死大使还不够,还想启动核武器……"尼罗将军喃喃道。

"您错了,我只说他是危险的罪犯、芝华士大酒店的鬼魂、试图启动超级武器的恶魔,并没有说他杀死了大使。"不来梅的话令在场所有动物都震惊了,"杀死大使的不是契诃夫,而是另有其他动物。"

21

2333年10月18日，8:30pm

不来梅这番话犹如一颗核弹在房间内炸开。

说了那么多，还是没有找到凶手。

一顿操作猛如虎，定睛一看原地杵。

"你是说，大使的死和这个坏家伙无关？"尼罗将军问。

"也不能这么说，大使的死和这个家伙应该是有关系的，但杀死大使的不是他。"

"我都听糊涂了，那你知道杀死大使的凶手是谁吗？"

"虽然没有百分之百的把握……各位不妨跟我一起去大使的房间看一看。"

说完，不来梅冲着门外做了一个"请"的姿势。

大家都把目光投向卡普巴拉六世，想看看他会做什么决定。

"那我们就和不来梅一起去大使的房间看一看吧。"卡普巴拉六世说道。

听到国王表态，不来梅松了一口气，其他动物也就随着国王的脚步行动。

金美用尾巴将已经晕过去的契诃夫卷起，跟在队伍的最后面。

他们分乘几部电梯来到三楼，穿过长长的走廊，进入了大使的房间。

大使的房间还保留着烧焦的状态，除了房间入口处没有被烧到以外，其他地方都是焦黑一片。

虽然这里是一间宽敞、豪华的套房，但这么多动物挤在里面，还是已经满满的了。

"好了，现在我们到了大使的房间里。在大使死去的那天，也就是十月十五日，这里究竟发生了什么事情呢？"不来梅扫视了一圈在场的动物，"经过调查，那天不止凶手到过大使的房间，还有许多其他的动物，出于各种原因，怀着各种目的，来过大使这儿。最晚来的，是防卫大臣铁头。"

听到自己的名字，铁头一脸惊恐地看向四周，其他动物都把目光投向他。

"刚才我们已经知道，铁头带来的超级武器被契诃夫弄得自毁了。而铁头在发现超级武器自毁后，先找来贝拉教授，但贝拉教授并没有解决他的问题。铁头一筹莫展喝了很多酒，突发奇想要去看望大使，便在六点之后来到大使房间。

"当时大使已经死了，铁头看到大使被腰斩的尸体，瞬间酒就醒了。他担心大使的死会引发世界大战，自作聪明地制造了一起火灾，想把大使的死伪造成意外，这就是七点时微波炉爆炸引起的火灾了。"

"但爆炸的时候，铁头和我在一起啊。"塞拉囧说道。

"没错，铁头使用了延时爆炸装置，给自己制造了不在场证明。"

"装置？什么装置？"

"是等离子体。"不来梅说道,"铁头将葡萄放在微波炉里,设定七点运转。微波炉加热葡萄引起等离子爆炸,这就是他的手法。"

"回头再找你算账。"尼罗将军狠狠地瞪了一眼铁头。

"但铁头不是凶手,他进去的时候,大使早就已经死了,而且被分尸了。"

"那在铁头之前进去的又是谁?"

"铁头在进大使房间的时候,有一只动物刚好跳窗离开了大使房间,就是这只动物将大使分尸了。但我向她保证过,不说出她的真实身份,所以我现在不能告诉你们她是谁。"

"这都到什么时候了,你居然还遵守这种无聊的约定,你究竟想不想告诉我们谁是凶手?"王老铁将军咆哮道。

"您先别急,我现在不说这只动物是谁,并不妨碍我们找到杀死大使的真正凶手。毕竟刚才我说的那只动物,也只是做了分尸的事情,并没有杀死大使。而她分尸大使的原因,据她所说,是一时起意,想吃了大使。"

"荒唐,太荒唐了!"王老铁将军猛烈地摇着头。

"确实有点荒唐,"不来梅说,"但其中那些虚构的部分,并不影响我们找到凶手。凶手在更早之前就去了大使的房间,时间可以一直向前倒推到下午四点三十分。四点三十分的时候,又有一只动物进了大使的房间,但是她和大使的死也没有任何关系,她进房间的目的非常明确——偷东西。"

"不来梅侦探,我对你的说法持怀疑态度。这几天住在芝华士大酒店的动物都非富即贵,怎么还会有小偷呢?"卡普巴拉六世一边说,一边看着自己的得力手下。

"陛下,小偷也并非只会因为贫穷而偷盗,对有些小偷来说，偷窃是一种病，是没有办法克制的偷窃成瘾。当然，我不想将这个小偷的真实身份公之于众，因为她已经将偷走的东西还回来了，"不来梅说着，从兜里掏出曾经挂在大使脖子上的珍珠，"这枚珍珠就是小偷冒着被抓到的危险偷到的宝物。后来我提醒她，如果把赃物以失物招领的方式交到酒店前台，我可以当这件事情没有发生过。她接受了我的建议，将赃物交了出来。"

"就算是这样，我还是不认为你可以包庇小偷。"塞拉囧摇摇头。

不来梅叹了一口气，看来塞拉囧迄今为止还不知道自己妻子犯下的罪行。也不晓得他如果知道了自己妻子是偷窃珍珠的动物，会做何感想。

"包庇小偷的事情我们回头再说，但小偷提供给我一个非常重要的线索，当她进入房间偷窃的时候，大使并不在房间里，而在浴室和房门口之间，有一瓶指甲油打翻了。"

"指甲油？那又怎么样？"

"那又怎么样？那很重要呢！那瓶指甲油给了我一个非常重要的提示，我相信，如果你们看到那瓶指甲油所呈现出的状况，一定会像我一样恍然大悟的。"不来梅边说边走到阳台边上，将窗帘拉严实了，同时对阿呱做了个手势，阿呱一蹦一跳地来到过道边，将房间里的灯一一关上。

"怎么回事？"

"为什么要关灯？"

"你在做什么？"

动物们七嘴八舌地叫了起来。

"大家请看通向门口的地毯上……是不是有发光的痕迹？"

地上隐约可见一片杂乱无章的发光点，从房间里通向门外。

"这些痕迹是什么？"卡普巴拉六世问道。

"陛下，这些痕迹就是指甲油留下的。大使那瓶指甲油是夜光的。虽然乍一看是无色透明的，但在黑暗的情况下，就会像现在一样呈现出肉眼可见的光点。"

"但为什么地上会有这些光点呢？"卡普巴拉六世问。

"陛下，诚如您所说，这里出现了一个问题，为什么指甲油会洒在地毯上。指甲油是四点半之前洒在地上的，而上午布丁医生给大使看病的时候，肯定还没有这些指甲油。如果是大使不小心将指甲油打翻，应该不至于将指甲油弄得满地都是。经过这几天的询问，我们并没有找到和这瓶打翻的指甲油有关的动物，因此这地毯上星罗棋布的指甲油，只有一种可能性——它和大使的死有关。"

"指甲油和大使的死有什么关系呢？"卡普巴拉六世问。

"刚才我说过，契诃夫并不是杀死大使的凶手，但是这不代表契诃夫和大使的死无关。契诃夫在前一天晚上就进入了大使的房间，红外线警报器虽然发现了他，但因为他能够隐藏自己的身形，反而令大使和保镖都以为警报器坏了。我对契诃夫为什么要进大使房间并没有明确的想法，但像他这样的疯子，想要进大使的房间做一些破坏人类和动物关系的事情，那也完全符合逻辑。只是那天下午他又一次进入大使的房间却被发现了。被发现之后，契诃夫慌忙逃窜，一时间来不及隐藏身形，只能在房间里东躲西藏以免被抓，这期间不小心碰翻了指甲油。他脚上沾满了指甲油，在房间里躲避追逐，这才在地毯上留下了你们看到的光点痕迹。"

不来梅说完，大家低下头再一次审视这些光点。

确实像不来梅所说,这些痕迹就是一个到处逃窜、满地乱跑的变色龙留下的足迹。

"然后呢?看这痕迹,契诃夫逃掉了吧?"国王完全被不来梅循序渐进的叙述方式吸引,一个接一个地抛出问题。

"契诃夫确实逃掉了,不然他也不可能在后面搞坏了铁头大人的超级武器。超级武器自毁的时间在四点三十分之后,所以是在契诃夫离开大使房间之后的事情。但巧的是,契诃夫逃跑这件事,反而指出了凶手的真实身份……"

"你快说……"

"大家请跟我到走廊里来。"不来梅走到大使房间的门边,打开房门。

走廊里的感应灯亮了。

一行动物在不来梅的带领下走出房间向右转,但不来梅没有带着他们走远,而是将大使的房门围成一个半圆。

不来梅让阿呱去把这一层的电闸拉掉。

阿呱离开后,大家都沉默着,似乎在等待真相从天而降。

正在这时,走廊里的感应灯熄灭了。

大家看到,大使门外走廊的墙上,有从房间里延伸出来的光点,这些光点沿墙壁而上,在一米五的高度处消失了。

"这些是契诃夫从房间里逃出来之后留下的脚印吗?"卡普巴拉六世问。

"没错,契诃夫从房间里逃出来之后,爬到了墙上,之后一直保持不动躲在墙上,直到脚上的指甲油干透了,才离去。"不来梅说。

"他趴在门口的墙上,一动不动,怎么会没被发现呢?"

"因为当时他的皮肤已经变色,使得自己和周围的墙壁融为一片,达到了隐身的效果。"

"这很合理,但这和凶手又有什么关系吗?"卡普巴拉六世疑惑地说,"难道当时契诃夫在房间里四处躲避的就不能是大使吗?"

"当然不可能是大使。当时大使如果还活着,为什么不向别的动物说契诃夫入侵她房间的事,又为什么不呼喊保镖呢?排除了大使和其他别的动物之外,只有一种可能性,当时在抓捕契诃夫的只可能是凶手。"不来梅审视了一圈在场的动物,"就算你们之中现在有动物承认,案发当天下午在大使的房间里撞见契诃夫,并且为了抓他上天入地但还是没有抓住他——也已经晚了。试图隐瞒这件事情的,除了杀死大使的凶手之外,不会再有别的动物……"

"你倒是说呀,究竟谁是凶手?这些光点能指认凶手吗?"看得出卡普巴拉六世已经迫不及待想要知道真相了。

"好的陛下,我现在就告诉您谁是凶手,以及为什么说他是凶手。芝华士大酒店走廊里的灯都是重力感应的,有动物走在地面上就会引起灯亮,我在第一次来酒店出电梯的时候,挠挠警长是这么和我说的。后来几天经过在这里的调查研究,我发现了几条关于感应灯的规则。第一,感应灯对重量是有要求的,并不是所有的动物都能触发感应灯。我并不知道这个明确的重量区间,但是阿呱就无法触发感应灯亮起,因此我确定,体重和阿呱接近的契诃夫,也是无法触发感应灯的。这也是他为什么能在走廊里神出鬼没又不会引起灯亮的原因。第二,当门打开的时候,感应灯会亮起。无论是电梯门,还是酒店客房的门,只要开启,都会使得感应灯亮起,这大概是为了让客人有一种开门便被迎接的感觉吧。而一旦门关上,走廊里又没有动物,感应灯就会熄灭，走廊里一片漆黑，一点光线都没有。第三，这些感应灯非常敏感，能够瞬间在亮与不亮之间切换。还是清洁工梅梅告诉我，如果在走廊里一跳一跳的，感应灯就会忽明忽暗。综合以上三点，你们是不是想到这其中的矛盾点了？"

不来梅看着这些一脸疑惑的动物，明白他们并没有想到什么矛盾点，干脆继续解释。

"契诃夫从房间里逃了出来，他的脚印没有沿着走廊延伸，而是延伸到了墙上，并且停住了，这说明什么？这说明凶手也追了出来，他只能用这种方式躲避。如果凶手没有追出来，他完全可以大摇大摆地离开。矛盾点就在于此，既然这个时候凶手追了出来，契诃夫只是躲到了墙上，凶手为什么不抓住他呢？凶手只要把大使房间的房门关上，并且做出一个动作——跳，就能让感应灯熄灭。我们知道，感应灯很灵敏，凶手跳起来之后四肢离开地面，感应灯一定会熄灭的。凶手就能够看到契诃夫留下的脚印，将他抓住。但是凶手并没有这么做，为什么呢？"

"好了，我承认，是我杀了大使。"一个浑厚的声音从角落里传来，所有动物都把目光转向那边，但因为走廊里依旧一片黑暗，他们什么也看不到。这个声音他们却认得——是大象吉伯。

"大象是不会跳的。"不来梅说。

在黑暗中，不来梅走到吉伯身边。他摸着吉伯的长鼻子，能感受到吉伯的身体在颤抖。

"吉伯，你为什么要杀大使？"塞拉囧叫道，"你是一名称职的保镖，既没有激进的思想，也不是主战派，你为什么要杀她呢？"

"是啊,你有什么理由要杀大使呢?"

"你是不是疯了?"

"是不是收了贿赂当杀手?"

其他动物你一言我一语地说。

"我、我本来没想杀她,我、我错了,我是一只非常非常坏的动物……"听得出来,吉伯的声音中带着真实的伤感。

不来梅拍了拍吉伯的鼻子:"让我来说吧。比起吉伯杀死大使,我更想让你们知道的是有关大使的故事。"

"大使?她不是假冒的大使吗?她有什么故事?"尼罗将军诧异地问。

"是的,她是假冒的没错,但我觉得那才是她了不起的地方。"

"我实在是听不懂你说的话,了不起在什么地方呢?"

灯亮了,走廊里恢复了光明。

"大家都到会议厅去吧,在那里我将把有关大使的真相告诉大家。"不来梅看到阿呱从远处跳了过来,便对他说,"请通知贝拉教授到会议厅来。"

"现在不逮捕这只大象保镖吗?"水牛比尔嚷嚷着。

"放心吧,吉伯不会逃跑,也不会再伤害其他动物,现在的他应该已经如释重负了吧。"不来梅说。

"嗯,我们就听侦探的吧,让他给我们做最后的解释。"国王说了,其他动物都欣然接受。

所有动物回到会议室时,贝拉教授和挠挠警长已经在那儿坐着,看来等了有一会儿了。

"来吧侦探,现在是你的时间了。"尼罗将军说。

不来梅清了清嗓子,走到吉伯的身边。

吉伯已经戴上了手铐，但这手铐略显多余，因为就算不戴手铐，他也不会做出反抗的行为。

"吉伯是在塞拉囧大人的引荐下担任大使保镖的。塞拉囧大人和这件事完全没有关系，引荐吉伯纯粹是出于对他工作能力的信任，毕竟他们曾是知根知底的战友，出生入死，为动物王国的和平立下过赫赫战功。但吉伯战后并没有留在部队晋升，而是选择退役，这件事情就非常奇怪。我后来了解到，吉伯是在执行任务时犯下了严重错误，虽然没有被军事法庭裁决，但还是被踢出了军队，这件事情塞拉囧大人也是知道的……"

说到这儿，其他动物都把目光投向了塞拉囧。塞拉囧脸变得通红，好像一匹赤兔马。

"之后，吉伯只能做着保镖这样的工作和妹妹相依为命。说起吉伯的妹妹，那就更悲惨了。吉伯的妹妹吉利由于患上了一种怪病，没有药物可以治疗，只好参与药物实验。经过药物实验，吉利的病虽然被治好，但留下了后遗症，患上了慢性肾衰竭。这些年来，吉伯一直努力赚钱给吉利治疗。假如能换个肾就好了，但麻烦的是，吉利是天生的Rh阴性血，是很罕见的血型，所以这么多年过去了，也没有找到能够匹配的肾。"

"难道说，"在不来梅的提示下，波奇侦探想到了，"吉伯杀死大使，就是为了取得大使的肾脏，好替他的妹妹做移植？"

"没错。大使的尸体被拦腰砍断，又被一场大火损毁得很厉害，所以她的器官丢失了这件事情就未能被发现。"不来梅说，"最重要的是，大使的血型正巧是Rh阴性血，这是布丁医生在案发当天给大使看病时发现的。"

"但是，以动物城的医疗水平，只能在类别相近的动物之间进行器官移植、输血、骨髓移植等。比方说塞拉囧大人曾经给他的妻子纯子小姐输血,那是因为他们的亲缘很接近。大使的器官除了灵长类勉强可以移植之外,对其他动物是没有意义的,就算她的血型是Rh阴性血也没有用啊!"波奇还在不依不饶地反驳不来梅。

不来梅长长地叹了一口气。

"这就是我为什么要让在座各位齐聚于此地,更邀请尊敬的国王陛下一同前来聆听我微不足道的推理的原因了。其实,我本不必如此大动干戈,只需要向尼罗将军和挠挠警长上报推理的结果,就能完成任务。但经过深思熟虑,我认为有些话是绝对有必要和在座的各位说一说的,我在这里斗胆请求和各位探讨一些问题。"

"不来梅,你不必再卖关子了。既然我们都在这儿,就是愿意听你说一说,无论你想说什么,我们都会洗耳恭听。"卡普巴拉六世这样说,其他动物也纷纷点头。

"我想探讨的问题是,不同种族之间是不是永远没有办法和平共处。"

这个问题既简单又不简单,它让在场的动物们都陷入了沉思。

安全大臣比尔第一个开口:"那是当然。有句老话叫作'非我族类,其心必异'。不是同一个物种,当然不可能一条心了,就像我们和人类,那是不可能和平共处的。人类一定后悔我们获得了高等智慧,怀念以前奴役我们的日子,在他们眼里,地球上只能有一种生物成为霸主,那就是他们人类。"

比尔的话获得了不少动物的认同。

但不来梅微微地摇了摇头,他转向铁头,问:"铁头大人,您怎么看待这个问题呢?"

铁头是一只崇尚和平的犀牛，但他并没有表现出和比尔截然相反的态度。

"我不喜欢战争，战争是最危险、最残酷的解决争端的方法。我尽量避免战争，但是我不认为动物能够和人类和平相处。哪怕获得了短暂的和平，也是人类在麻痹我们。人类一定在处心积虑想要干掉我们动物。"

不来梅明白，主和派也只是不愿意发动战争而已，并不是相信人类那虚伪的和平。

"我明白各位大人的想法，我也同意你们的想法，无论是主战派还是主和派，归根结底都是一样的，对于动物之外的物种，我们一概不会信任。但大家有没有想过，其实种族并不仅仅只有人类和我们，实际上会分得更细。细分会带来什么结果，你们有没有想过呢？"

动物们看着不来梅，面面相觑，不明白他想表达什么。

"神龙教的叛乱，难道不是不同种族因为不平等待遇所造成的后果吗？"不来梅看看阿呱，又看看金美和金美紧紧抓着的契诃夫，"比尔大人，对阿呱和他的同胞们，您是不是一直都看不起呢？在动物王国里，除了少数尼罗将军这样曾经站在食物链顶端的强者之外，大部分两栖动物和爬行动物，地位相对来说都很低，这恐怕已经成了一种潜在的规则。你们扪心自问，是不是兽类会受到更好的礼遇，在政治、工作、教育等方面，都会获得比其他动物更多的机遇和特权，这本身就是不公平的。人类不该这样对待动物，我们又好到哪里去呢？假如说，一开始就不存在对于爬行类和两栖类的歧视，不存在对于小型动物的歧视，可能就不会产生契诃夫这样的极端主义分子，今天的悲剧可能就不会发生。"

不来梅的话并非没有道理。

动物城建国数百年来，不同动物之间的不平等状况愈加明显。

而这种不平等所引发的后果，确实值得每一只动物去警惕。

神龙教的叛乱就是怨愤和怒气长期积累的结果。

"不来梅，你说的道理我们都明白了。确实，这个国家一直存在不平等的问题，我们也试图朝更好的方向改进，但我看不出来，这和大使的死亡有什么关联……"尼罗将军发问道。

"我需要一步一步说明两者之间的关联。首先我想做的是，打消各位对于不同种族的偏见和歧视。如果各位还觉得，非我族类必诛之，那我们总有一天也会变成我们曾经最厌恶的事物。"

卡普巴拉六世站起身来，郑重地对不来梅说："我作为动物王国名义上的领袖，愿意为消除这种隔阂而努力，无论什么物种，在这个世界上都是平等的。"

"我们都愿意。"其他动物也跟随着国王说道。

"现在在我们这间会议室中，就有一只与我们都不同的动物。长久以来，她一直担心自己的真实身份暴露，如果暴露的话，对她来说可能就会带来杀身之祸。但我相信，现在她会抛开顾虑，愿意相信其他的动物了。如果觉得我说得没错，那是时候公开自己的身份了。"

在场的动物你看看我，我看看你，他们还没有明白不来梅所说的与他们都不同的动物是什么含义。

"好吧，我看她还是不想公开身份……"

不来梅还没讲完，就听到贝拉教授说："你是什么时候发现的？"

大家将目光投向贝拉教授,上下打量起来,但无论怎么看,都搞不清楚贝拉教授与他们有什么地方不同。

"贝拉,你跟我们怎么不同了?"铁头露出惊恐的表情,"难道你是披着狼皮的人类?"

"我知道了!"波奇侦探兴奋地喊道,"贝拉不是狼,是只哈士奇!"

看到自己信任的侦探如此低能,王老铁将军痛苦地抱住了头。

"昨天,我和阿呱潜入贝拉教授的城堡,遇见了很多匪夷所思的怪事,当然绝大多数都是贝拉教授为了抵御不速之客所设置的机关,但是有几件事让我产生了想法。我看到了贝拉教授的实验室,在她的实验室里,有很多异常罕见的标本。有头上长角的马,还有长得像人的北极熊,这些动物标本我从来没有见过。后来我看到了一本台历,台历上在每个月都有一天用红色的笔圈了出来。一开始我觉得可能是贝拉教授的生理周期,但后来我想到,那些圈出来的日子都是特定的日期——"

"原来你是通过台历发现的。果然是敏锐的侦探。"贝拉教授赞扬道。

"那些日期有什么特别?"国王问。

"都是月亮历的月中,也就是满月的日子。"

"你的意思是……"

"贝拉教授并不是普通的狼,她是一只狼人,每到满月就会变身,所以会在日历上标出自己变身的日子。而就在更早的时候,我到贝拉教授的城堡,她却不肯当面见我,而是要隔着帐子和我谈话,那是因为当时她还处在变身阶段。"

"狼人?是在开玩笑吧?"

"居然有狼人这种生物？"

"那不是传说中的神奇动物吗？"

果然，和不来梅想的一样，在场的动物们议论纷纷。

最最兴奋的要数阿呱了，他对各类怪谈一向很感兴趣，对神奇动物更是如数家珍，没想到神奇动物居然真的存在。

"神奇动物一直是存在的。"贝拉教授风轻云淡地说，"正如你们所想，我是一只狼人，货真价实、如假包换。我只有见到圆月才会变身。平常就和正常的狼一样，只不过我的寿命很长，我今年已经一百二十多岁了。"

在场的动物都不可思议地看着贝拉教授。

不来梅虽然推理出了贝拉教授的真实身份，但听她亲口说出，还是不免有些震惊。

其实最主要的是，不来梅没办法相信面前这位迷人的贝拉教授已经一百多岁了，这个年纪可以当他的曾祖母了。

"我不想让神奇动物的秘密被发现。"贝拉叹了口气，"这么多年来，我一直在隐藏自己的真实身份，并且保护其他神奇动物不被发现。如果我发现有神奇动物死去，就会把他们的尸体带回家，以防被人类或者动物发现。侦探也看到了，在我的塔楼上有独角兽的头骨和雪人的标本，当然还有其他一些尸体侦探没有注意到。另外，这个世界上还有许多神奇动物像我一样混迹在人类或动物中，努力守住我们的秘密。"

"为什么你们一定要保密呢？"国王问。

"侦探，你知道我们为什么不愿意让其他动物知道吗？"贝拉教授将问题抛给了不来梅。

"我想，是为了神奇动物的安全吧。"不来梅说，"一旦你们的存在暴露了，无论是人类还是动物都会想要研究你们。你们一定会惨遭捕杀,被送上手术台、带进实验室、关进牢笼。"

"没错。我一点都不怀疑,如果我们暴露,将会落到一个多么悲惨的境地。"贝拉教授略显无奈,"但我相信,从今天开始,我不必再隐藏在黑夜中了。"

"我很好奇,狼人是狼的变异种吗?"王老铁将军问。

"有的种类是天生的,比如龙、凤凰,这类神奇动物的种类极少,你们看人类的书,他们主要存在于神话里;还有一种是某种动物在进化的过程中突然变异形成的,比如九尾狐、三头犬或者我。像我这样的就和狼有着同样的基因,流着同样的血,但也会有一些区别。不是狼人形态的时候我和一只普通的狼没有任何差别,一到满月我就会变成狼人,不单体形变大,最重要的是变身为狼人的时候,我会想要吃人。"

贝拉教授耐心地解释自己的属性。

"难道你那天和我聊了没多久就坐立不安,是因为要变身了?"铁头问。

"没错。我也没想到会在酒店变身,本来我不想来的,因为那天已经满月了。但一般来说我都是在夜里变身,所以抱有侥幸心理的我还是来了。说了没几句我就感到不对劲,知道自己劲头上来了,马上就告辞了。当时我浑身难受,如果不马上吃人我就会死。碰巧大使在酒店里,我就想去看看能不能让她给我点肉,哪怕一截小拇指也好……"

"那我进入大使房间时,跳窗逃走的是你?"铁头大吃一惊。

"没错,确实是我。我从后庭的外墙爬上大使房间的阳台,当我进到她房间后,看到她已经死了。"

"但你为什么不说呢?如果你没有杀害大使,完全可以将你看到的事情讲出来啊!"波奇侦探责怪道。

贝拉教授正欲开口,不来梅拍了拍她的肩膀。

"让我来说吧。作为一名侦探,请给我一个揭开真相的机会。"

贝拉教授看着不来梅,默默地点了点头。

不来梅体内的侦探之血在燃烧。他知道真相多么地残酷,但这种残酷也使他着迷。

"贝拉教授当时有难言之隐。她说出大使已死这件事,势必需要解释自己为什么要去找大使,而且当时她已经快要变成狼人了,如果不赶紧离开,就有可能暴露自己的身份。而且还有一件更加重要的事情,导致贝拉教授没有办法告诉大家当时的情况。"

"是什么事情?"卡普巴拉六世、塞拉囧、铁头等动物几乎同时脱口而出。

"在贝拉教授家中,她对我说因为看到大使已死,就吃掉了大使的下半身,这点让我非常怀疑。且不说那么多的肢体能否在短时间内吃完,连块骨头都不剩,难道贝拉教授连骨带皮一起都吃掉了?但要是贝拉教授没有将大使的下肢吃掉,大使的半个身体又去哪儿了呢?各位,你们觉得肢体都被吃掉了吗?"

"不太可能,"王老铁将军捻着下巴上的胡子说,"大使的下半身最起码也有二十公斤,要是我的话最少也要吃上两天。"

"我就需要更长时间了。"尼罗将军说。

"所以贝拉教授在吃掉大使这件事上,撒了谎。她为什么要撒谎呢?关键是,她对大使的尸体做了什么?"

不来梅从上衣的口袋里取出一颗珍珠。这颗珍珠的饱满巨大程度前所未见,可以称得上稀世珍宝。

"这是大使的珍珠,我印象深刻。"怀特说。

"没错。"不来梅点点头,"这颗珍珠后来被某只动物从大使房间偷走了,现在又被还了回来。我们都能看出,这颗珍珠如果是真的,那一定是无价之宝,但大使怎么会有这种宝物呢?秉着好奇心,我就仔细研究了一下,发现这颗珍珠另有玄机。"

不来梅把珍珠放到桌子上,又从身上取出侦探工具盒来,拿出一根大头针,把大头针插进珍珠上面的镶孔里,微微用力。大头针似乎触及一个开关,珍珠从中间分开,一个小小的镜头探了出来。

"你们有没有觉得,爱丽丝身上有很多谜团。她为什么要假冒大使,她和使船遇到的海难又有什么关系?她为什么给人冷若冰霜的感觉,但为什么保镖吉伯又觉得她是个温柔的好人?她不喜欢会议期间酒店提供的食物,很少走动,随身衣物只有两套长裙,禁止保镖贴身保护自己,还让他关掉了红外线警报器。疑点越多,我就越想深入了解她,你们也是这样想的吧?"

不来梅看到,其他动物都把脑袋点得像个啄木鸟。

"那就让我们来了解一下真正的爱丽丝吧!"

镜头投射出爱丽丝的上半身,原来这枚珍珠是一架小型全息投影仪。

所有动物都屏住气息,尽量不发出声音,因为他们看到大使的全息投影开口对他们说话了:

  动物王国的伙伴们,首先要和你们道个歉,对不起,我欺骗了你们。

  其实,我并不是什么大使,只是不得已扮演了这个角色,真正的大使已经死在了海难中。

  我本来想救她,但还是晚了一步。

我怕大使的死引起人类和动物之间的误会,就假扮成她来到你们这儿。

其实,我最大的目的,是让人类和动物能够长长久久地和平共处。

来到这里后,我努力伪装自己,生怕露出马脚。我尽量做出冷漠难以接近的样子,减少与你们的接触。在这里我要向你们说声抱歉。

人类与动物的战争持续了很久,我也经历了太多的死亡与分别。

我的父母在一次爆炸中去世,这么多年来,我一直没有忘记他们临终前对我说的话:总有一天,这个世界将不再有战火和恐惧。

我努力地拯救因为战争受到伤害的生命,无论是人类还是动物。

但我能做的太少了。

如果战争持续下去,将会有更多的生命死去。

现在难道不是一个机会吗?结束这一切,决定权就在你们手中。

你们还记得吗?

在宁静的溪水边嬉戏的日子。

夕阳下和喜欢的她漫步的日子。

拼尽全力获得食物后大吃一顿的日子。

山川,河流,海洋,树林……

谷中的风,平原的雨,山顶的雪。

你们都忘了吗?

战争发生了,它们怎么办?

没错，人类是很可恨。

曾经，因为他们，无数的动物惨遭剥皮，痛苦不堪，就为了做一件皮草大衣；

曾经，因为他们，鱼儿吃了成吨的塑料，无法忍受痛苦在海滩上自杀；

曾经，因为他们，那些失去了栖息地的动物在迁徙的途中成批地死去。

象牙、熊胆、鹿茸，狐狸的皮、犀牛的角、鲨鱼的鳍！

因为他们，你们的家园被破坏，你们的亲友也受到了伤害。

但战争不能解决所有的问题，如果继续，你们热爱的一切都会消失。

你们也会变得和过去的人类一样，自私，暴虐。

现在，人类终于意识到了自己的问题，提出了和解。

给他们一个机会，也是给自己一个机会。

让一切重新开始，让这些痛苦都停止吧。

我们一起创造一个更好的世界。

为了你我。

为了地球上所有的生命。

我可爱的伙伴们，等和平条约签订好后，我就离开这儿，将好消息带给人类。我会将这段影像留给你们。

其实，动物也好，人类也好，本不该有什么隔阂，

种族虽然有无数的样子，但爱是一样的。

我会想办法将和约送到人类王国，停止战争，还这个世界一片净土。

不得已欺骗你们的爱丽丝。

珍珠投影仪已经播放完毕，爱丽丝的影像消失了。

动物们的思绪并没有随着爱丽丝的消失而停止。

他们体内的野性被唤起，每一只动物都有既原始又纯真的天性。

爱丽丝欺骗了所有动物，但她更想拯救这个世界。

尼罗将军的眼眶湿润了，这不是虚伪的鳄鱼的眼泪。几百年来，动物们有了情感，有了喜怒哀乐，有了悲欢离合，但他们也像人类一样开始狂妄自大，开始目空一切，他们差一点就忘了应该如何与这个世界相处，差一点就回不来了。

幸好有爱丽丝。

"我们都欠爱丽丝一句谢谢，"卡普巴拉六世说，"但她究竟是什么人呢？"

"爱丽丝不是人，"不来梅说，"她是一条美人鱼。"

"这不可能，太、太离谱了……"波奇侦探不停摇头。

"有什么不可能的。贝拉教授是只狼人，已经可以说明世界上是有神奇动物存在的，爱丽丝完全有可能是美人鱼。"不来梅说道。

"难怪她会在全息投影里说，本来想救下真正的大使。她是人鱼，是能在海中救人的！"尼罗将军说，"但她是怎么扮作人类的呢？她的下肢不会露馅吗？"

"所以她要穿拖地的长裙，看不到脚的那种。至于走路，用鱼尾巴支撑在地上也可以行走，只是走得慢一点罢了，我看过一部几百年前的电影，里面有许多美人鱼就是这样走路的。"不来梅说。

"我也看过那部电影，"怀特替不来梅补充，"那部电影好像就叫《美人鱼》。"

"没错，就是那部电影。"不来梅说，"爱丽丝给人一种不好接近的感觉，其实都是她刻意做出来的，为的就是尽量少地和其他动物接触，免得一个不小心穿帮了。她的衣物只有两套长裙，是因为再带其他的衣物没有任何必要。另外，大使看到每天的菜单里面都少不了鱼，鱼类是她的朋友，这让她感到很不舒服，所以她几乎都没怎么吃饭。"

"看来这也是她为什么不让吉伯贴身保护的原因了。她不想让吉伯知道自己的真实身份。"塞拉囧说，"吉伯，你为什么要杀大使？"

"我、我是为了救妹妹，我并不想杀她，我没有想杀她，她、她特别好……"吉伯说到这里，"哇"的一声哭了出来。

在这间会议室中没有比吉伯身形更大的动物了，但他此时此刻哭得就像一个孩子。能看得出来，他是打心底里感到难过。

见吉伯哭得不能自已，不来梅向大家说明："之前已经说了，吉伯的目的是把大使的器官移植给他的妹妹，现在我们已经知道，爱丽丝是一条美人鱼了。而美人鱼实际和儒艮是一种动物。儒艮属于海牛目，和大象是近亲，所以爱丽丝的肾是可以移植给吉利的。"

"原来如此！"波奇侦探后悔自己没有先于不来梅看破真相。

吉伯的哭声逐渐止息。他开始讲述案发时的经过。

"前一天晚上，大使房间的警报器响了，我就冲进去准备保护她，不料看到她从浴室里出来的样子，下半身是鱼尾巴！她当时就跟我说，让我不要把这件事情告诉任何其他动物，我答应了她。案发当天上午，布丁医生来给大使看病，我凑巧看到爱丽丝的血型是Rh阴性。下午我接到医院打来的电话，说吉利突发急性肾衰竭,如果我不能在一天内找到匹配的肾源,她就会死去。但我已经替吉利找了很多年了,她的血型太稀有了,找不到合适的器官。这时候我就想到爱丽丝是美人鱼,美人鱼就是儒艮,和我们是近亲,她的器官应该是可以移植给我妹妹的。当时我真的是鬼迷心窍了,觉得只要从她身上取一个肾给我妹妹,她不会死,我妹妹也有救了,是两全之策。我以前在军队服役的时候是优秀的军医,对自己的技术很有自信。我来到大使房间,当时她正好在烫裙子,看到我进来后就让我帮她。我本来想用熨斗把她砸晕,但过了好久也下不去手,就觉得自己很没用,把熨斗扔了出去。爱丽丝看出我脸色不好,问我怎么回事。我就跟她说了妹妹的事情,她当时竟然问我能不能在浴室里做手术,她愿意给我妹妹一个肾脏。"

在场的动物都发出叹息。

"当时我说可以去医院做手术,但爱丽丝不想让其他动物知道她的身份,执意让我在浴室里做,我们就在浴室里做了。本来手术做得很顺利,正当我把她的一个肾脏放在冰桶里时,一只变色龙突然出现在我眼前,把我吓得手一哆嗦,刀子划破了她的胰脏。我赶紧止血,但是来不及了,短短十几秒爱丽丝就变成了冰冷的尸体。当时我发疯一样地去捉这只变色龙,但他在房间里到处乱窜,我实在抓不到。其间他打翻了那瓶指甲油,又冲出房间。就像侦探说的,当时我很想抓住他,但没办法找到他的方位,因为我跳不起来,否则我一定能抓到他。"

吉伯说到这儿,几乎所有动物都将视线转向被金美紧紧控制住的契诃夫。

这只疯狂的变色龙才是整件事情的始作俑者。但他的行为又何尝不是因为自己受到了不公正待遇呢?

"我回到大使房间,发现爱丽丝已经断气了。当时我脑海中最重要的念头是,赶紧把肾送到医院救我妹妹。于是我离开芝华士大酒店,赶去好得快医院,赶在医生下班之前将爱丽丝的肾给了他们,他们马上给我妹妹安排了手术。本来我想一回酒店就认罪的,但回来正好是火灾发生的时候,等我把大使的尸体抢救出来时,发现尸体被破坏得不成样子。我觉得这里面另有隐情,就把大使的死亡真相隐瞒下去了。"

说完,吉伯低下头,仿佛在祷告一般。

"我的妹妹获得了重生,她的生命是爱丽丝赋予的。"吉伯说道。

"整件事情我们都了解了,"尼罗将军长吁一口气,"现在就剩一个问题,大使的下半身上哪儿去了呢?"

"被贝拉教授藏起来了。"不来梅说。

"贝拉教授?为什么?"

"她发现大使是条美人鱼,担心神奇动物的存在这件事情被大家发现,就把大使的下半身切下,准备带回家里,做成标本。"

"是这样吗,贝拉教授?"尼罗将军问。

"本来确实是这么想的,但带着大使的下半身下到庭院里后,觉得拖着美人鱼的尾巴在街上乱跑会被发现,就想先藏起来,等到合适的时候再来取。"

"那你藏到什么地方去了?"

"当时在楼下看到几个橙色的垃圾桶,我就把尾巴扔在垃圾箱里了。"

"谁去找来?"

"恐怕现在已经找不到了。"不来梅遗憾地说,"真相是非常残酷的,你们要听吗?"

"你就说吧,我们今天已经听了太多残酷的事情了。"

"贝拉教授当时扔尾巴的并不是垃圾桶,而是奇奇蒂蒂食品公司给酒店运送食材的桶。"

"食材?你是说……"尼罗将军说着,一种不好的感觉油然而生。

"爱丽丝的下半身被误以为是食材运到后厨,做成了生鱼片,被大家当作晚饭吃掉了!"

不来梅说完后,挠挠警长大叫一声,开始呕吐。

当天的生鱼片就数他吃得最多。

"现在,案情我已经解释清楚了,后面的事情就交给各位大臣了。"不来梅说完如释重负地坐在了椅子上。

"接下来该怎么处理呢?"动物们面面相觑,心里都有同一个问题。

谁都没有想到,人类大使,哦不,是冒牌人类大使的死居然是这样一个惊心动魄的故事。

"王老铁,你怎么看?"尼罗将军看向难得沉默的王老铁,"和人类的和谈还要不要继续?"

王老铁叹了口气,背过身去:"我向来是坚定的主战派,毕竟人类做了太多伤害我们同伴的事情。在座的各位都有不少亲友死于他们之手。倒不是说他们吃掉了我们的同伴,在这个世界上生存,大鱼吃小鱼,小鱼吃虾米,我们这种食肉动物需要吃肉,生态链本就如此,但他们却为了一己私欲,一次又一次地折磨我们,布丁医生的家人就是个例子。人类都说,老虎凶残,会吃人,但他们比我们凶残多了。所以,我一直觉得,只有我们成为这个世界的霸主,彻底征服人类,才能避免这种事情的发生，让我们的种族不再受到欺压。

"我们做了那么多努力，终于和他们站在了平等的位置上，似乎不分个胜负、不斗个你死我活就不行。但爱丽丝的出现突然让我觉得，是时候该结束战争了。"不知为何，王老铁的背影沧桑了许多。

尼罗将军拍了拍王老铁将军的背，像是安慰，又像是鼓励："如果没有您这样强硬的动物，我们也许永远会被人类奴役。但关于战争的话题太沉重了，我们的下一代，他们应该拥有更加快乐的时光，不用担心战火，这不就是我们想要的吗？"

说完，尼罗将军向王老铁敬了个军礼，王老铁将军也郑重地回了一个军礼。不来梅知道，这是军人之间表达尊重的方式，看来两位"宿敌"终于和解了。

"报，报告！"就在这时，一个熟悉的声音传来。一个球一样的东西滚到了大家的面前，原来是阿坚。

"报告！记者们在外面嚷嚷呢，豪猪特别行动队虽然还在拦着，但那些记者太能说了。特别是 Animal Time 的千寻，那只金刚鹦鹉太有本事了，我们都很怕她！"

"这些记者就是爱凑热闹。"王老铁无奈地摇了摇头。

"国王陛下，您觉得呢？"尼罗将军恭敬地问卡普巴拉六世。

只见卡普巴拉六世站起来，调整了一下自己的衣服，随后扫视了一圈在座的动物，目光一改从前的温和，像鹰一样尖锐。

"我认为应该让他们进来。"

"但是，他们来了我们怎么解释呢？"怀特不安地说，身为文化大臣，他最知道笔杆子的力量了，这力量有时候比枪炮的更为巨大。

"如实说。"卡普巴拉六世郑重地说道，"爱丽丝为了我们的和平，奉献了自己的生命，她的名字值得大家知道。"

国王的声音依旧温和，却有一种不可抗拒的威慑力。

"另外，"他转向贝拉教授，"像您这样的神奇动物，也在阴影之下生活太久了，是时候该让你们站在阳光之下了。"

此时此刻，大臣们觉得自己所拥戴的国王光芒万丈。他们为选择了卡普巴拉作为国王的决定而感到高兴。

大家跟着国王的脚步向酒店的会客厅走去。经过不来梅的时候，国王停下来，对不来梅鞠了个躬："感谢你破获了案件，我们国家能有你这样优秀的侦探，是我们的荣幸。"

所有的动物都跟着国王一起向不来梅鞠躬。

不来梅和阿呱吓了一跳，国王却说："这不仅仅是向你致敬，也是在向爱丽丝致敬。"

芝华士大酒店的大门敞开了，记者们潮水一般涌入了会客厅。不来梅知道，即将要公开的事情将会是所有媒体的头条。

22

2333年11月12日，5∶30pm

轰轰烈烈的大使被杀案已经过去一个月了。

动物城少了行色匆匆的豪猪特别行动队，路上嬉笑打闹的孩子多了起来。一切好像都没有改变，但似乎又有些许不同。

"太爷爷，这个人是谁？"田鼠小小田和自己的太爷爷又来动物城了，这一次是给小小田购买上学用的书包。此时，小小田指着报纸上的巨幅照片，好奇地问道。照片上是一个戴着珍珠项链的人类女性，正浅浅地微笑。

老田放下报纸，叹了口气，他不知道怎么向自己年幼的曾孙解释这件事情。这段时间，美人鱼爱丽丝假扮人类大使来到动物王国寻求和平的故事已经传开了，老田和大家一样，先是震惊，没想到世界上除了人类和动物之外，竟然还有神奇动物这个物种。随后又感到遗憾和悲痛，爱丽丝为了人类和动物的和平牺牲了自己的生命，还拯救了一只小象的生命。后来又感到愤怒，契诃夫那家伙竟然害死了爱丽丝。有动物说契诃夫自身也是曾经受到欺压的弱势群体，但老田还是没有办法原谅他，毕竟那家伙害死了那么善良的爱丽丝。

人类和动物终于签署了和平协议，共同销毁了各自的核武器，这个事情还是由动物城最著名的科学家贝拉教授见证完成的。只不过，谁也没想到贝拉教授竟然是一只狼人！这真是让动物们大吃一惊。除了人类和动物的和平协议，动物城的国王和人类的领袖还共同颁布了《神奇动物保护法》，用来保护神奇动物的安全。

"她是一只非常伟大的动物。"老田想了想，郑重地对小小田说道。

"动物？她不是人类吗？"小小田奇怪地眨巴着眼睛。

"人类不也是动物吗？哪儿能分得这么清楚呢。再说，她也不是人类。"老天慈爱地摸了摸小小田的头。

"你们好呀。"正当小小田准备继续问下去的时候，藏狐阵雨出现了，他们曾经因为误会小小田偷钱的事情发生过争执，也算是不打不相识了。

"老田，小小田，好久不见呀！"阵雨眯着细细的眼睛，笑眯眯地看着他们。

"你今天没做生意吗？"老田问道。

"做什么生意啊，这些天我终于解脱了。"阵雨做作地长舒了一口气，显得十分轻松。

"那我们先走了。"老田拉着小小田的手准备离开，完全没有继续聊天的样子。

"哎呀，你们别走呀。"阵雨拉住了对方，神神秘秘地说，"你们就不问问我为什么解脱了？"

"为什么？"小小田天真地睁大了眼睛。

"好吧，既然你问了，我就告诉你们吧。"阵雨甩了甩自己的刘海儿，用忧郁的眼神注视着他们，"其实我一直以为自己是一个异类，没想到世界上竟然还有我的同类……"

"你不会想说你是九尾狐吧？"老田问。

"哎呀！老田，你可真是见多识广，没错！我就是传说中的九尾狐！"阵雨说完，兴奋地脱下了自己的裤子。

老田和小小田凑上前去，倒吸了一口凉气。

"怎么样，不错吧？"阵雨得意地问道。

"喊！"

"什么嘛，"老田看着面前圆鼓鼓的屁股和肉嘟嘟的尾巴，没好气地说，"你的九尾呢？"

"哎呀，你看仔细嘛！"阵雨指着屁股，"喏，在这里。"

老田又仔细地看了看，才发现原来阵雨尾巴的旁边还多出来一撮肉肉的毛，不禁翻了个白眼："你这哪儿能算九尾啊，你这顶多是两尾，而且我看这也不是多了尾巴，你的屁股上是长了什么脏东西吧。"

"哎呀，你真是没有眼光！会长出来的嘛！"

"两尾？这我倒是头一回听说。"一个绿色的小小身影凑上前去，观察起阵雨的屁股来。

老田和阵雨抬头一看，发现面前的是不来梅和阿呱，都开心地笑了起来。

"大侦探和阿呱，你们好呀！"

"这次的案件多亏了你们。"老田感慨道，"不然还不知道要闹成什么样子。"

"要感谢的，是她吧。"不来梅看向了窗外，顺着他的目光看过去，一座爱丽丝的雕像正在赶工中。

"是啊，真的感谢她，再也不用打仗啦。"阵雨感叹道，"听说国王为她降了半旗，希望她在天上能够开心。"

"人类也是，据说每个国家都为她降了半旗。"阿呱说道。

"说起来，你们破了这么大的案子，有什么奖赏呢？"阵雨挤眉弄眼地说道，"没少赚吧？"

"得知了这样的真相，怎么还能收钱呢？不过我们获得了国王的特殊奖励，特别好吃！"阿呱满足地拍了拍肚子。那是一个绿色的猕猴桃状的食物，据说是国王的特制食物，非常美味，所以他一口都没有留给不来梅，自己全吃掉了。

"说到这个特殊奖励，阿呱，我一直没有告诉你，其实……"不来梅说到这里，面露难色。

"你说的特殊奖励，该不会是那个吧？"阵雨突然想到了什么，神秘地笑了起来。老田也恍然大悟，跟着一起笑起来。

"什么啊？"阿呱还是丈二和尚摸不着头脑。

"阿呱，你知道我们国王为什么能当上国王吗？"老田问道。

"不是因为动物缘好吗？各种动物吵个不停，最后大家推举了人缘最好、与世无争的水豚族，然后挑选了其中最为优秀、动物缘最好的一位作为国王。"阿呱说。

"那你知道水豚为什么动物缘好吗？"阵雨贼兮兮地看着阿呱问道。

"不是因为他温和吗？"

"你太天真了，除了温和，还有别的！"

"那是食物匮乏的时代啊，水豚一族做出了不少贡献，他们贡献了自己的……"老田说完了上半句，凑到了阿呱的耳边说出了下半句。

只见阿呱的脸色由绿到黑又到白，表情十分丰富。

"没事的，没事的，很多动物都吃过，很有营养的。"老田拍了拍阿呱的肩膀，安慰道。

这天的晚上,月光特别好。回家的马车上,小小田问老田:"太爷爷,以后再也不会打仗了吗?"

"对的,不会了。"老田欣慰地搂住了小小田,"你们呀,会有一个更好的未来,比我们的都要好。"

"谢谢你。"小小田对着报纸上微笑的女人说道,随后进入了梦乡。

——谢谢你,爱丽丝。

动物也疯狂

谷雨

听说《动物城2333》是作者禾午老师将自己的剧本杀作品进行改编所著成的长篇推理小说，笔者很遗憾没有机会对原作进行体验，但阅读过小说版本之后，依然为作品的精巧构思所折服。

说起以动物世界为背景的推理小说，笔者首先想到的并不是鸟饲否宇的《昆虫侦探》这种比较知名的作品，而是童年时期阅读过的一部短篇科学童话——作家郑晓凯笔下的《黄瓜架下的谋杀案》。短小精悍的篇幅里容纳了三起谋杀案，形形色色的"嫌疑虫"各怀鬼胎，最终真相既出乎意料又能自圆其说，后来还被改编为同名木偶剧，可以算是启蒙级别的作品了。

这类作品通常以拟人化的动物为主角，架构出符合自然法则的动物世界观，进而利用一些生物知识或盲点，设计出颇具意外感的真相，可以算是SF推理，也即"设定系"推理的一种。

提到SF推理，可能很多读者脑海中浮现的是各种超现实的复杂设定，比如《死了七次的男人》中天马星空的循环规则，抑或《克莱因壶》中复杂烧脑的虚拟科幻背景。动物推理小说中的设定则更多的是基于现实自然法则，它的有趣之处不仅在于动物拟人化之后自带的幽默感,还在于作者通过巧思将一些司空见惯的现象埋为伏笔,为最后的反转增光添彩。

《动物城2333》就是这样一部趣味十足的动物推理小说,它兼具了传统本格的案件解谜和脑洞大开的奇思妙想。

当进化出了高等智慧的动物们变得可以直立行走、使用工具,甚至掌握了语言技能,自我意识的觉醒让他们与人类展开了持久的战争,直到双方都掌握了足以毁灭世界的超级武器,才开启了维持着微妙和平的冷战时代。

在这样的故事背景下,人类派来动物王国的使者惨死于酒店火灾中,更诡异的是,尸体的下半身竟然不翼而飞。每个嫌疑者仿佛都有不可告人的秘密:飞扬跋扈的水牛安全大臣、傻里傻气的犀牛防卫大臣、风度翩翩的斑马外交大臣、风情万种的麋鹿夫人、苦大仇深的大象保镖、讳莫如深的棕熊医生、行踪诡秘的狼科学家——谋杀大使的凶手究竟是谁,分尸的目的是什么?超级武器为何会被启动自毁程序?神秘的奥利奥党是什么样的组织?接连发生的灵长类动物失踪案真相如何?一个又一个谜团接踵而至,驴子侦探不来梅和青蛙助手阿呱踏上了曲折的解谜之旅。

好的谜面向来是吸引读者的兴奋剂,仅仅是以上故事内容的简短介绍,便足以勾起本格爱好者的兴味了,事实上本作后半段甚至罗列出了多达三十五条的疑问,让人不由联想到擅长提问的三津田信三老师。

但只是谜题的简单堆砌是不足以被称为优秀作品的,本作的出色之处在于,在错综复杂的案情之下,是作者埋在字里行间的各处草蛇灰线。什么动物不是灵长类却也有指纹?什么动物不是牛却长着像牛一样的蹄子?什么动物的视力极差嗅觉灵敏？什么动物的粪便富含高蛋白……诸如此类的许多奇妙问题看似毫无关联，却暗含着破案解谜的关键，多条线索所形成的证据链，既能巧妙地将凶手锁定，又让读者在阅读过程中难以察觉。

其中笔者最为欣赏的核心谜团，就是凶手为何要将死者分尸。相信读过《解体诸因》《"钟城"杀人事件》《首无·作祟之物》等经典作品的读者，对于五花八门的毁尸理由早已耳熟能详，本作中凶手将死者拦腰斩断，就隐藏着必须如此的逻辑，同时又与死者真正的死亡原因暗合，令人不禁赞叹布局之精妙。

随着推理类型文学的发展，本格派的经典作品似乎已经穷尽了精彩的创意，这也是存在于很多推理爱好者间的悲观论调。但就像《动物城2333》这样的作品，通过架构世界观，依循既有逻辑来编织谜面和谜底，同样能够彰显本格推理之精髓——这便是"设定系"推理的魅力所在吧，相信这也将是本格推理发展的一个重要方向。

除却过硬的核心之外，本作另一个出色之处便在于对角色的刻画和对社会的思考。

在这部作品中，每个主要角色都有着自己不为人知的一面——空怀理想抱负却逐渐麻木追名逐利的"人"，用华丽假面包装自己却难改秉性陋习的"人"，深陷于仇恨而丧失理性不择手段的"人"，曾经豪情万丈却因战争摧残而心如槁木的"人"……他们都是动物，可他们却也都表现出了复杂的"人性"。

同样，动物世界也并非如童话般单纯美好。为了反抗人类压迫而独立抗争的动物世界，却也有因进化程度高低差异而产生的鄙视链，也有贫富居住区的等级划分，也有因雄性掌握话语权而导致雌性受到的不公待遇，也有游走于法律与道德边界之外的"地下王国"……就像屠龙勇士终成恶龙，动物们所构建的社会竟然逐渐变为他们所要反抗的人类社会的缩影，这难道不是一种莫大的讽刺？

本作中科普了一个词汇——"鲸落"，指鲸死去后沉入海底，形成能够自养的生态循环系统。鲸落里的生物大概不会意识到它们所依存的根基，倘若我们就生活在这样一个由"腐骸"所供养的社会中而不自知，那么有谁能来发出振聋发聩的呐喊呢？

本作还带给我们更多反思。因环境破坏和污染造成的生物种族灭绝，因非必要的饮食需求而滥捕滥杀，因一己私利而对动物进行残忍的虐待……通过一个个动物角色之口，控诉人类破坏环境的种种罪行，发出保护环境的呼吁。

此外还有贯彻作品始终的反战思想，人类与动物经历了长达百年的战争，又因为双方持有超级武器而维持冷战状态，不难看出这是对于现实中人类社会的影射，战争对普通百姓所造成的创伤是难以弥合的，对抗与冷战也无益于社会发展。但正如海明威所说："生活总是让我们遍体鳞伤，但到后来，那些受伤的地方一定会变成我们最强壮的地方。"

最终，这些思考都与真相汇聚，在谜底被揭开的一刻，让人在震惊之余，也感受到一股强大而温暖的力量。

这是一部看似童话却并非童话，看似本格推理却不只是本格推理的作品，希望大家在阅读过后都能有所收获，感受到那股强大而温暖的力量。

图书在版编目（CIP）数据

动物城 2333/ 王小和，禾午著 . —北京：新星出版社，2021.11
ISBN 978-7-5133-4681-8

Ⅰ . ①动… Ⅱ . ①王… ②禾… Ⅲ . ①侦探小说 – 中国 – 当代 Ⅳ . ① I247.5

中国版本图书馆 CIP 数据核字 (2021) 第 190796 号

动物城 2333

王小和 禾午 著

责任编辑：王　萌
责任校对：刘　义
责任印制：李珊珊
装帧设计：人马艺术设计·储平

出版发行：新星出版社
出 版 人：马汝军
社　　址：北京市西城区车公庄大街丙3号楼　　100044
网　　址：www.newstarpress.com
电　　话：010-88310888
传　　真：010-65270449
法律顾问：北京市岳成律师事务所

读者服务：010-88310811　　service@newstarpress.com
邮购地址：北京市西城区车公庄大街丙3号楼　　100044

印　　刷：北京盛通印刷股份有限公司
开　　本：910mm×1230mm　　1/32
印　　张：10.375
字　　数：168千字
版　　次：2021年11月第一版　　2021年11月第一次印刷
书　　号：ISBN 978-7-5133-4681-8
定　　价：48.00元

版权专有，侵权必究；如有质量问题，请与印刷厂联系调换。